k.

Nicholas Searle

DER SPRENG-SATZ

THRILLER

Aus dem Englischen von
Jan Schönherr

KINDLER

Die Originalausgabe erscheint 2019 unter dem Titel
«A Fatal Game» bei Penguin Random House, UK.

1. Auflage Juli 2019

Redaktion Werner Irro
Satz Dante MT bei Pinkuin Satz und Datentechnik, Berlin
Druck und Bindung GGP Media GmbH, Pößneck
ISBN 978 3 463 40721 0

Für C, immer

Dezember

MITTWOCH, 17:00

Abu Omar stieg hinten aus dem Lieferwagen, sah sich um, rückte die Baseballmütze zurecht und setzte seinen Weg fort. Die Überwachungsteams registrierten den gehetzten Blick und die angespannte Haltung. Jake eilte zurück zur Einsatzzentrale.

Der taubenblaue Rucksack voller Bücher auf Abu Omars Schultern war gut sichtbar, als er, mit einem Seitenblick auf die gepflegten Reihenhäuser, die von winterlichen Bäumen gesäumte Melwood Avenue entlangging, sich an geparkten Autos vorbeischlängelte und die Straße überquerte, während unsichtbare Kameras schwenkten, zoomten und ihn an die nächste Kamera weiterreichten. Die Überwacher empfanden seine Ruhe als gezwungen, und die Beschatter blieben auf Abstand. Sie nutzten die akribisch einstudierten Schleichwege, hielten sich bereit, falls Abu Omar von der Route abwich. Auch seine Komplizen waren in der Nähe, um sicherzugehen, dass man ihm nicht folgte. Jeder hatte sein eigenes verdecktes Gefolge, das miteinander flüsterte, aufmerksam den Stimmen aus versteckten Ohrhörern lauschte, vermied, dass man sich gegenseitig ins Gehege kam.

Jake beobachtete ihn auf dem Bildschirm, seinen Jungen. Er nahm sich die Sache stärker zu Herzen als sonst. Abu Omar verschwand von einem Bildschirm und tauchte auf dem nächsten auf. Als er in den Park gegenüber dem Bahnhof einbog, konnte Jake sein Gesicht erkennen: gleichgültig, gläserner Blick, wie immer. Träge kaute er auf einem Kaugummi herum. Ein Analyst rief: «Nachricht!», und praktisch im selben Augenblick zog Abu Omar sein Handy aus der Tasche. Der Umstand, dass Abu Omar eigentlich gar kein Handy bei sich haben sollte, tauchte irgendwo am Rand von Jakes Bewusstsein auf, verharrte dort jedoch. Abu Omar blieb stehen, um die Nachricht zu lesen, und alles stand gemeinsam mit ihm still. «Kam über die App», vermeldete der Analyst, was hieß, dass man die Nachricht nicht entschlüsseln konnte. Es folgte eine hastige Besprechung zwischen Jake, George und dem Einsatzleiter.

«Ideen?»

«Null. Müsste er eigentlich melden.»

Doch das tat Abu Omar nicht. Er blieb noch einen Moment stehen – 13,2 Sekunden lang, wie später gestoppt wurde – und ging weiter, ein Lächeln um die Lippen.

«Abblasen?», fragte George.

«Noch nicht», sagte der Einsatzleiter. «Alles unter Kontrolle.»

«Schluss machen», murmelte Jake, wurde aber ignoriert.

Da verschwand Abu Omar vom Bildschirm. Die Kamera zog so schnell das Bild auf, dass Jake ganz flau wurde. Vielleicht auch eine böse Vorahnung, im Nachhinein betrachtet? Nein, unmöglich, denn in diesem Augenblick schluckte er einfach die Galle wieder runter, die ihm hochgekommen war. Vielleicht ein Vorgefühl von Tod. Höchstens. Hinterher war man immer klüger.

Die Totale zeigte, wie Abu Omar die Herrentoilette betrat. Der Überwachungskoordinator brüllte: «Ihm nach! Sofort!», und auf den anderen Bildschirmen eilten Männer auf die Tür zu. Der Kommandant der bewaffneten Einsatzkräfte schickte seine Leute vor, Waffen im Anschlag. Der Hubschrauber wurde herbeigerufen.

Auf einem anderen Bildschirm erschienen wackelige Bilder von der Körperkamera des Chefbeschatters. Bill war sein Name gewesen, wie Jake sich später erinnerte. Er rannte zur Toilettentür, bremste ab und trat gemächlich ein. Seit dem Befehl konnten keine zehn Sekunden vergangen sein. Schnell stellte sich die Kamera auf den dunklen Raum ein, und der Autofokus richtete sich auf Abu Omars Rücken vor einem Pissoir. Man hörte den Strahl in der Schüssel, der blaue Rucksack war deutlich zu sehen. Als der Beschatter sich drei Pissoirs weiter hinstellte, zog Abu Omar gerade den Reißverschluss seiner Jeans zu und verschwand aus dem Bild. «Er wäscht sich die Hände», flüsterte Bill, und man hörte erst den Wasserhahn und kurz darauf den Handtrockner. Wieder ein schwindelerregender Schwenk, dann steuerte auch das Kamerabild den Ausgang an.

Abu Omar ging lässig weiter, und die Überwachung wurde wieder aufgenommen. Die anderen vier hatten sich noch nicht gezeigt, waren aber unter Kontrolle, sie näherten sich dem Bahnhof aus unterschiedlichen Richtungen. Aus der Ferne nahmen die Kameras den Handlungsfaden wieder auf, ganz nach Drehbuch, wie geprobt, und im Einsatzraum kehrte etwas Ruhe ein. Er war noch dreißig Sekunden vom Bahnhof entfernt. Rushhour. Fünfundzwanzig Sekunden. Der 16:58-Zug aus London war eben eingefahren, die Angekommenen kämpften sich durch die Flut der Pendler, die zu den Zügen in die kleinen, wohlhabenden Schlafstädte strömten, das Zuhause vieler Angestellter der Finanzfirmen in den Hochhäusern mit den glänzenden Glasfassaden, hinter denen ein Großteil des Reichtums der Stadt geschaffen wurde. Mit ihrer teuren Kleidung mussten sie sehr fremd wirken auf Abu Omar und die anderen Jungs, die sich in den finsteren, verfallenden, vernachlässigten Vierteln im Osten der Stadt über Wasser hielten. Zehn Sekunden.

Wie aus einer nachträglichen Eingebung heraus rief der Koordinator: «Jemand soll sofort das Klo checken. Abriegeln, pronto!» Zwei Beamte wurden zu diesem Nebenschauplatz abkommandiert. Sie würden überleben. Abu Omar hatte inzwischen die Bahnhofshalle betreten. Die Kameras folgten ihm, als er in seinen teuren neuen Turnschuhen den Ticketschalter ansteuerte – seine Komplizen kamen durch andere Eingänge herein. Bewaffnete Polizisten sahen von oben zu und drängten aus requirierten Büros hinaus in den Bahnhof, die Hände an den Waffen, verborgen unter Mänteln und in Taschen. Vorsorglich, für den schlimmsten aller Fälle.

Dann glaubte Jake, die Dinge so zu sehen, wie sie wirklich waren: Alles lief nach Plan. Das mit der Toilette war bloß die übliche Schrecksekunde kurz vor Schluss gewesen. Abu Omar hatte einfach nur mal pinkeln müssen. Jake durchquerte die Einsatzzentrale, in Gedanken schon ein paar Stunden weiter: bei der Nachbesprechung, der neuerlichen Bestätigung eines optimistischen Blicks in die Zukunft, dem leisen Gelächter beim Pizzaessen. Er gönnte sich eine Millisekunde für ein Lächeln und die Anerkennung, dass der gute alte Bill ganze Arbeit geleistet hatte. In diesem Augenblick geschah es.

März

1

MONTAG

«Und wie haben Sie sich da gefühlt, in diesem Moment und danach?»

Dieser Moment. Der, in dem alles still wurde. All die Leute, die bis dahin hektisch beschäftigt waren, laut in Telefone, Mikrophone, Walkie-Talkies, Ohren sprachen, ihre Arbeit machten, Transaktionen hier, da, überall, blitzschnell wie auf dem hektischsten Börsenparkett, Team in Position vier-vier-neun, bereithalten, Hubschrauber startklar, Kamera schwenken, wegzoomen, zackzack, hastige Schritte von hier nach da und dann woandershin, in Stellung gehen, all dieser Trubel. Die Stimmen aus der Zentrale klar und beruhigend, die von draußen durch die Technik gedämpft zu dünnem Näseln, das gut zum gewohnten Grundton beherrschter, betriebsmäßiger Panik passte. Rauschen im Äther. All der aufgesetzte Ernst, der aus TV-Shows abgekupferte Einsatzzentralen-Quatsch, der ihm – im Gegensatz zu vielen anderen – noch nie gefallen hatte. All das war verstummt. Die Schwingungen im Boden und der ferne Donnerschlag vermittelten die wesentliche Nachricht. Auf den Bildschirmen sah er, was er bereits wusste.

Dieser Moment, in dem ihm klar wurde, dass sein Leben vorbei war. So gut wie, zumindest. Vor allem aber waren *ihre* Leben vorbei, ganz wörtlich und endgültig. Dreiundsechzig Leben. Die Zahl kannte er damals noch nicht; es dauerte einige Tage, bis sie feststand, bis sie diejenigen einschloss, die nicht mehr aus dem Krankenhaus kamen, bis all die Vermissten identifiziert, all die Körperteile gezählt und aufgerechnet waren. Aber dass es schlimm war, das wusste er. Menschen. Nicht Zahlen. Zahlen zählten nicht; sie *er-zählten* nicht die Wirklichkeit. Wirkliche Leben. Die zählten.

Sie alle waren jetzt bloß noch Tote oder Verletzte, deren «Storys» die Medien nach Belieben fleddern konnten. Erschütternde «persönliche Geschichten», illustriert mit Verwandten abgeschwatzten oder auf Facebook gefundenen Urlaubsfotos, Artikel, die diesen Menschen alles Persönliche wegnahmen und sie als öffentliches Eigentum beanspruchten, vor allem aber als das von Presse, Fernsehen und Social Media. Komplexe Seelen, umgebaut und neu vermarktet als rührselige, eindimensionale Sinnbilder für unsere Sterblichkeit. Als wollte irgendwer damit zugleich beruhigen und verstören.

Schwer zu sagen, für manche Überlebende, ob sie nicht lieber dort gestorben wären, an Ort und Stelle, mehr oder weniger sofort. Was war das Leben, körperlich und seelisch, jetzt noch wert?

Was ihn betraf, war das ganz und gar nicht schwer zu beantworten. Als er vor den Bildschirmen vom kollektiven Schock ergriffen wurde, hätte er sein jämmerliches, selbstgefälliges Leben liebend gern für jedes einzelne der ihren – am liebsten für alle – eingetauscht. Leicht gesagt. Leicht gedacht.

Ausdruckslos starrte er über den Anwalt hinweg an die weiße Wand dahinter, befühlte seine Schlüssel in der Jackentasche, als könnte die vertraute Kühle des Metalls ihn wieder in die Gegenwart zurückholen.

Die in der Nähe versteckten Überwachungskameras hatten noch ein, zwei Augenblicke lang funktioniert, ehe ihr Schicksal sie ereilte – wie Hühner, deren Leben schon erloschen ist, ohne dass sie es merkten. Die weiter entfernten hatten rieselnde Wolken aus Staub und Trümmern gezeigt, die – wäre er ein romantischerer Geist gewesen – der Szene womöglich eine gewisse graziös-groteske Anmut verliehen hätten. Doch romantisch war er nicht. Noch nie gewesen, und auch jetzt nicht.

Später. Der Bilderreigen im Fernsehen war angelaufen, so wie immer: das endlose, sinnlose Gejaule von Alarmanlagen in der gesamten Stadt; spurtende, stolpernde Menschen, in wackelige Handyvideos gebannt von denen, die das Ganze rechtzeitig als Medienereignis wahrgenommen hatten; Rettungsfahrzeuge, die zielstrebig durchs Bild rasten, mit heulenden Sirenen und Blaulicht, das eisig den Abend zerriss. Dann das gelbe POLICE-Absperrband, vor dem die Reporter nur immer wieder dieselben Nichtigkeiten wiederholen konnten wie in Nizza, London, Brüssel, Barcelona und Berlin; das Gedränge der Reporter und Kameraleute, die um die besten Positionen rangelten und um jede kleine Neuigkeit wetteiferten. Mit einem Mal war alles in denselben Abstand gerutscht: den der Fiktion. Die grauenhafte Wirklichkeit wurde unterjocht von Social-Media-Klicks und Einschaltquoten, die sich aus den von ihr ausgelösten Emotionen quetschen ließen.

Dieser Moment, in dem sein Magen sich weniger umdrehte, als komplett verschwand, die Galle erst in ein Vakuum saugte, um sie dann mit trockenem Würgereiz bitter in den Mund zu drücken. Manche in der Einsatzzentrale hatten sich tatsächlich auf ihre Tische übergeben, wovon der stille, dezent beleuchtete und klimatisierte Raum, in dem sonst so kühl gelenkt und protokolliert wurde, sauer roch.

Der Sinn, den er in alledem einmal gesehen hatte, war bis auf den letzten Rest verdunstet, und er wusste, dass das keine Rolle spielte. Nichts spielte noch eine Rolle. Auch er nicht. Sein Leben, seine Lieben, seine Karriere, seine Marotten, Stärken und Schwächen spielten keine Rolle.

Weil es sein Fehler gewesen war. Weil diese dreiundsechzig Toten und die zahllosen zum Leben Verdammten sich nichtsahnend auf ihn verlassen hatten. Ihm vertraut hatten. Er hatte sie betrogen und im Stich gelassen.

Er zog die Hand wieder aus der Tasche. Außer seinem Inquisitor, dem Vorsitzenden und den übrigen Juristen konnte er niemand im Saal sehen. Aber sie waren da, die echten Menschen, das wusste er, dort hinter den Sichtschutztafeln.

Geradezu mathematisch teilte sich die ganze Welt in davor und danach. Davor war er ein heiterer Mensch gewesen, beinahe unerbittlich positiv. Gut, womöglich war sein Gedächtnis ebenso verdreht und verwirrt wie alles andere in seinem Kopf. Eine Bemerkung aus einer jährlichen Arbeitsbewertung von vor längerer Zeit ließ ihn nicht los: «Was Jake Winter an Charisma vermissen lässt, macht er durch Fleiß und Leidenschaft wett.» Das hatte ihn getroffen – dass sein sauertöpfischer Vorgesetzter es vielleicht nur gut gemeint hatte, war ihm nicht in den Sinn gekommen.

Als Kind einer Engländerin und eines Maori, halb aufgewachsen in einem Fünfzehn-Hütten-Dorf im ländlichen Neuseeland, halb hier in dieser Stadt, die er sein Zuhause nannte, war er gewiss ein ungewöhnliches Mitglied der geheimen Schildwacht Ihrer Majestät. Und doch hatte er irgendwie hierhergefunden, zu seiner Niederlage.

Doch er schweifte ab, und die Zeit blieb nicht stehen. Erneut griff er in die Tasche und betastete die vertraute Form des Haustürschlüssels. Sachte pikte er sich die Spitze in die Hand: ein schräges Vergnügen, eine kleine Flucht aus seiner Dumpfheit. Nur mit Mühe fand er zurück in den klimatisierten Rathaussaal, wo die Befragung stattfand.

Fassungslos. So hatte er sich gefühlt. Gepaart mit dem Bewusstsein, dass immer klar gewesen war, dass die Geschichte in einem Saal wie diesem hier enden würde, trotz allen Draufgängertums.

Die Stille drückte noch ein, zwei Augenblicke länger.

«Lassen Sie sich ruhig Zeit.» Mr Kerr, der Anwalt der Opfer und ihrer Familien, kräuselte die Lippen.

«Könnten Sie die Frage bitte noch mal wiederholen?», sagte Jake Winter.

Mr Kerr sah ihn gereizt an. «Wir haben geklärt, dass Sie zum Zeitpunkt der Explosion in der Einsatzzentrale waren. Wie haben Sie sich gefühlt, als es passierte?»

«Gefühlt?», fragte er.

«Ja. Gefühlt.»

Die Angehörigen des Ausschusses, der Vorsitzende, die

Untersuchungsanwältin, die Rechtsberater des Geheimdienstes und Jakes Anwalt blickten ihn ebenso aufmerksam an wie Mr Kerr. Der Sichtschutz verbarg ihn vor den anderen, vor den Angehörigen und den Überlebenden. Wirklich überleben konnte so was ohnehin niemand. Zu gern hätte er – endlich – alles gesagt. Ihm wäre es recht gewesen, dass man ihn sah. Aber er war zuverlässig. Er würde seine Pflicht tun, so wie immer.

«Schrecklich habe ich mich gefühlt», erklärte er schließlich. «Schrecklich. Wie auch sonst?»

«Natürlich», sagte Mr Kerr. Und dann, nach kurzem Nachdenken: «Könnten Sie das näher ausführen?»

«Ich weiß nicht. Wie soll man sich in so einem Moment schon fühlen?»

«Wie man sich in so einem Moment fühlen *soll*, interessiert uns hier nicht, Mr, ähm …»

Bestimmt nicht leicht, dachte Jake, einen Zeugen mit einer Nummer anstelle eines Namens zu befragen. Ohne die kleinen Pausen, die das Wiederholen des Namens einem bot, in denen man den nächsten Satz formulieren konnte.

«Uns interessiert nur, wie Sie sich gefühlt haben.»

«Am Boden zerstört. Wie gelähmt. Und gleichzeitig wusste ich, dass es darauf gar nicht ankam.»

«Inwiefern?»

«Wie man sich fühlte, war unwichtig. Wichtig war, was da passiert war. Daneben verblasste alles andere.»

«Fühlten Sie sich schuldig?»

Duncan Blakeley, Jakes Anwalt, wurde unruhig. «Mir ist nicht klar, worauf diese Fragen hinaussollen», erklärte er. «Der Zeuge hat zu jenem Zeitpunkt zweifellos eine ganze

Reihe Dinge empfunden, die für den tatsächlichen Sachverhalt möglicherweise alle vollkommen irrelevant sind.»

Die Untersuchungsanwältin blickte den Vorsitzenden an und hob die Brauen.

«So subjektiv das auch sein mag», sagte der Vorsitzende, «wir sind hier nicht bei Gericht. Uns geht es nicht um individuelle Schuldzuweisungen. Wir wollen nur den genauen Ablauf rekonstruieren und ermitteln, was womöglich hätte besser gemacht werden können. Ich halte die Frage daher für zulässig. Außer natürlich, Sie wollen nicht, dass Ihr Klient antwortet, damit er sich im Hinblick auf mögliche weitere Verfahren nicht selbst belastet?»

Blakeley schüttelte den Kopf.

«Dann bitte weiter, Mr Kerr.»

«Gut», fuhr Kerr fort. «Wie war das mit der Schuld?»

«Ich fühlte mich … verantwortlich.»

«Verantwortlich. Das will ich meinen. Aber würden Sie uns das genauer erklären?»

«Ist das nicht offensichtlich?», erwiderte Jake stumpf.

«Nun, für meine Klienten ist kaum noch etwas offensichtlich. Sie versuchen, das hier zu verstehen, so wie die meisten von uns. Wir sind dankbar für jeden Einblick, den Sie uns gewähren.»

«Entschuldigung. Ich fühle mich verantwortlich, weil Abu Omar mein Agent war.»

«Abu Omar, der Selbstmordattentäter.»

«Soweit ich weiß, ist das nicht erwiesen. Die kriminaltechnischen Untersuchungen konnten nicht genau feststellen, ob der Sprengsatz von ihm oder jemand anderem gezündet wurde, ob es einen Zeitzünder gab, von dem er nichts wusste, oder ob die Ladung nur aus Versehen hochging. Die Wucht der Explosion ...»

«Gut, gut. Nehmen wir es ruhig genau. Genauigkeit ist wichtig. Aber Ihr ... Agent ... trug jedenfalls den Rucksack?»

«Ja.»

«Bitte weiter.»

«Wir wollten den geplanten Anschlag verhindern. Abu Omar arbeitete für uns.»

«Was heißt das, er ‹arbeitete für uns›?»

«Als Verbindungsperson, um den Fachbegriff zu verwenden. Als V-Mann.»

«Und wie kam der Kontakt zustande?»

War es heiß hier im Saal, fragte sich Jake Winter. Nein, die Klimaanlage lief, trotzdem war ihm viel zu warm.

«Abu Omar war britischer Staatsbürger. Er ist hier aufgewachsen und mit achtzehn nach London gezogen, um zu studieren. Mit zwanzig hat er sein Studium abgebrochen. Er hat geheiratet, seine Frau hat einen Sohn geboren, dann zogen die drei wieder hierher und bei seinen Eltern ein. In diesen Zeitraum fiel auch seine Radikalisierung. Die Familie war immer schon religiös gewesen, muslimisch, aber jetzt besuchte er private Gebetskreise bei einer Gruppe, über die sich der Imam seiner Gemeinde besorgt geäußert hatte. Die Gruppe vertrat extreme, salafistische Positionen und stiftete Unfrieden in der Moschee. Mehrere Mitglieder, darunter auch Abu Omar, gingen ins Ausland, um gegen die ‹Kafirn› zu kämpfen, wie sie sagten. Vor etwa einem halben Jahr kam er nach England zurück, und da bin ich ihm begegnet.»

«Wie würden Sie seine familiären Umstände beschreiben?»

«Als chaotisch. Seine Eltern lebten am Rande der Armut. Genau genommen tun sie das noch immer. Er war ein rebellischer Teenager und hatte Ärger in der Schule. Aber seine Eltern ließen nicht locker und kratzten genügend Geld zusammen, um ihn an die Universität zu schicken. Abgesehen von gewissen Verhaltensauffälligkeiten, wie die Schule das nannte, war er hochintelligent. Seine Eltern waren schwer enttäuscht, als er das Studium abbrach und mit Frau und Kind wieder bei ihnen einzog. Und dann ließ er sie alle zurück, um in den Krieg zu ziehen. Seine Eltern sahen es als ihre Pflicht an, die Familie zusammenzuhalten.»

«Haben Sie ihn gezielt angesprochen, oder kam er von sich aus auf Sie zu?»

«Weder noch. Wir wurden einander vorgestellt …»

«Von wem?»

«Darüber darf ich leider nichts sagen. Wahrscheinlich tut das aber sowieso nichts zur Sache.»

«Das lassen wir doch lieber den Ausschuss entscheiden.»

Jake Winter sah, wie der Anwalt des Geheimdienstes dem Ausschusssekretär etwas zuflüsterte.

«Ich darf darüber nichts sagen», wiederholte er. «Ich dachte … da besteht eine Vereinbarung.»

Kerr dachte darüber einen Augenblick nach, er sah den Sekretär von der Seite an. «In Ordnung. Vielleicht kommen wir später darauf zurück. Sie wollen dem Ausschuss ja sicher nicht den Eindruck vermitteln, Sie seien unkooperativ.»

«Bestimmt nicht.»

«Bleiben wir zunächst bei Ihrer Beziehung zu Abu Omar. Kennengelernt haben Sie ihn also etwa ein halbes Jahr vorher.»

«Genau. Er sagte, er sei desillusioniert von der ‹Sache›, wie er es nannte.»

«Von welcher ‹Sache›?»

«Da fing es ja schon an. Er meinte, er wisse gar nicht mehr, was die Sache überhaupt sei. Was man eigentlich erreichen wolle, abgesehen von unaussprechlichem Leid für viele, viele Menschen. Er war entsetzt über einiges, was er im Ausland erlebt hatte.»

«Sagte er zumindest.»

«Richtig.»

«Und Sie glaubten ihm.»

Jake stockte. «Das habe ich nicht zu entscheiden.»

«Ach nein?»

«Nein. Meine Aufgabe ist: genau zuhören, exakt berichten und dann analysieren, ob das Gehörte zu den bekannten Tatsachen passt.»

«Aber Sie bilden sich doch wohl eine Meinung? Als Mensch, meine ich?»

«Sicher. Ich muss die wahrscheinliche Verlässlichkeit der Leute einschätzen, mit denen ich spreche.»

«Das ist bestimmt nicht immer leicht.»

«Nein. Die Leute erzählen einem nicht immer unbedingt die Wahrheit.»

«Das versteht sich wohl von selbst. Und wenn Sie diese Verlässlichkeit einschätzen, dann verlassen Sie sich auf Ihren gesunden Menschenverstand?»

«Teilweise.»

«Klingt eher, als hielten Sie einfach den Finger in den Wind.»

«Nicht ganz. Ich verlasse mich nicht bloß auf mein Gefühl,

trotz aller Ausbildung und Erfahrung. Die Berichte werden kritisch durchgesehen und beurteilt. Manchmal ziehen wir Psychologen hinzu. Aus alldem machen wir uns ein Bild von der Verlässlichkeit einer Person. Entscheidend ist nicht nur meine persönliche Meinung. Ich glaube, ein paar Unterlagen aus unserem System liegen hier auch vor.»

«Habe ich gelesen, danke. Setzen Sie Lügendetektoren ein?»

«Nicht grundsätzlich, nein.»

«Nicht grundsätzlich. Verstehe. Und wenn Sie jemand für unzuverlässig halten, brechen Sie ab?»

«Nicht unbedingt. Aber man behandelt alle Aussagen mit größter Vorsicht.»

«Und Abu Omar? Wie haben Sie den eingeschätzt?»

«Er galt als bestätigt verlässlicher V-Mann.»

«Ach? Und wie kam es zu dieser Einschätzung?»

«Genaueres darf ich dazu nicht sagen.»

Kerr schien Jake noch eindringlicher anzublicken als zuvor, ließ die Frage jedoch auf sich beruhen. «Na schön. Halten wir also fest: Sie und Ihre Kollegen haben Abu Omar nach gründlicher Prüfung als bestätigt verlässlich eingestuft.»

Jake dachte an den Jungen, denn ein solcher war Abu Omar immer noch gewesen, trotz seines zweijährigen Sohns. Er dachte an die ängstlichen braunen Augen und die bange Miene, die hin und wieder den stolzen, herausfordernden Blick verdrängten. An die dünnen Arme, den spärlichen Bartflaum. Ein Mann wollte er sein, war aber unbestreitbar noch ein Junge. «Ja», antwortete Jake.

«Und halten Sie Ihren V-Mann auch jetzt noch für verlässlich?»

«Ich weiß es einfach nicht.»

«Sie wissen es nicht? Angesichts von allem, was passiert ist? Nehmen Sie's mir nicht übel, aber diese Einschätzung war doch wohl eindeutig vorschnell. Und jetzt wollen Sie aller Beweislage zum Trotz nicht davon ablassen?»

«Wir wissen nicht, ob –»

«Ja, ja. Vorerst können Sie meinetwegen noch nach diesem Strohhalm greifen. Dennoch. Ihr bestätigt verlässlicher V-Mann betrat zur Rushhour einen Hauptbahnhof mit einem Rucksack voller Sprengstoff, der daraufhin explodierte und dreiundsechzig Menschen in den Tod riss. Wann genau haben Sie ihn zuletzt getroffen?»

«Siebenunddreißig Minuten vor der Explosion.»

Hörbares Einatmen von jenseits des Sichtschutzes.

«Und da hatte er den Rucksack bei sich?»

«Er hatte einen Rucksack bei sich.»

«Beschreiben Sie ihn.»

«Klein, hellblau, brandneu. Ein Tagesrucksack.»

«Ein Tagesrucksack also. Und wie unterschied der sich von dem, mit dem Ihr V-Mann den Bahnhof betrat?»

«Es war kein Sprengstoff darin. Ansonsten war er identisch, wenigstens soweit sich das auf den Kamerabildern erkennen ließ. Und aus den Ergebnissen der Kriminaltechnik.»

«Worum ging es bei diesem Treffen?»

«Eben darum, uns zu vergewissern, dass er nichts dabeihatte, was zur Gefahr für die öffentliche Sicherheit werden könnte. Wir wussten, dass die Gruppe den Bahnhof als Anschlagsziel auskundschaften wollte. Das hatte uns Abu Omar gesagt, und auch, dass der Anschlag nicht unmittelbar bevorstand. Wir mussten trotzdem auf Nummer sicher gehen.»

«Natürlich. Sie haben den Rucksack also überprüft. Und?»

«Er enthielt Bücher. Sonst nichts. Er wurde von einem Polizeiexperten durchsucht und auf Sprengmittel überprüft. Der Rucksack war neu. Es fanden sich keine Spuren von Sprengstoff.»

«Und dann?»

«Abu Omar sollte direkt zum Bahnhof gehen. Er wurde kontinuierlich überwacht. Er empfing eine Nachricht auf seinem Handy, blieb stehen und las sie.»

«Was stand drin?»

«Das weiß ich nicht. Er betrat eine öffentliche Toilette. Das Überwachungsteam folgte ihm. Als der Beamte hereinkam, stand Abu Omar am Pissoir.»

«Und der Rucksack?»

«Den hatte er noch immer auf dem Rücken. Aber …»

«Ja?»

«Offenbar hatte er ihn ausgetauscht, mit einem identischen Rucksack, der den Sprengsatz enthielt. Der erste Rucksack wurde später im Mülleimer der Toilette gefunden.»

«War das so abgesprochen?»

«Natürlich nicht.»

«So viel zur bestätigten Verlässlichkeit. Befand sich noch jemand in der Toilette?»

«Das Überwachungsteam hat niemanden gesehen.»

«Die haben doch sicher alles überprüft?»

«Sie mussten Abu Omar weiter verfolgen. Ein paar Minuten später haben andere Kollegen nachgesehen.»

«Ein paar Minuten später.»

«Genau.»

«Und Sie? Was haben Sie gemacht?»

«Ich war inzwischen zurück in der Einsatzzentrale.»

«Und das Schicksal von dreiundsechzig Menschen war bereits so gut wie besiegelt. Hätten Sie ihn aufhalten können, rein theoretisch? Wenn er so verlässlich gewesen wäre, wie Sie glaubten?»

«Ich hätte ihn anrufen können, ja.»

«Bestimmt hätte auch Abu Omar Sie kontaktieren können, nachdem er den Rucksack ausgetauscht hatte. Wenn er wirklich so verlässlich gewesen wäre.»

«Ja.»

«Hat er aber nicht. Wie erklären Sie sich das?»

«Ich weiß es nicht.»

«Sie hätten ihn jedenfalls kontaktieren können?»

«Ja, aber wir nahmen an, er habe sich nur erleichtert. Die VG hatte die taktische Leitung dem Einsatzleiter übertragen, und der traf eine Entscheidung.»

«Die VG?»

«Ja. Die Verbindungsgruppe. Ein Komitee aller betroffenen Parteien, unter Vorsitz der Polizei, zuständig für sämtliche strategische Entscheidungen. Darüber müssten Sie doch Unterlagen haben.»

«Ja. Aber es ist hilfreich, das alles von Ihnen zu hören. Zurück zur Entscheidung des Einsatzleiters. Die basierte auf Ihrer Einschätzung des Informanten als verlässlich?»

«Teilweise, ja.»

«Mir scheint, hier beißt die Katze sich in den Schwanz. Ist Ihnen bewusst, dass es im Islam strenge Vorschriften hinsichtlich Hygiene und Moral beim Toilettengang gibt?»

Jake hustete. «Ja.»

«Aber es hat Sie nicht gewundert, dass Abu Omar das Pissoir benutzte statt einer abschließbaren Kabine?»

Jake stockte. Eine Kleinigkeit, doch der Anwalt hatte recht. Das war tatsächlich merkwürdig gewesen, ein weiteres Detail, das ihm entgangen war. «Ich glaube», antwortete er schließlich, «das ist niemandem wirklich aufgefallen.»

Mr Kerr hob die Brauen. «Zu viel auf einmal, hm?»

«Nein, Sie haben recht. Das hätte uns auffallen müssen. Allerdings bin ich nicht sicher, ob Abu Omar in dieser Situation so viel Wert auf Frömmigkeit legte. Soweit ich weiß, darf man sein Geschäft im Beisein anderer Männer verrichten, solange man nicht miteinander spricht und einander nicht ansieht.»

«Aber wenn möglich, zieht man sich zurück.»

«Ja.»

«Und diese Vorschrift soll er missachtet haben, kurz bevor er die wichtigste Tat seines Lebens begehen wollte?»

«Wir haben doch bereits geklärt, dass er den Sprengsatz vielleicht gar nicht ausgelöst hat. Bei unseren Treffen wirkte er auch nie besonders fromm.»

«Ich beuge mich Ihrer Expertise und Ihrem Wissen über Abu Omar. Obwohl die Beweise dagegen sprechen. Obwohl er einer Gruppe extremistischer Dschihadisten angehörte. Sie kamen also in der Einsatzzentrale an. Sie hörten den Knall.»

«Wir waren keine achthundert Meter entfernt, also ja. Wir hörten ihn. Wir spürten ihn. Wir sahen ihn auf den Bildschirmen. Es war …»

«Ja, sicher», unterbrach Mr Kerr, und Jake erkannte am Gesichtsausdruck des Vorsitzenden, dass die heutige Sitzung – von Formalitäten einmal abgesehen – beendet war.

«Ich bitte um Entschuldigung für diesen Treffpunkt», sagte Stuart Calloway. «Ich dachte, wir kommen besser etwas informeller zusammen.»

«Sie und Ihresgleichen scheinen ja mittlerweile richtig süchtig nach informellen Treffen zu sein.»

«Ich wollte nur Missverständnisse vermeiden, um unser beider willen. Offizielle Meetings trüben das Wasser manchmal eher, als die Dinge zu klären.»

«Wobei wir aber dennoch beide transparente Verfahren einzuhalten haben.»

«Natürlich. Keiner soll mir nachsagen können, ich stelle mich rechtsstaatlichen Prinzipien in den Weg. Zumindest, solange die Sicherheit gewährleistet ist.»

Stuart Calloways derzeitige Position war wohl als heikel zu bezeichnen. Frühreif und hochbegabt – wenigstens ihm selbst zufolge –, war er geradezu lächerlich jung zum Director of Operations aufgestiegen und sah sich nun einer Reihen von Herausforderungen gegenüber, oder besser: Chancen, wie er Schwierigkeiten zu nennen gelernt hatte. Eine neue Regierung, skeptisch, und das nicht zu knapp; ein neuer Behördenchef, dicke mit dem Premier, vermutlich mit einer ganz konkreten Aufgabe auf diesen Platz gesetzt, trotz aller gegenteiligen Beteuerungen; und der dünne, asketische George, der ihm als Oberhaupt der regionalen Einheit unterstand. George hatte bereits so ziemlich alles erlebt, und er besaß die Narben und das T-Shirt, um es zu beweisen. Entsprechend hörig war er den zwielichtigen Gestalten draußen im Feld, denen Stuart all die Risiken verdankte. Stuart Calloway stand jedenfalls entweder kurz vor dem Durchbruch oder am Abgrund.

«Wo ist denn Ihr Boss?», fragte der Innenminister.

Stuart seufzte. «Ich denke, ein gewisser Abstand zwischen diesem Gespräch und unseren Vorgesetzten kann nicht schaden. Ich muss meinen Direktor aus der Schusslinie halten, und Sie werden den Premierminister sicher auch nicht involvieren wollen.»

«Sie meinen, wir beide können notfalls als Prügelknaben herhalten?»

Stuart spürte, wie sein Gegenüber die Stacheln aufstellte – offenbar hatte er sich doch nicht vorsichtig genug ausgedrückt. Das Wesentliche sollte aber klar sein: Der Premier und der Direktor waren dicke Freunde, während Stuart und der Innenminister sich miteinander arrangieren mussten. «Keineswegs. Ich mag ja entbehrlich sein, aber … gute Güte, nein. Ich wollte uns nicht auf dieselbe Stufe stellen. Der Staatssekretär und ich waren nur der Ansicht, dieses Gespräch bliebe besser unter uns. Ich denke, wir verstehen uns. Herr Innenminister, ich muss Ihnen mitteilen, dass man sich große Sorgen macht …»

Er wartete einen Moment auf einen abwiegelnden oder nachfragenden Einwurf, doch es kam keiner.

«… Sorgen über die Richtung, die diese Untersuchung einschlägt. Vielleicht haben Sie ja von der letzten Sitzung schon gehört.»

«Ja. Ihr Mann scheint sich ein immer tieferes Grab zu schaufeln.»

«Da muss er selbst wieder herausklettern. Der Punkt ist aber, dass sich daraus viel größerer Schaden ergeben könnte. Für den Ruf dieser und voriger Regierungen. Für den des MI5. Schaden, der in keinem Verhältnis zu den möglichen Vorteilen steht.»

«Wir müssen der Untersuchung freie Hand lassen.»

«Natürlich. Lassen Sie mich Ihnen dennoch unsere anfänglichen Bedenken in Erinnerung rufen, hinsichtlich der Auswahl des Vorsitzenden, diverser Anwälte und der Hast, mit der die Untersuchung eingeleitet wurde.»

«Der Premier wünscht ausdrücklich eine schnelle, rückhaltlose Aufklärung, unter angemessener Beteiligung der Familien. Das unterstütze ich aus tiefster Überzeugung. Das wurde doch schon x-mal vorher so gemacht. Auch wenn Ihr Verein noch nie so im Rampenlicht gestanden hat.»

«Zweifellos. Allerdings war die Ernennung eines Vorsitzenden, der sich sowohl als Anwalt wie auch als Richter offen feindselig gegenüber Geheimdiensten und Sicherheitsbehörden gezeigt hat, ein Garant für Schwierigkeiten.»

«Denen Sie und Ihre Kollegen sich jetzt eben stellen müssen.»

«Selbstverständlich. Aber es ist doch bedenklich, wenn ein Anwalt sich derart in Zeugen verbeißt.»

«Jetzt übertreiben Sie mal nicht, Stuart. Das ist ja kein Gericht. Da muss man schon ein wenig Spielraum zugestehen, besonders wenn die Öffentlichkeit sehen soll, dass wir die Vertreter der Opfer kritisch nachbohren lassen. Die ganze Sache ist emotional recht aufgeladen, wissen Sie.»

«Ja», sagte Stuart. «Noch Kaffee?»

«Nein, danke.»

«Dann gibt es also keine Möglichkeit, die Untersuchung wieder in die Spur zu bringen? Wie Sie wissen, sind wir nur zu gern bereit, echte Verbesserungsmaßnahmen umzusetzen, wie immer die auch aussehen. Aber es kann doch niemandem nutzen, wenn unsere Leute so durch den Schmutz gezogen werden.»

«Was glauben Sie denn? Selbst wenn wir uns Sorgen machen würden – was wir nicht tun, nicht im Geringsten –, könnten wir uns nicht einmischen. Der Vorsitzende lässt sich nicht reinreden und würde eher allergisch auf Einflüsterungen reagieren. Wir stehen voll und ganz hinter der Untersuchung, und das sollten Sie ebenfalls.»

«Tue ich auch. Andere sind allerdings in Sorge.»

«Andere?»

«Ja. Ich tanze hier gewissermaßen auf dem Drahtseil.»

«Tun wir das nicht alle? Ihre Behörde hat die Untersuchung in einer öffentlichen Stellungnahme begrüßt und hundertprozentige Unterstützung zugesagt. Ich kann nicht glauben, dass der Direktor dagegen sein soll. Falls irgendwelche Ihrer Kollegen in den Fleischwolf geraten, müssen die eben die Zähne zusammenbeißen. Ich nehme an, Sie haben Vorbereitungen für Ihre Zeugen getroffen, falls die Sache schiefgeht?»

Meine Güte. Das war wohl kaum der rechte Moment, um beiläufig zu erwähnen, dass gerade ein neuer Einsatz in die heiße Phase ging, unter Leitung desselben zuständigen Beamten. Elegant mal eben so dazwischenschieben ließ sich das jedenfalls nicht.

«Ja. Falls nötig haben sie alle eigene Anwälte. Einerseits macht das die Sache schwieriger, andererseits könnte man im Zweifel leichter getrennte Wege gehen.»

«Ich bin froh, dass Sie dieses Meeting organisiert haben, Stuart. So können wir offen miteinander sprechen.»

«Ja.»

«Sie gehen offenbar davon aus, dass wir auf Ihrer Seite sind. Dass ich auf Ihrer Seite bin. Aber täuschen Sie sich nicht: Falls nötig, werden wir über Sie hinwegwalzen. Die alten Regeln gelten nicht mehr. Es ist durchaus vorstellbar, dass wir einfach alles in Stücke hauen und von vorne anfangen, mit … verlässlicherer Führung. Sie sind alles andere als unantastbar, weder individuell noch als Behörde. Das ist nichts Persönliches und bleibt uns hoffentlich erspart. Aber so ist die Welt heute nun mal. Wenn etwas schiefgeht, findet sich ein Sündenbock. Immer. Man muss nur richtig suchen. Gut möglich, dass diesmal Ihr Verein an der Reihe ist.»

2

ADNAN

In allen Städten gibt es zahlreiche geheime Orte. Selbst wenn die Behörden glauben, sie hätten alles im Blick. Dort unten, wo Chaos, Hitze, Bomben und Kugelhagel die Leute aus ihren Häusern getrieben hatten, war es leicht gewesen, eine stille, dunkle Ecke zu finden – ein Keller vielleicht, ein verlassenes Haus, die oberen Stockwerke ausgebombt und ohne Dach, ein verrammelter Laden, dessen Rollgitter jemand mit dem Dosenöffner aufgeschnitten hatte. Dort waren sie Könige gewesen, mit ihren Säbeln, Halstüchern, MGs und Patronengurten, konnten nach Herzenslust herumstolzieren und Befehle brüllen. Der Staat waren sie selbst gewesen. Jeder hatte seine Kriegerqualitäten an irgendeinem Ungläubigen unter Beweis gestellt. Von denen gab es mehr als genug, und wenn man es einmal getan hatte, wurde es zur Sucht.

Hier, in Adnans trostloser, schmutziger nordenglischer Geburtsstadt, gab es solche Orte natürlich auch. Lachhaft, ihn und seine Brüder überwachen zu wollen. Sie waren unsichtbar und unbesiegbar. Erst wenn die Zeit reif war, würden sie sich zeigen. Diese Leute hatten nicht einmal das Land unter

Kontrolle, das angeblich das ihre war. Dort unten, da kannten seine Leute jeden Zentimeter, jede Mauernische. Sie allein wussten um all die geheimen Orte, und einfach nur zum Spaß stöberten sie Feinde und Verschwörer auf. Sie tanzten voll rechtschaffener, freudiger Inbrunst, wenn sie die Verbrecher ins Lager gebracht hatten – mit dem uralten, staubigen Mercedes, in dem die Ungläubigen eingezwängt zwischen zwei Brüdern durchgeschaukelt wurden und erste Blutstropfen auf die Messer an ihren Kehlen vergossen. Ein Riesenspaß war das gewesen. Dann der Hof und das Unvermeidliche. Kinderspiel. Diese Leute hier, die kamen da nicht ran, konnten dem niemals das Wasser reichen, und deshalb würden sie besiegt werden. Echte Hingebung war nötig, die Preisgabe eines Lebens in einem Wimpernschlag, ohne Vorbehalt.

Er war unterwegs zu dem Ort, den sie als den geheimsten von allen ansahen, noch geheimer als der private Gebetsraum, den sie einmal benutzt hatten. Nur er wusste, dass es einen noch geheimeren gab, an dem man ihnen ihr Schicksal offenbaren würde. Einen geheimen und heiligen Ort. Nicht einmal er wusste, wo er war.

Immer noch strömte der Regen vom Nachthimmel, und er zog den Kragen weiter hoch. Seine Haare waren klitschnass, von seiner Nase tropfte Wasser. Aber das Wetter war egal. Es war fast Zeit. Den Weg war er im Kopf durchgegangen, was aber kaum nötig war; er kannte seine Stadt.

Sie alle waren in der Kunst ausgebildet worden, etwaige Verfolger abzuschütteln. Auch vieles andere hatten sie gelernt. Bilal und er kannten sich schon seit ihrer Kindheit, sie hatten gegenüber voneinander gewohnt und zusammen Fußball gespielt, waren auf dieselben Partys gegangen. Gute Freunde waren sie nicht gewesen, nicht vor ihrem gemeinsamen Flug in die Türkei. Dass sie im selben Flugzeug saßen, hatten sie vorher nicht gewusst, sie trafen sich erst am Flughafen in Istanbul. Natürlich hatte er Bilal schon beim Check-in bemerkt, ihn aber vor der Ankunft wohlweislich nicht angesprochen. Offenbar hatte Bilal denselben Gedanken gehabt, und sie stellten sich erst an der Gepäckausgabe nebeneinander. Koffer hatten sie nicht; man hatte sie aber angewiesen, nicht als Erste durch die Passkontrolle zu gehen, sondern sich an eine Gruppe von vier oder fünf anderen zu hängen. Sie sprachen leise miteinander. Damals genügte das noch als Vorsichtsmaßnahme. Seit ihrer Rückkehr hatten sie – von diesen Treffen einmal abgesehen – nicht ein einziges Wort miteinander gewechselt.

Die anderen beiden hatten sie dort unten zum ersten Mal gesehen. Sie alle hatten Seite an Seite gekämpft und sich aufeinander verlassen. So prägte einen der Kampf für die Sache, man verließ sich ausschließlich und unwiderruflich auf seine Brüder. Allerdings durfte man nicht zu vertraut werden. Die Lebenserwartung war gering – für Freiwillige aus dem Ausland lag sie deutlich unter einem Jahr –, und man musste akzeptieren, dass der Bruder neben einem jederzeit fallen konnte. Adnan, Bilal und die anderen beiden hatten Glück gehabt. Mehrere Jungs aus ihrer Stadt lagen dort nun unbestattet unter Staub und Trümmern, und ihre Leichen verwesten in der Hitze.

Schon vor ihrer Rückkehr hatten sie ihr Wiedersehen geplant. Den Ort hatte man ihnen vorgegeben. Sie sollten sich nicht miteinander sehen lassen – selbst Bilal und er hatten allem äußeren Anschein nach getrennte Freundeskreise –, weshalb sie unbedingt heimlich zum Treffpunkt kommen mussten. Die beiden anderen kamen aus Gemeinden in anderen Stadtvierteln. Niemand fragte irgendwen nach seinem Privatleben. Aus irgendeinem Grund ging Adnan davon aus, dass sie alle – wie er – studiert hatten. Es war irgendwas an ihrer Ausdrucksweise, wie sie ruhig und systematisch argumentierten, immer entlang der Grunddogmen des Glaubens, sachlich und ohne Firlefanz. Sie verzichteten auf die äußeren Symbole ihrer Religion. Das war vertretbar, damit sie den ihnen vorbestimmten Zweck erfüllen konnten. Dort unten, inmitten der ausgebrannten Lastwagen und Leichen, hatten sie ihre Bärte mit Stolz getragen. Dort unten hatten sie miteinander das Brot gebrochen. Sie hatten getötet, um einander zu beschützen, und manchmal nur, um ihre Stärke zu beweisen, ihre Treue zu ihren Brüdern und ihre Taqwa.

Das Kaufhaus Debenhams, schnell rein und wieder raus. Eine Finte und ein Schlenker, so wie Darius Solomon, der massige Stürmer von City, durch den gegnerischen Strafraum tänzeln würde, dann in eine Nebenstraße, eine Gasse, schneller jetzt, leichtfüßig. Hell, dann dunkel. Der Boden war matschig, aber es gab Wichtigeres als Turnschuhe. Weit weg von der Innenstadt aus Glas und Stahl, wo die Big Five ihrem Consulting-Geschäft nachgingen und auch er selbst tagsüber arbeitete.

Stopp. In den Hauseingang. Er blickte zurück, hörte seine Atmung. Niemand. Weiter, Mann! Noch schneller; fast wie dort unten, wo er sich wirklich zu Hause gefühlt hatte, obgleich er hier geboren wurde. Fast wie dort, abgesehen vom Regen und von der Kälte. Man konnte seinen Beitrag auch anders leisten. Anders, als von Angesicht zu Angesicht zu töten. Anders als im offenen Gefecht. Sein großer Tag würde bald kommen. *Ihr* großer Tag.

Weiter durch das Gewirr aus Passagen und Innenhöfen, über denen Betonblocks aufragten – zahlreiche Fenster vernagelt, andere dunkel, ohne Scheibe. Schnell hier rein und flugs die Treppe runter. Angekommen, als Erster.

Durch den langen, engen Flur in das fensterlose Zimmer mit den weißen Wänden. Es gab Strom, Heizung und fließend Wasser. Vor allem aber gab es Internet, wie von Zauberhand hierhergeleitet.

Er schaltete die Musik ein, drehte sie laut. Nur für den Fall, hatte man ihnen gesagt, aber verdammt, er stand drauf, sie so aufzudrehen, die Musik seiner Heimat, seiner Kultur, der Dschihadi-Rap. Noch keine anderen Brüder da, er war allein, tief unter all dem Beton. Sein Herz hüpfte.

BILAL

Spät dran. Der Klassiker, hier in der Heimat. Dort unten war ihm das nie passiert. Die Dringlichkeit der Aufgabe hatte alles Unwesentliche verdrängt. Seine heutige Mittagspause war durch eine Diskussion mit seiner Vorgesetzten verkürzt worden, die seine «Einstellung» kritisiert hatte. Aufsässig hatte sie ihn genannt. «Was soll das heißen, aufsässig?», hat er geblafft, obwohl er es genau wusste. «Genau das meine ich, verstehen Sie?», sagte sie. «Nein», gab er zurück.

Um fünf war er nach Hause geeilt und hatte den verdammten Anzug ausgezogen, dann hatte sein Vater verlangt, dass er sich mit seiner Tante unterhielt, die gerade zu Besuch war. Gequält saß er auf dem Sofa, nippte Tee, machte ein Minimum an höflicher Konversation. Mossul in den Achtzigern, darüber sprachen die alten Leute wehmütig. Gerne hätte er etwas gesagt, biss sich aber auf die Zunge.

Adnan kannte er noch aus der Schule – ein Schnösel, damals wie heute, aber da unten hatte er sich Bilals Anerkennung verdient. Tapfer wie ein Löwe, und verlassen konnte man sich auf ihn auch. Er war stärker als Bilal, aber respektvoll. Sie waren echte Brüder. Alle vier waren sie das. Untrennbare Bande, geknüpft auf dem Schlachtfeld.

Jetzt aber: konzentrieren, nicht ablenken lassen. An das Training erinnern, wie man Verfolger abschüttelt. Ein Bus in die Innenstadt. Zu Fuß vorbei an den Pubs, in denen Männer mit roten Gesichtern einander anwieherten, dann zum Taxistand, von dem aus ein übellauniger Kashmiri ihn zu den Wohnblocks chauffierte, wo er, den Regen abschüttelnd, auf der festgelegten Route zum festgelegten Ziel ging. Nun war er sicher und beschleunigte seinen Schritt.

ABDULLAH

Jetzt, wo er das Gewäsch über Preispunkte und Regalauslagen endlich hinter sich hatte, konnte er zum wahren Leben übergehen. Und zu seinem wahren Namen vor Allah. Zurück aus der Schlacht, hatte er sich das rote Haar geschoren und den

Bart abrasiert, und alle Welt kannte ihn wieder als Dämlichen Darren, als Streichholzkopf oder was die Jungs bei der Arbeit ihm sonst gerade an den Kopf warfen, zusammen mit all dem anderen Mist, den er ständig zu schlucken hatte. Dumm grinsen und wegstecken, wie immer. Spielte ja keine Rolle mehr, jetzt. Fast war es so weit.

Da er allein wohnte, hatte er wenigstens einen Schrein aus seinem Nachttisch machen können. Dort betete er, nachdem er sich gewaschen, sein bescheidenes Gewand angelegt und sein bescheidenes Mahl zu sich genommen hatte. Leise, damit die Nachbarn ihn durch die papierdünnen Wände nicht hörten. Hinter der Tür, die er trotz Verbot im Mietvertrag mit mehreren zusätzlichen Schlössern ausgestattet hatte, war er sicher.

Heute Abend aber nicht. Heute Abend würden sie sich treffen.

Er war überzeugt, dass man ihm folgte. Das war er jedoch immer. Einmal war er vor dem Multiplexkino mit einem Kerl aneinandergeraten, der ihn zu lange angeschaut hatte. Er warte nur auf seine Freundin, hatte der Typ gesagt. Abdullah hatte gespürt, wie ihm das Blut ins Gesicht stieg und seine Fäuste sich ballten, doch er war weitergegangen.

Trotzdem, da war ein Schatten, eindeutig. Er schlüpfte ins nächste Pub, im Trubel unbemerkt, und ging schnurstracks zum Klo. Mit rauchendem Kopf saß er in einer der Kabinen. Er würde zu spät kommen, würde seinem Verfolger entgegentreten und ihm das Gesicht zu Brei schlagen. Erst mal beruhigen, bevor es weitergeht.

Rashid kam als Zweiter zum Treffpunkt. In seiner Erinnerung war die Zeit an der Front beherrscht von Angst, gemischt mit Ekel: vor dem Kampf und vor sich selbst. In den Explosionen war sein innerer Frieden zerschlagen worden. Die Schreie seiner Kommandanten, die ihn schikanierten, ihm ins Gesicht spuckten, waren ganz und gar nicht das sanfte, wohltuende Wasser des Islam, das er sich erhofft hatte. Jeden Tag tötete er Männer, Jungen, deren Sünde nicht im Widerstand lag, sondern in einer angeblich anderen Meinung über die Wünsche Allahs. Und er war nicht einmal sicher, ob diese Meinung sich von seiner unterschied. Auch Frauen, Kinder waren darunter.

Trotzdem tat er seine Pflicht. Ganze Ozeane unschuldigen Blutes vergoss er auf immer barbarischere Weisen, gemäß den Wünschen seiner Anführer und Lehrer. Er hatte schon gewusst, dass er im Namen Allahs dazu aufgefordert würde, vor seiner Abreise aus England war er von seinen religiösen Lehrmeistern gewarnt worden, aber so hatte er sich das nicht vorgestellt. Er hatte gedacht, es würde ritterlicher. Vielleicht, bestimmt sogar, war er einfach dumm; er hätte es wissen müssen. Er lernte ganz neue Weisen kennen, Schmerz und Angst hervorzurufen, das Leid zu verlängern, ehe der saubere Hieb mit der Klinge kam, und ja, es machte süchtig. Es machte Spaß, mehr als das: Es war ebenso berauschend wie entsetzlich, Leben derart routiniert und beiläufig ausgelöscht zu sehen. Nach einer Weile gierte man förmlich danach. In den eigenen Händen nicht nur die Macht, es zu tun, sondern auch das Glück, sich so wenig dabei denken zu müssen. Über seine Zweifel konnte er nicht sprechen, weder hier noch dort, weder damals noch heute. Das wäre ein Abfall vom Glauben, und darauf stand der Tod. Die Gewissheit der eigenen Rechtschaffenheit, darauf kam es an.

Nun war er zu etwas anderem berufen. Zurück in der Heimat mit den drei anderen, war er Teil eines größeren Plans, *inshallah*. Jeder von ihnen würde eine Aufgabe von größter Wichtigkeit erhalten, um die Ungläubigen in ihren Betten zu ermorden. Sie mussten sich wie die Westler kleiden, sich wie sie verhalten. Keinen Verdacht erregen. Nicht auffallen. Ab und zu in die Moschee, aber nicht den Imam niederbrüllen. Keine Treffen. So tun, als ob – außer bei den Treffen an ihrem geheimen Ort.

Allerdings hatte er noch eine andere Aufgabe, die er pausenlos mit seinem Glauben aussöhnen musste. Er war ein Spion, ein heimlicher Beobachter für die Ungläubigen.

Am Treffpunkt tanzte Adnan langsam, wie in Trance, zur Musik. Rashid hatte – ganz seiner Ausbildung gemäß – sorgsam darauf geachtet, dass niemand ihm gefolgt war. Das war jedoch nichts als Show gewesen, für den Fall, dass Adnan oder einer der anderen ihn beobachtete. Jake wusste genau, wo sie sich trafen. Rashid hatte es ihm gesagt. Als er eintrat und Adnan begrüßte, spürte er Jakes Kameras und Mikrophone in sämtlichen Winkeln. Garantiert waren da welche, auch wenn Jake und Leila darauf bestanden, ihn nach jedem Treffen ausführlich zu befragen.

Bald trafen auch die anderen ein, Abdullah und Bilal. Ob das ihre echten Namen waren, wusste Rashid nicht. Unter den gegebenen Umständen tat das nichts zur Sache. Jake und

Leila hätten es sicher gern gewusst, aber er hätte es unmöglich in Erfahrung bringen können.

Zuerst beteten sie im Stillen, auf den Matten kniend, die Adnan ausgelegt hatte. Kaum waren diese wieder aufgerollt, schloss der junge Abdullah den Schrank an der Rückwand auf und holte den Computer mit dem 36-Zoll-Bildschirm heraus. Abdullah war ein konvertierter weißer Engländer mit hektischem Blick. Angeblich war er, bevor man ihn in den Kampf geschickt hatte, noch niemals im Ausland gewesen. Der Islam habe seinem Leben einen Sinn gegeben, hatte er erklärt, im Kampf habe er sich zum ersten Mal gefühlt, als gehöre er dazu und würde etwas leisten.

«Nein, Bruder», sagte Adnan sanft, indem er Abdullah die Hand auf die Schulter legte und langsam den Rollwagen mit dem Computer zurück in den Schrank schob. «Vielleicht später. Zuerst müssen wir woanders hin.»

Den anderen war das neu.

«Keine Sorge», sagte Adnan lächelnd. «Gute Neuigkeiten. Wir kommen unserem Schicksal einen Schritt näher. Später kommen wir hierher zurück. Hat jemand ein Handy dabei?»

Alle drei schüttelten den Kopf. Zum Treffen mit einem Handy zu erscheinen, hätte gegen sämtliche Regeln verstoßen. Sie waren schließlich ausgebildet worden.

Sie vergewisserten sich, dass alles sicher weggeschlossen war, dann verließen sie leise das Zimmer. Auf dem Weg über die Einfahrtsrampe entdeckten sie auf dem dunklen Parkplatz vor den Wohnblocks einen alten weißen Lieferwagen mit verbeulten Radkappen und schwarzen Streifspuren an einer Seite. Adnan öffnete die hintere Ladetür, doch Rashid konnte keinen Blick aufs Nummernschild erhaschen. Nur einen Aufkleber neben einem schweren Schloss bemerkte er: IN DIESEM FAHRZEUG WERDEN NACHTS KEINE WERKZEUGE GELAGERT. Die Tür schlug zu, und Adnan flüsterte: «Wir sollen warten.»

Sitze gab es keine. Sie nahmen auf dem Boden Platz. Rashid blickte auf seine Hände, so ziemlich das Einzige, was er in der Dunkelheit erkennen konnte. Was sollte er Jake berichten? Er würde auf Antworten brennen, auf Hinweise. Heimlich tastete Rashid auf dem Boden nach kleinen Gegenständen, die auf irgendetwas hindeuten könnten. Nichts, was er einstecken konnte. Er roch bewusster: Da war nur der schwache, anonyme Hauch von Diesel. Bloß ein ramponierter, alter weißer Lieferwagen, wie es sie hier zu Tausenden geben musste.

Eine Vordertür ging auf, und der Wagen wackelte leicht, als jemand einstieg, wohl auf der Fahrerseite. Gedämpftes Husten. Der Motor sprang relativ problemlos an, der Lieferwagen fuhr los. Nicht schlecht in Schuss, schloss Rashid. Aber was sollte das schon heißen?

Der Lieferwagen fuhr eine Steigung hinauf und kurvte langsam durch die Sozialsiedlung. Rashid konnte sich genau vorstellen, wo sie sein mussten, auf welche Kreuzung sie gerade zufuhren. Dann erreichten sie die Hauptstraße. Der Lichtspalt an der Tür verriet nichts darüber, wo sie sich befanden. Links, wieder links, rechts und noch mal links, da hatte Rashid schon keine Ahnung mehr, wohin die Reise ging. Obendrein war er – wie die drei anderen – damit beschäftigt, sich festzuhalten, um nicht wie eine leere Blechdose durch den Laderaum zu kullern. Sie kicherten über ihre Bemühungen – alle außer Adnan, der ganz der ernsthafte Anführer blieb und versuchte, sich mit seinen langen Beinen zwischen die beiden Außenwände zu klemmen. Vergeblich, wie sich zeigte: Der Lieferwagen bremste ab und fuhr ruckartig wieder an – eine Ampel vermutlich –, und Adnan purzelte mit den anderen durcheinander.

Einmal beschleunigten sie über eine längere Strecke, weshalb Rashid annahm, dass sie auf der Ringstraße waren, die längst von der mehrspurigen Umgehung ersetzt worden war, dann schwenkten sie links in eine Ausfahrt. Aber Ausfahrten gab es im Norden, Westen, Süden und Osten.

Vermutlich hatten sie die Stadt nicht verlassen. Die folgenden Links- und Rechtskurven, während deren er sich erbittert an Bilals Revers festklammerte, könnten zwar die Landstraßen sein, die zum Nationalpark und zur Heide führten, die er als Kind oft mit seinen Eltern besucht hatte, aber wahrscheinlich handelte es sich um städtische Seitenstraßen. Der Lieferwagen hielt, und der Fahrer stieg aus. Er ließ die Tür offen und den Motor laufen. Ein metallenes Rolltor wurde aufgezogen. Dann stieg der Fahrer wieder ein und schaltete in den Rückwärtsgang. Sie stießen zurück, und der Motor verstummte. Der Fahrer stieg wieder aus.

«Wartet», flüsterte Adnan. «Wir sollen warten.»

Rashid hörte, wie das Tor wieder geschlossen wurde. Also waren sie in einem Gebäude. Eine Garage vielleicht?

Lautes Klopfen an der Außenwand ließ sie aufschrecken. Sie rafften sich auf, und Abdullah griff nach dem Türhebel. Sie stiegen aus, gewöhnten sich wieder ans Stehen und das Licht. Bilal strich sich den Schmutz von der Kleidung, Rashid tat es ihm gleich. Irgendeine große Halle, ein stillgelegtes Lagerhaus oder eine alte Fabrik. Solche Gebäude fand man dieser Tage überall in der Stadt. Rashid sah sich nach Schildern oder Logos um, nach irgendeinem Detail, durch das sich später ermitteln ließe, wo sie waren, doch im Dunkeln war nicht das Geringste zu erkennen.

Auch Hinweise auf den früheren Zweck der Halle gab es keine. Die kaputten Paletten konnten für alles Mögliche gedient haben. Ein alter, verschmierter Lastenkran hing darüber. In der Luft lag ein blaugrau-öliger Geruch, vermischt mit dem Aroma staubigen Verfalls, doch nichts Spezifisches, zumindest nichts, was Rashid bemerkte. Groß war die Halle, mehr konnte er nicht sagen. Mehrere Sattelschlepper mochten früher nebeneinander an der Verladerampe geparkt haben, während der Lastenkran hin und her fuhr und Gabelstapler Güter ein- und ausluden, schätzte er. Einen Augenblick lang malte er sich emsigen Betrieb aus, Männer in adretten Uniformen, die Punkte auf Klemmbrettern abhakten; müde Fahrer, die sich, auf den Trittbrettern ihrer Laster sitzend, Kaffee aus Thermoskannen eingossen. Das war die wirtschaftliche Blüte gewesen, die diese Stadt einst belebt hatte, ehe sie verwelkte und nur noch Unkraut hinterließ, das aus den Rissen im Beton spross.

Da war noch jemand, wie sie jetzt merkten, reglos saß er in einiger Entfernung. Er lächelte, das konnte Rashid gerade so erkennen. Gemeinsam gingen sie auf ihn zu, da hob er die Hand. Sie blieben augenblicklich stehen.

«*As salaam alaikum*», sagte er.

«*Was alaikum as salaam*», brummten sie zurück.

«Bleibt da stehen, Brüder», fuhr er freundlich fort. «Ich muss mit euch sprechen.»

Aus einer kleinen Industrielampe fiel Licht auf den Boden,

ungefähr auf halber Strecke zwischen ihnen. Vermutlich batteriebetrieben. Rashid konnte den Mann nicht ausreichend erkennen, um ihn genauer zu beschreiben. Beleibt wirkte er, aber das lag vielleicht nur an der Kutte. Er hatte einen dunklen Bart und trug ein kariertes Tuch um den Kopf. Zum ersten Mal fragte Rashid sich, ob Jake und seine Leute ihnen wohl gefolgt waren und ob sie diesen Mann dort kannten.

«Man hat euch einen heiligen Auftrag anvertraut», sagte der Mann. Hiesiger Akzent. Sonst war im Tonfall nichts zu hören. Kein Schottisch oder Walisisch, kein Newcastle, kein Londoner Näseln, keine fremdländischen Vokale. «Vergessen wir das nicht. Da unten, in der Hitze des Gefechts, lag es auf der Hand. Aber das hier ist genauso wichtig. Das ist euer Schicksal als Krieger. Ihr müsst zum Kampf bereit sein. Ihr müsst euch darauf vorbereiten, zu tun, was zu tun ist. Noch einmal müsst ihr tief in eure Herzen blicken. Ihr müsst diese Herzen versteinern, denn ihr müsst Dinge tun, die euch barbarisch vorkommen werden. Man wird euch auffordern, eure Mitbürger zu töten, und das wird nicht so sein wie auf dem Schlachtfeld. Ihr werdet mutiger sein müssen, als ihr euch jemals vorstellen konntet.»

«Wir sind bereit», sagte Adnan, und die anderen nickten. Bilal scharrte mit den Turnschuhen über den Boden und senkte den Blick.

«Ich weiß», sagte der Mann. «Natürlich. Wie auch nicht? Ihr seid ernsthafte Männer, Gelehrte. Zwei Dinge habe ich euch mitzuteilen. Erstens: Der Zeitpunkt naht, und ihr solltet euch auf den Dschihad vorbereiten. Zweitens: Eure Freunde und Brüder sehen aus der Ferne zu und schicken ihre Liebe. Jetzt hört die Anweisungen, die ich euch bringe.»

«Ja», brummten sie – eine Pause hatte die Antwort nötig erscheinen lassen.

«Ihr seid alle gleich. Keiner steht über den anderen.» Er blickte zu Adnan. «Adnan hat die Anweisungen für dieses Treffen erhalten. Beim nächsten Mal ist es vielleicht ein anderer von euch. Vielleicht auch wieder Adnan. Adnan …»

«Ja?»

«Das richtet sich nicht gegen dich. Du hast deine Sache gut gemacht.»

«Schon in Ordnung», erwiderte Adnan, doch Rashid fand, er sah enttäuscht aus, was der Mann offenbar ebenfalls bemerkt hatte.

«Gut», sagte der, lächelte wieder, ging vielleicht bewusst über Adnans Enttäuschung hinweg. «Das müsst ihr lernen. Ihr seid Brüder, verwandt nicht durch Blut, sondern in einem höheren Sinn. Ihr werdet gemeinsam euer Schicksal finden. Wichtig ist jetzt, dass ihr euch gemeinsam vorbereitet. Betet zusammen, lest zusammen den Koran, hört die relevanten Prediger. Bringt euch körperlich in Form. Schlaft gut. Haltet euch bereit, schnell loszuschlagen, innerhalb von ein oder zwei Tagen. Bald werdet ihr die nötige Ausrüstung beschaffen müssen.»

«Was brauchen wir denn?», fragte Rashid.

«Nichts Besonderes, leicht zu bekommen», sagte der Mann. «Den Rest besorge ich. In ein paar Tagen melde ich mich wieder. Und, ganz wichtig: Seid auf der Hut vor dem Feind! Die kennen euch bereits. Beobachten euch vielleicht. Hütet euch vor ihnen und seid vor allem vorsichtig, wenn ihr euch trefft. Aber lasst es euch nie anmerken. Geht ganz normal zur Arbeit. Seid fröhlich, unfreundlich, so, wie man euch eben kennt. Wenn nötig, lästert Gott. Lacht mit diesen Leuten, seid gesellig. Bemitleidet sie, wenn ihr nicht anders könnt, aber habt kein Erbarmen. Ihr steht vor dem nächsten, dem allerletzten Schritt. Aber bis ich euch das Zeichen gebe, lebt weiter wie immer. Sprecht nicht miteinander. Haltet euch strikt an die Sicherheitsmaßnahmen. Man hat euch beigebracht, wie ihr euch zu verhalten habt. Ihr spielt eine Rolle. Lasst sie glauben, dass ihr zu ihrer Welt gehört. Ihr dürft lügen, sein wie sie, weil es der Sache dient. Bald wird man euch zu eurem heiligen Auftrag rufen. Dann seid ihr den ganzen Druck los. Verstanden?»

Sie nickten. Rashid sah, wie Bilal und Adnan sich einen Blick zuwarfen. Sie kannten sich von früher, von irgendwo hier in der Stadt.

«Noch Fragen?»

«Wer sind Sie?», fragte Abdullah.

Der Mann lächelte seelenruhig weiter. «Ich bin niemand. Mehr müsst ihr nicht wissen. Mein Name tut nichts zur Sache. Ich bin unwichtig, bin nur ein Werkzeug. Ich bringe euer Schicksal, aber entscheide es nicht. Das wäre anmaßend. Ich bringe nur die Nachricht aus der Ferne. Glaubst du mir?»

«Ja. Natürlich», sagte Abdullah, und Rashid sah, wie er rot wurde. «Tut mir leid.»

«Du musst dich nicht entschuldigen. Das ist verständlich. Ich könnte euch einen Namen nennen, doch der wäre ausgedacht. Ich bin unwichtig. Definitiv nicht so wichtig, wie ihr Glücklichen es seid. Jetzt ab, zurück in den Wagen.»

3

Der Rückweg verlief in derselben holprigen Stille wie der Hinweg, doch diesmal wussten sie sich besser so in die Ecken zu klemmen, dass sie nicht hin und her geworfen wurden. Von neuem lernten sie, was ihnen dort unten zur zweiten Natur geworden war, als man sie in heißen Metallcontainern zum nächsten Schlachtfeld oder zu der nächsten blutgetränkten Straße brachte. Damals hatten sich allerdings um die zwanzig Brüder in den stinkenden, staubigen Laderaum gequetscht. Licht und sengende Hitze drangen durch die rostigen Karosserien der Lieferwagen, jeder klammerte sich an seine Waffe wie an sein Seelenheil, so eng beieinander, dass man ohnehin nicht umfallen konnte, so konzentriert, dass man an Nebensächlichkeiten wie persönlichen Komfort nicht einmal dachte. Daraus bestand das Leben hier, aus Nebensächlichkeiten: Man zerbrach sich den Kopf darüber, welche Sorte Cornflakes man zum Frühstück essen, was man anziehen, welche Musik man über seine Kopfhörer laufen lassen sollte. Adnan sehnte sich nach Einfachheit.

Im Dunkeln beäugte er die andern, konnte ihren Mienen allerdings nichts ablesen. Bilal, der Junge von nebenan. Adnan hatte ihn früher immer für einen nöligen Jammerlappen gehalten. Sportlich war er nicht gewesen, im Gegensatz zu

Adnan, auch wenn er sich gerne mal ein Spiel angeschaut hatte. Ein-, zweimal waren sie mit anderen im Stadion gewesen. Als Adnan nach London ging, um Wirtschaft zu studieren, studierte Bilal Soziologie an einer Provinzuni, von der Adnan nie gehört hatte. Er sagte immer, sie hätten sich aus den Augen verloren, doch in Wahrheit hatten sie nie viel miteinander zu tun gehabt, nur zu einer losen, größeren Gruppe gehört, wo engere Freundschaften sich zufällig anschlossen oder bildeten. Nie hätte Adnan gedacht, dass ausgerechnet Bilal einer der Auserwählten werden würde; er hätte ihm weder die körperliche noch die geistige Stärke dafür zugetraut. Man konnte eben nie wissen. Andererseits mochte auch der immer schon fromme Bilal sich wundern, dass Adnan den Weg bis zu diesem seltsamen Punkt gegangen war, denn er hatte durchaus ein Faible für Mädchen und Alkohol gehabt.

Rashid, der Pakistani, blickte ihn an. Im Gegensatz zu Adnan, dessen Eltern vor dem ersten Golfkrieg geflohen waren, lebte Rashids Familie angeblich seit Generationen hier. Er war Brite und doch nicht Brite, ernsthaft und fleißig, hatte Wirtschaft studiert, ging tagsüber im Anzug zur Arbeit und saß abends bei ihnen, wenn sie beteten und die Predigten und aufwendig produzierten Filme auf dem großen Bildschirm im Versteck schauten. Adnan mochte Rashid, obwohl er ihn nicht kannte. Er sah ihn als Gleichgesinnten.

Abdullah, den musste man im Auge behalten. Den Weißen. Er war sofort aufgefallen, als er zum ersten Mal in der Moschee aufgetaucht war, etwa drei Jahre musste das jetzt her sein. Rote Haare und ein dichter roter Bart. Er arbeitete in einem Supermarkt, wo Adnan ihn ab und zu gesehen hatte, an seinem kleinen Laptop, vertieft in Besprechungen über

Lagerbestände oder Kühltemperaturen. Im Laden hatten sie einander nicht einmal gegrüßt, dann waren sie plötzlich gemeinsam dort unten gewesen. Es war üblich, Männer aus derselben Gegend in ein Team zu stecken, vielleicht sogar mit Blick auf das hier, damit sie irgendwann zurückkehrten und den Dschihad tief in den Westen trugen. Er hatte sich gut geschlagen, eine Blutgier an den Tag gelegt, die einem fast auf die Nerven gehen konnte. Man hatte ihn angewiesen, den Bart abzurasieren und die Haare kurz zu tragen. So glich er eher einem Rugbystürmer als einem Konvertiten. Adnan vertraute ihnen allen, aber im Zweifel wäre es Abdullah, dem er nicht mehr trauen würde.

Der Lieferwagen hielt, und jemand klatschte gegen die Trennwand zwischen Führerhaus und Laderaum. Sie stiegen aus, und Abdullah wollte sich umdrehen. «Nein», sagte Bilal, leise, aber bestimmt. «Wir sollen den Fahrer bestimmt nicht sehen.» Der Lieferwagen fuhr davon, und sie warteten vor der Tür, bis das Brummen des Motors im allgemeinen Lärm der Stadt verschwand. Adnan machte auf.

Sie tranken Tee, süß und schwarz wie immer, saßen einander auf Kissen gegenüber. Fast wie eine Verschnaufpause vom Kampf in irgendeinem Kellerbunker hinter Sandsackwällen, wäre die Luft nicht so frostig gewesen, dass man den Heizlüfter voll aufdrehen musste, und liefe da nicht diese Rap-Musik.

«Hat dich ganz schön zurechtgestutzt, hm?», sagte Abdullah, und Adnan musste sich vergewissern, dass es nicht bissig gemeint war. Abdullah sah ihn aus blauen Augen offen an. «Tut mir echt leid, Bruder», sagte er.

«Kein Ding», sagte Adnan. «Er hat ja recht.» In Wahrheit

war er stinksauer gewesen. Irgendwer musste doch das Heft in der Hand haben. Sagen, wo es langging.

«Nicht mehr lange», sagte Bilal.

«Wie fandet ihr das denn?»

«Was meinst du?»

«Na ihn. Die Kutte, das Kopftuch, den Bart, die ganze ‹Abstand halten›-Nummer.»

«Ja, genau», sagte Rashid. «So voll: ‹Seht mich an, ich bin der Scheich.›»

«Sehr gut», sagte Adnan. «Der Scheich. Super.» Er lehnte sich zurück und lachte. Dann bemerkte er Abdullahs Blick. «Bleib locker. Alles gut.»

«Den hat uns aber nicht die Schmierpresse geschickt, oder?», fragte Rashid. «‹Der Einschleich-Scheich› oder so?»

Sie lachten, dann schwiegen sie.

Bilal fuhr den Computer hoch und arbeitete sich durch die aufwendigen Sicherheitsmaßnahmen. Bald schauten sie den neuesten Propagandafilm, professionell gefilmt, gekonnt geschnitten, in HD, packend, bewegend.

Musik, durchsetzt mit dem Morgenruf des Muezzins, Begräbnisgeheul und fieberhaftem, schrillem Kommentar. Keiner von ihnen sprach mehr als ein paar Brocken Arabisch, weshalb sie die englischen Untertitel mitlasen, die sie an ihre Bestimmung gemahnten. Hypnotisch war das, fand Adnan, hier in diesem Zimmer, bei gedimmtem Licht, diese Mischung aus Zorn und innerem Frieden, aus Abscheu und Genuss, diese Bildwelten des Schreckens und der Schönheit. All dies, so begriff er, musste Hand in Hand gehen, am selben Ort, zum selben Zeitpunkt, in derselben Tat.

Später, zu Hause, konnte Adnan sich entspannen. Er schlich sich hinein, seine Mitbewohner waren offensichtlich schon im Bett. Morgen würde er Anspielungen auf ein ganz spezielles Liebesabenteuer fallenlassen müssen. Ein Griff in das Versteck unter einer Bodendiele seines Zimmers, dann ging er in die Küche, wischte sieben Bierdosen vom Couchtisch und legte die Füße in Socken darauf. Klebrig. Ekelhaft.

Er musste jetzt dringend was rauchen, um runterzukommen. Tief und lang sog er den Rauch ein, genoss die beißende, dichte Schwere, dann griff er zur Fernbedienung und zappte träge durch die Sender. Muss einfach mal bisschen chillen, Mann, brummte er aufs Sofa gelümmelt vor sich hin. Ein Blick auf die Uhr. Viertel nach eins. Alter. Was für ein Haufen Scheiße. Alles, sogar dieser ganze Mist. Der nölige Bilal. Der verfickte Paki Rashid. Der fette weiße Möchtegern Abdullah. Alles Scheiße. Immerhin würde alles bald mit großem Knall zu Ende gehen.

Langsam wirkte das Zeug. Alles nur noch halb so wild. Vielleicht würde er einfach auf dem Sofa liegen bleiben.

Mr Masoud und seine Frau saßen im Wohnzimmer. Sie waren schon im Bett gewesen, hatten aber nicht schlafen können. Er war als Erster aufgestanden, schlich auf leisen Sohlen durch die Dunkelheit, im Glauben, seine Frau habe eine der Pillen genommen, die der Doktor ihr verordnet hatte. Als er gerade mit dem Familienalbum auf den Sessel sank, hörte er sie herabkommen. Mit seinen Hausschuhen und seinem Morgenmantel in der Hand. Wozu, dachte er. Erfriere ich eben, was spielt das denn noch für eine Rolle?

«Ich dreh die Heizung an», sagte sie, «und setze Tee auf.»

Sie war die Starke. Wusste, wie man weitermachte. Er wusste nicht mal recht, wo alles aufgehört hatte, geschweige denn, wo man es wieder aufnehmen könnte. Weit verbreitet war das, das mit der Trauer, so viel wusste er. Die ganze Nation trauerte, so stand es in der Zeitung, aber das machte es nicht größer. Nein, es nahm ihm etwas weg. Meine Tränen für Aisha und Samir gehören mir und meiner Familie, dachte er, diese Leute sind zwar aufrichtig bekümmert und meinen es nur gut, aber der Verlust, der Schmerz sind meine, nicht ihre. Sie kannten meine Liebsten nicht. Diese Pein steht ihnen gar nicht zu.

Er sah ein, dass er ungnädig war, dabei kannte man ihn eigentlich als gütig. Das hielt ihn jedoch nicht davon ab, sich zu wünschen, er könne seine Trauer für sich bewahren.

Eines konnte er aber weder vor sich selbst noch seiner Frau noch länger verbergen: seine Wut. Äußerlich war Mr Masoud noch immer derselbe unprätentiöse, bescheidene Mensch, der still seiner Arbeit nachging und freitags andächtig in der Moschee betete, der von der Welt nicht mehr verlangte als die Freiheit, sein kleines Geschäft zu betreiben, seine Religion auszuüben und sich im Kreis seiner Familie wohlzufühlen. Jetzt aber erkannte er, dass diese Wut schon eine ganze Weile da gewesen war. Vielleicht sogar schon immer. Wut auf dieses Land seiner Geburt angesichts der Nachteile, die es seiner Familie so eindeutig beschert hatte. Wut auf diese Stadt, auf ihr Elend und ihre rüpelhaften Bewohner, die er als werte Kunden zu behandeln hatte. Wut darauf, sich hier nicht verwurzelt zu fühlen, obwohl er nie woanders gelebt hatte. Wut auf seine eigene unprätentiöse Bescheidenheit. Wut darauf, nirgends mehr hinzugehören.

Das Attentat, das ihm Sohn und Enkelin geraubt hatte, hatte alles verändert. Unstillbare Wut verzehrte ihn.

Die Medien. Diese Geier, diese Echsen. Auch die, die er eigentlich respektierte, hatten nicht lange gebraucht, ihn ausfindig zu machen und mit Interviewanfragen zu bombardieren. «Das ist Ihre Chance, Ihre Seite der Geschichte zu erzählen, Mr Masoud», hatte in einer Nachricht gestanden, einfach auf einem Zettel durch den Briefschlitz geschoben. Meine Seite, hatte er gedacht: Gibt es denn noch eine andere als die der Terroristen? Und dieser Fetzen Papier: Sie hatten sich nicht mal die Mühe gemacht, auf ein ordentliches Blatt zu schreiben. Diese Herablassung, als wäre seine Familie nur für die Medien da. Aber genau so sahen die das wohl.

Er kannte sie gut. Vor dem Ganzen hatte er nach dem ersten Morgenansturm immer auf seinem Hocker hinter der Kasse gesessen und die Zeitungen durchgearbeitet, die Brille weit vorn auf der Nasenspitze, um über sie hinweg ein Auge auf hereinkommende Kunden und den gelegentlichen Ladendieb zu haben. Er ging methodisch vor: erst den Boulevardmist, damit er sich in der Frühstückspause um elf den großen Tageszeitungen widmen konnte. Er hatte sich nie zwischen dem *Guardian* und dem *Telegraph* entscheiden können. Jetzt lag die Sache klarer: Die Pest auf alle eure Häuser, dachte er. Ich sehe doch, wie das läuft. Auf der Jagd nach Storys stirbt die Wahrheit. Ihr liegt komplett daneben.

Er kochte innerlich. «Beruhige dich», drängte seine Frau, als sie den Tee auf den Untersetzer auf dem Beistelltisch neben seinem Sessel stellte. Dann setzte sie sich selbst. «Nichts wird das besser machen. Nur die Zeit. Und durch die wird es auch nicht besser werden, sondern nur weiter weg sein.»

Als sie vor fünf Jahren dieses Einfamilienhaus im wohlhabenden Westen der Stadt gekauft hatten, an der grünen Wiese, hatten sie geglaubt, sie seien angekommen. Das Haus war groß, zu groß für sie beide, aber perfekt für Familienzusammenkünfte oder Besuche der Enkel. Jahrelang hatten sie direkt über dem Laden gewohnt und sich dort wohlgefühlt, doch Mr Masoud hatte eifrig gespart und klug investiert. Sein Neffe hatte mit seiner jungen Frau die Wohnung und den Laden übernommen. Jetzt wäre es Mr Masoud auch egal, wenn er in der Heimatsstadt seines Großvaters als Bettler in der Gosse leben würde, statt ein Haus mit zwei Schlafzimmern und Bädern sowie einer Privateinfahrt zu besitzen.

«Diese Leute», sagte er.

«Welche Leute?»

«Diese Sicherheitsleute. Die widern mich an.»

Sie hatten das Untersuchungsverfahren von Beginn an mitverfolgt und sich mit ein paar der anderen Familien angefreundet. Einige waren zu den Masouds auf Abstand geblieben, aus offensichtlichen Gründen: ihr muslimischer Glaube und ihre Hautfarbe.

Zum Einstieg hatte die Untersuchungsanwältin – langsam und ohne jede Emotion – die Namen der Opfer verlesen: erst die Toten, dann die Verletzten. Merkwürdig war das gewesen, Aisha und Samirs Namen so zu hören, wie bei der Anwesenheitskontrolle in der Schule. Der Vorsitzende sprach ein paar trauervolle Worte über die Schwere seiner Aufgabe und stellte die vier anderen Mitglieder des Ausschusses vor. Mr Masoud schrieb mit, in dem eigens mitgebrachten Notizbuch. Dann war Zeit für die erste Sitzungspause. Offenbar war der Plan, erst die Emotionen und den Kummer abzuhaken, um das Geschehene dann haarklein zu sezieren und mit der unvermeidlichen Schuldzuteilung zu schließen. Das Notizbuch führte er seither sorgfältig und sah es regelmäßig durch. Wahrheiten fand er nie darin, nicht einmal hilfreiche Lügen.

Aufmerksam hatten sie den Eingangsstatements der Anwälte gelauscht und halbwegs verstanden, wie die Sache ablief. Jeder betroffenen Gruppe, einschließlich der Opfer und ihrer Angehörigen, stand eine Vertretung zu, denn es handelte sich um ein echtes Verfahren. Außerdem gab es eine Untersuchungsanwältin, die mit ihrem Team die Vernehmung leitete.

Auch den Zeugen hatten sie gut zugehört. Der erste Kriminaltechniker sprach über die Zusammensetzung des Sprengsatzes, die ungeklärte Frage der Zündung, die Sprengwirkung und die in der Bombe eingesetzten Splitter. Eine Medizinerin erläuterte die große Bandbreite der Verletzungen, die Ursachen und die wahrscheinliche Zeit bis zum Eintritt des Todes sowie die Genesungsaussichten der Überlebenden. Alle Experten ließen Fotos auf einem großen Bildschirm zeigen. Den Angehörigen wurden Sitzplätze ohne Sicht auf den Bildschirm angeboten, doch Mr und Mrs Masoud wollten es sehen, allem Grauen zum Trotz. Sie reckten die Köpfe und kniffen die Augen zusammen, in der Hoffnung, irgendwo auf diesen grellen Farbfotos den Sinn von alledem zu finden. Mit Aisha und Samir schien das alles rein gar nichts mehr zu tun zu haben.

Als Nächstes kam die Polizei, ein Inspektor, der aus verschiedenen Blickwinkeln aufgenommene Videobilder aus der Bahnhofshalle kommentierte, sowohl von den fest installierten Kameras am Bahnhof als auch von den Körperkameras der Beschatter. Mr Masoud erfuhr, dass auch vierzehn Polizisten und Geheimdienstbeamte bei der Explosion ihr Leben gelassen hatten. Die Videos liefen synchron auf mehreren Bildschirmen, und der Inspektor drückte hier und da auf Pause, um auf wichtige Punkte hinzuweisen. Professionell gemacht, doch Aisha oder Samir konnte Mr Masoud nirgendwo erkennen.

Schließlich trat Abu Omar mit seinen strahlend weißen Turnschuhen ins Bild wie auf eine Bühne, den blauen Rucksack auf dem Rücken. Hörbares Einatmen im Publikum: So jung wirkte er, und zugleich so großspurig. Mr Masoud hatte ihn gekannt, viele Jahre war das her. Damals konnte er höchstens elf oder zwölf gewesen sein. Ein kluger Junge, höflich und respektvoll, der mit seinen Freunden im Laden manchmal Süßigkeiten gekauft hatte. Sein Vater arbeitete in der Werkstatt, in die Mr Masoud immer sein Auto brachte, und in der Moschee nickten die beiden Männer einander zu. Noch ganz der Junge von damals, Khalid war sein Name, immer noch schlaksig, so schlenkerte er mit gesenktem Kopf seinem Schicksal entgegen, und dem von Aisha und Samir.

Kurz vor der Explosion stoppte der Inspektor das Video. «Ich schlage vor, wir brechen hier ab», sagte er.

Nein, ich will das sehen, dachte Mr Masoud.

Der nächste Zeuge, der Einsatzleiter der Polizei, erläuterte zu Beginn seiner Aussage den exakt protokollierten Entscheidungsprozess. Er erklärte, die Behörden hätten von einem geplanten Attentat in der Stadt erfahren, und die Geheimdienste hätten Informationen über den mutmaßlichen Täter Abu Omar geliefert. Die Untersuchungsanwältin wollte wissen, wieso man nicht sofort etwas unternommen habe. Der Beamte erklärte, eine Strafverfolgung sei zu jenem Zeitpunkt nicht möglich gewesen, man habe die Informationen erst «unterfüttern» müssen. Zwar gab es einen Hinweis auf die Absicht, aber nichts, was man als Beweis hätte vorlegen können.

«Und woher kamen diese Informationen?»

«Von Abu Omar selbst», sagte der Beamte hustend.

«War Ihnen das zu diesem Zeitpunkt bewusst?»

«Ja, einige wenige von uns wussten Bescheid. Ich musste es wissen, da ich die Ermittlung leitete.»

«Und weshalb wurde dieses Komplott nicht gleich im Keim erstickt?»

«Ich verstehe, dass Sie das fragen», sagte der Beamte. «Wirklich. Aber es hieß, an dem Komplott seien noch weitere Personen beteiligt, die wir noch nicht identifiziert hatten. Das mussten wir erst tun, um zukünftige Anschläge zu verhindern. Soweit wir wussten, sollte Abu Omar den Sprengsatz lediglich transportieren.»

«Als Kurier, sozusagen. Oder als nützlicher Idiot.»

«Wenn Sie so wollen. Wir wussten das jedenfalls nicht nur von Abu Omar. Die technische Abteilung hatte es bestätigt. Mit Mikrophonen und all so was.»

«Dann hatten Sie die anderen also gefunden.»

«Ja. In Zusammenarbeit mit anderen Behörden konnten wir sie identifizieren.»

«Und wieso war dann nicht Schluss?»

«Wir dachten darüber nach. Wir hatten ausreichend Beweise, um ein relativ aussichtsreiches Strafverfahren anzustrengen. Mit geringerem Strafmaß, vermutlich, als bei einer

Festnahme dieser Männer in Besitz eines Sprengsatzes. Außerdem glaubten wir, dass mindestens eine weitere Person beteiligt war, möglicherweise maßgeblich.»

Die Anwältin bat den Beamten, den Tag der Explosion zu beschreiben. Laut Informationen war ein Probelauf geplant gewesen. Die Terroristen wollten einen blauen Rucksack vorbereiten – so wie den, den sie für den Ernstfall vorsahen –, den Abu Omar um 17:15 Uhr durch den Bahnhof tragen sollte, um die Reaktion der Sicherheitskräfte zu prüfen. Ein Testlauf ohne großes Risiko.

«Und Sie nahmen diese Informationen für bare Münze?»

«Zu diesem Zeitpunkt bestand kein Grund, sie anzuzweifeln», antwortete der Beamte.

«Soso. Sie vertrauten also darauf, was Ihre lichtscheuen Kollegen Ihnen erzählt hatten?»

«Das haben Sie gesagt. Ich würde es nicht so ausdrücken. So oder so standen uniformierte Beamte bereit, um falls nötig einzugreifen.»

«Tragischerweise hielt das aber niemand für nötig.»

«Das stimmt. Einer meiner Leute hatte die Tasche überprüft, kurz bevor Abu Omar zum Bahnhof ging. Zeuge T begleitete meinen Beamten zu dem Treffen, bei dem eine gründliche optische und technische Durchsuchung durchgeführt wurde. Steht alles im Protokoll.»

«Haben wir gelesen. Aber dann lief alles schief. Konnten Sie denn wenigstens die anderen Verdächtigen festnehmen?»

«Die kamen ebenfalls bei der Explosion ums Leben. Sie sollten Abu Omar im Bahnhof schützen.»

«Und dieser fünfte Mann, wenn wir ihn mal so nennen wollen? Was ist mit dem?»

«Keine Spur.»

«Also hat Abu Omar den Sprengsatz direkt vor Ihren Augen gezündet?»

«Da sind wir uns nicht ganz sicher. Möglicherweise wurde er aus der Ferne ausgelöst. Oder per Zeitzünder. Dass die anderen Terroristen ebenfalls umkamen, scheint das nahezulegen. Oder es gab eine technische Störung.»

«Er trug aber ja einen Zünder bei sich.»

«Er hatte etwas in der Hand, das wie eine Schaltung aussah, stimmt. Das muss aber nicht der Zünder gewesen sein. Es wurden auch Teile eines Smartphones gefunden. Möglicherweise diente das als Zeit- oder Fernzündung.»

«Das Ganze sollte jedenfalls eine Probe sein, ohne Sprengstoff.»

«So hieß es, ja.»

Der Anwalt der Opfer war sogar noch aggressiver. Mr Masoud war der Mann schon unsympathisch gewesen, als er und die anderen Angehörigen ihn kennengelernt hatten. Er war berühmt, wie Mr Masoud bei einer Internet-Suche nach dem Treffen herausgefunden hatte, ein Staranwalt mit blondiertem Haar, dessen Sonnenbräune seine Falten und sein Alter nur noch unterstrichen. Eitel und unfreundlich war er, und insbesondere mit Mr Masouds Frau auch ungeduldig. Diese Eigenschaften bewies er auch im Umgang mit den Zeugen. Zweifellos gehörte das zu seinem Handwerkszeug und mochte wohl nützlich sein, doch Mr Masoud konnte sich des Gedankens nicht erwehren, ein subtileres Vorgehen wäre vielleicht fruchtbarer. Stell deine Wut nicht so zur Schau, hätte er ihm gern gesagt. Oder war die Wut nur aufgesetzt, gespielt, ganz anders als Mr Masouds stumme, heimliche Version?

Sachte-sachte, wie Kipling – oder irgendwer anders – gesagt hatte. Mit sachte-sachte hatte Mr Kerr jedoch wenig am Hut. Mr Masoud hatte Mitleid mit dem Polizisten gehabt.

Mit dem Spion allerdings nicht. Nach der Mittagspause waren sie zurück in den Verhandlungsraum gekommen, wo inzwischen ein raffinierter Sichtschutz aufgebaut worden war, einzig und allein, um dem Publikum den Blick auf den Zeugen zu verwehren. Das Publikum – Mr Masoud, seine Frau, die anderen Angehörigen und die Überlebenden waren nun nicht mehr als persönlich Betroffene zugegen, sondern bloß noch als Publikum.

Der Mann, Zeuge T, war kaum zu hören gewesen, sodass der Vorsitzende ihn bitten musste, lauter zu sprechen. Er hatte so knapp und nüchtern geantwortet, wie er konnte. Schrecklich fühle er sich, sagte er, am Boden, wie gelähmt, aber das war ihm nicht anzuhören. Es klang, als hätte er sich die Worte nur zurechtgelegt, um seine Gefühlskälte zu verbergen. Er fühlte sich verantwortlich, aber nicht schuldig. Gewisse Dinge durfte er nicht sagen. Was er sagen durfte, gab er geradezu roboterhaft wieder. Wie konnte man diesem herzlosen Mann eine solche Verantwortung übertragen, die Verantwortung, mit den Leben von Aisha und Samir zu spielen, sein Hasardspiel zu verlieren und die beiden mit?

4

«Wir nennen ihn den Scheich», sagte Rashid. «Adnan fand das lustig.»

«Können Sie ihn beschreiben?», fragte Jake.

«Wie gesagt, leider nicht. So nah ließ er uns nicht ran.»

«War er groß?», hakte Leila nach. «Dick? Dünn?»

«Konnte ich nicht erkennen. Er saß. Und hatte 'ne Kutte an.»

«Welche Farbe hatte die?»

«Dunkel. Wahrscheinlich schwarz. Dazu 'ne karierte Kufiya.»

«Welche Farbe? Rot oder schwarz?»

«Was macht das für 'nen Unterschied?»

«Ich will nur Ihrer Konzentration auf die Sprünge helfen. Damit Sie sich dorthin zurückversetzen können.»

«Danke, lieber nicht.» Rashid lächelte forsch. «Es war einfach zu dunkel, um was zu erkennen.»

Sie war gut, dachte Jake, aber einen Tick zu fordernd. Zu bestimmt. Ein Gähnen bahnte sich in ihm an. Ein langer Tag, und er war noch nicht vorbei. Stundenlang hatten sie gewartet, während das Treffen stattfand, blind wie die Maulwürfe, angewiesen auf Rashids Bericht. Jetzt war auch er müde, gereizt, wollte ins Bett. Willkommen im Club, dachte er mit einem Blick auf die Uhr an der Wand hinter Rashid. Viertel nach eins. O Mann. Früher hätte er das alles mit links weggesteckt. Und in ein paar Stunden stand ein zweiter Freudentag beim Untersuchungsverfahren an.

Wie immer war das Treffen mit einigem Aufwand verbunden gewesen. Erst als Rashid sein Elternhaus erreicht hatte und sichergestellt war, dass die anderen drei im Bett lagen, hatten sie den langwierigen Prozess einleiten können, der Rashids Sicherheit gewährleistete – und ihre Sicherheit vor ihm, falls er doch ein faules Ei war. Mit Rashid waren weniger umständliche Vorkehrungen nötig als mit Abu Omar – keine technischen Sprengstofftests, wie die Amerikaner sie verlangten –, aber gleich als eine der ersten Maßnahmen musste Jake ihn gründlich filzen. Anfangs hatte Rashid darüber noch gelacht; in letzter Zeit nahm er es allerdings übel. Vertraut ihr mir immer noch nicht, schien er zu denken. Und sie konnten schlecht antworten: Das ist es ja, wir werden dir nie ganz trauen, nicht nach allem, was wir durchgemacht haben, was du durchgemacht hast, nicht mal, wenn du uns al-Baghdadis Kopf auf dem Silbertablett präsentierst. Ja, besonders dann nicht: Wir würden nach dem Haken suchen, nach dem halben Kilo Plastiksprengstoff im Schädel.

Andererseits war er ein grundsympathischer junger Mann; er war seiner eigenen Dummheit auf den Leim gegangen, wie er sagte, gequält von dem, was er auf dem Schlachtfeld und jenseits davon getan hatte; er suchte nach einem Ausweg, nach einer Weise, sein Gewissen zu beruhigen und gegenüber seiner Familie und Allah Wiedergutmachung zu leisten. Jake wollte ihm das alles glauben.

«Wie alt?», beharrte Leila.

«Keine Ahnung. Sein Bart war lang und buschig. Dunkel. Bisschen angegraut vielleicht. Ehrlich gesagt, vielleicht ist das hier doch keine so gute Idee.»

«Sie tun das Richtige, das wissen Sie.»

Vielleicht war Jake sogar noch müder als gedacht. Er ließ dieses Treffen einfach so an sich vorüberziehen. Natürlich wusste Rashid keineswegs, dass er das Richtige tat. Er wirkte völlig verängstigt.

«Wir sorgen für Ihre Sicherheit», fuhr Leila fort. «Für Gewissheit.»

Holla, immer langsam mit den jungen Pferden, dachte Jake.

«Wie geht es Ihnen denn?», unterbrach er.

Rashid sah ihn an, als wäre er eben erst hereingekommen. «Ganz gut, Mann.»

«Muten Sie sich nicht zu viel zu. Legen Sie sich ruhig mal ein bisschen aufs Ohr. Hinten gibt's ein Schlafzimmer. Morgen früh bringen wir Sie zurück.»

«Nee, geht schon.»

«Folgendes: Ich habe keine Antworten. Keiner von uns hat die. Sicher ist gar nichts. Wir alle tun nur, was wir können. Richtig ist aber, dass wir für Sie da sind. Wir sind auf Ihrer Seite.»

Rashid nickte.

«Bringen wir das hier einfach zu Ende, hm? Dann können Sie nach Hause und schlafen.»

«Okay.»

Leila nahm den Faden wieder auf, aber ihr Tonfall hatte gewechselt. «Haben Sie irgendeine Ahnung, wo der Lieferwagen Sie hingebracht haben könnte?»

«Nein, ich hab versucht, an den Geräuschen und …»

«Das ist doch super. Aber aufgefallen ist Ihnen nichts?»

«Gar nichts. Eine Zeitlang waren wir auf dem Ring. War schwierig. Wir wurden ziemlich durchgeschüttelt.»

«Kann ich mir vorstellen», sagte sie.

«Und dann war da nur ein altes Lagerhaus mit Laderampen. Nicht mal Schilder oder so was.»

«Schon gut. Macht nichts.»

«Und der Lieferwagen. Aber das Nummernschild hab ich nie zu Gesicht gekriegt.»

«Nicht schlimm», sagte sie. «Finden wir früher oder später schon raus.»

«Der Typ hat mir echt Angst eingejagt», sagte Rashid. «Ein bisschen wie die da unten. Gelächelt hat er, freundlich, aber … Ich weiß auch nicht. Dieses fiese Grinsen.»

«Sie konnten ihn im Dunkeln grinsen sehen?»

«Irgendwie schon. Adnan konnte ihn auch nicht leiden.»

«Hatten Sie den Eindruck, dass Adnan ihn kannte?», fragte Jake.

«Nein. Er hat Adnan gesagt, dass er nicht der Anführer ist. Wir alle seien Anführer oder so ähnlich.»

«Erinnern Sie sich da noch genauer?»

«Irgendwas wie: ‹Ihr seid alle gleich. Keiner steht über den anderen.› Ist das wichtig?»

«Ich weiß nicht, schwer zu sagen. Alles könnte wichtig sein. Sie wissen ja, wir dürfen uns keinen Fehler erlauben.»

«Klar.»

«Darum müssen wir so genau wie möglich wissen, was dieser Scheich sagt und was Adnan und die anderen sagen. Genug für heute?»

«Geht schon noch», sagte Rashid.

«Wir bringen Sie gleich nach Hause. Hatten Sie das Gefühl, das mit der Gleichheit war ernst gemeint?»

«Glaub schon. Adnan war ziemlich angefressen.»

«Und das war nicht gespielt?»

«Woher soll ich das wissen? Ich glaub nicht. Schauspielerei ist nicht seine Stärke. Oder eben grade doch.»

Bis sie Rashid abgesetzt hatten und zurück im Büro waren, war es fast halb drei. Jake hatte am Vormittag einen Termin und musste danach wieder vor den Ausschuss, also schlug Leila vor, die Nachbesprechung ausfallen zu lassen.

«Das geht nicht», erwiderte er.

«Wieso nicht?», fragte sie.

«Irgendwas könnte uns durch die Hirnwindungen rutschen. Etwas, das vielleicht hervorsticht, wenn wir jetzt drüber reden, aber verschwindet, wenn wir zu lange warten.»

Und so saßen sie nun hier.

«Tut mir leid», sagte sie.

«Schon gut.»

«Nein. Das war dumm. In der Ausbildung hast du's tausendmal gesagt: Ihr mögt eine Vorstellung von richtig oder falsch haben, aber erwartet das nicht von euren Klienten.»

«Genau meine Worte. Eingeübt und in jedem Kurs neu aufgewärmt. Aber es stimmt. Rashid interessiert sich nicht für moralische Gewissheit. Davon hatte er schon mehr als genug. Er will, dass wir sein Leben retten.»

Jake war ihr immer unerschütterlich erschienen – bis vor kurzem. Seit ihrer Versetzung in die Abteilung arbeiteten sie zusammen. Er war eine Art Mentor für sie, hatte sie ausgebildet, war jedoch ganz und gar kein Schleifer. Sie fragte sich, wie er hier überhaupt hatte landen können: Laut allgemeiner Ansicht musste man energisch und extrovertiert sein, um Erfolg zu haben. Jake allerdings schien im Kern ein eher ruhiger Typ zu sein. Eigentlich kannte sie ihn kaum. Er war nicht verheiratet und hatte keine Kinder. Aber ob er in einer Beziehung war, ob er schwul war oder hetero, wo er wohnte, was er in seiner Freizeit trieb, davon wusste sie nichts. Und das, obwohl er keineswegs verschlossen war oder seine Privatsphäre besonders sorgfältig abschirmte. Er schien stets auf eine Weise in sich selbst zu ruhen, wie es ihr mit all ihrem ruhelosen Ehrgeiz niemals gelingen würde.

Bis vor kurzem. Niemand, der ihn vorher gekannt hatte, konnte die Veränderung übersehen. Die beständige Liebenswürdigkeit war ganz verschwunden oder zeigte sich nur noch hier und da. Stattdessen neigte er zu gereizten Gefühlsausbrüchen über das Wetter, die Personalabteilung oder das Auto, das sie fuhren. Über alles.

Auch sein gewohnter, irgendwie unenglischer Optimismus war verschwunden. Zwar konnte er noch immer genug davon für Leute wie Rashid aufbringen, doch er zahlte einen Preis dafür. Nach den Treffen wirkte er fix und fertig, so als wäre nicht nur sein Körper müde, sondern auch die Seele.

Damals war er ihr Ausbildungsleiter gewesen. Na ja, «damals» ... So lange war das gar nicht her. Sie selbst hatte weniger der Zufall in diese Branche getrieben als Sturheit und eine leicht perverse Ader. Im Gegensatz zu ihren Altersgenossinnen hatte sie sich nie eine Karriere als Ärztin oder Anwältin gewünscht, und auch keine Heirat mit einem reichen Geschäftsmann. Sie war auf etwas anderes aus gewesen, hatte davon geträumt, zur Polizei zu gehen, als Detective die kniffligsten Fälle zu lösen und alle in Erstaunen zu versetzen. So weit weg davon war das hier gar nicht, aber doch nicht der Beruf, den sie sich als Kind vorgestellt hatte.

Ihre Eltern hatten eher konventionelle Erwartungen in sie gesetzt. Nach ihrem Politikstudium in Oxford schien ihnen Jura die wahrscheinlichste Option. Entsprechend geschockt waren sie, als ihre Tochter beschloss – wie sie damals glaubten –, als einfache Beamtin ins Innenministerium zu gehen, als Schreibtischstute sozusagen. Übereifrige Personaler hatten ihr geraten, ihren Eltern zu verschweigen, was sie wirklich tat, aber nach etwa einem Jahr besann sie sich eines Besseren. Ihr Vater, ein großer Fan der James-Bond-Filme, die er ihr immer halbherzig verboten hatte, war begeistert. So ist das gar nicht, erklärte sie. Ihre Mutter fand nur, all die Jahre nach der Flucht aus Uganda seien sie nun tatsächlich in diesem Land angekommen.

Es war wirklich nicht so, wie ihr Vater es sich ausmalte. Kein Stück. Jake hatte das von Beginn an klargemacht, in seinen Sonntagspredigten über ihr Ethos und ihren Auftrag, die manche Lehrgangsteilnehmer eher schwülstig fanden. Sicher, etwas aufgeblasen war er schon, auf diese sonderbare, bescheidene Weise. Und doch fühlte sie sich exakt am richtigen Ort.

Auf die Bindung kommt es an, hatte er immer gesagt. Man kann niemanden kaufen, egal, was die Leute sagen. Niemand verkauft seine Seele, nicht für ein Butterbrot und nicht für eine Million Pfund. Mit Glück kann man vorübergehend einen Bruchteil davon mieten, wie ein Zimmer in einem Stundenhotel. Vergeuden Sie diese Zeit nicht; nutzen Sie sie, um etwas möglichst Echtes, Beständiges aufzubauen. So was wie

Respekt, Vertrauen, Zuneigung. Und glauben Sie bloß nicht, dass Sie jemanden dauerhaft an der Nase herumführen können. Keiner in diesem Raum ist dazu imstande, nicht mit den Leuten, mit denen wir es zu tun haben. Das sind keine Idioten, die einem jeden Mist abkaufen. So simpel läuft das Spiel nicht. Man kann Leute zur Kooperation zwingen, aber nur bis zu einem bestimmten Punkt – bis zu dem nämlich, wo sie sich plötzlich gegen einen kehren, wahrscheinlich ohne dass man es bemerkt. Sie brauchen etwas Festeres. Bindung eben.

Sie konnte sich genau an seine Worte erinnern, hörte ihn sie förmlich sagen.

Das Evangelium des heiligen Jake, oder was? Jemand hatte das geflüstert, wenn auch nicht gerade leise.

Er blinzelte. Ja, wenn Sie so wollen. Und zu guter Letzt: Finden Sie etwas an ihnen, das Sie mögen. Irgendwas gibt's immer.

Auch wenn man mit einem Rassisten oder Pädophilen arbeitet?

Das weiß ich nicht. Wirklich nicht. Versuchen Sie's, würde ich sagen, denn anders werden Sie nicht kriegen, was Sie brauchen. Trauen Sie einfach Ihren Instinkten.

Kein Wunder, dass er so kaputt war. Mit Abu Omar hatte er all seine Regeln gebrochen. Verdammt, sie war ja selbst am Boden. Aber sie driftete ab.

«Meinst du, dieser Scheich ist derselbe wie bei Abu Omar?», fragte sie. «Der, den sie den Boss genannt haben?»

«Ich weiß nicht. Wahrscheinlich. Falls ja, ist das eine interessante Vorgehensweise. Mir so noch nie untergekommen. Schon was Neues vom Lieferwagen?»

«Keine der Kameras beim Treffpunkt hat ihn gefilmt.»

«Das ist für sich schon interessant.»

«Die gehen grade die Verkehrskameras in der ganzen Stadt durch. Aber um zehn Uhr am Montagabend gibt's weiße Lieferwagen wie Sand am Meer.»

«Wir wissen aber, wann sie zurückgefahren sind. Das müsste doch helfen. Vielleicht haben wir Glück. Wie kam Rashid dir vor?»

«Ganz in Ordnung», sagte sie. «Scheint klarzukommen. Wieso? Kam dir was komisch vor?»

«Nein, gar nicht. Hätte ja sein können, dass du was gesehen hast, was mir nicht auffiel.»

Rashid war ein seltsamer Knabe. Gar nicht so anders als sie. Ihre Eltern hatten sie für ein eigentümliches Kind gehalten und sie das auch regelmäßig wissenlassen. Sie hatte es ja auch selbst gewusst.

Jake kannte Rashid schon viel länger als sie, er hatte den Fall von Anfang an betreut, als Rashid noch an der Uni gewesen und nur während der Ferien in radikalen Kreisen aufgetaucht war. Irgendwie hatte Jake sich ihm langsam angenähert, ohne ihm je etwas vorzumachen. Laut Jakes knapper Schilderung der Ereignisse, als sie ihm zugeteilt wurde, hatte Rashid das einfach so hingenommen, und eine Weile lang unterhielten sie sich einfach, übers College, über das Wetter, über alles außer den Kreisen, in denen Rashid verkehrte. Dann war Schluss. Rashid hatte sein Studium abgeschlossen und verschwand spurlos.

Andere Quellen berichteten später, er sei an der Front, dann, er sei über die Türkei nach Hause zurückgekehrt. Jake musste sich nicht selbst erneut um Kontakt bemühen. Keine zwei Wochen waren vergangen, da rief Rashid an.

Natürlich war nicht auszuschließen, dass das ein Köder war. «Keine Ahnung», hatte Jake gesagt, als sie ihn fragte, aber wenn er einen ernsthaften Verdacht gehegt hätte, wäre er den Fall sicher anders angegangen. Rashid war angewiesen worden, so erzählte er zumindest, sich bedeckt zu halten, bis man ihn kontaktierte, ihn und drei junge Männer, die er dort unten kennengelernt hatte. Unterdessen gab es anderes zu tun.

«Motivation?», hatte sie gefragt, als sie für die erste Begegnung mit ihm vorbereitet wurde.

Er zog Luft durch die Zähne. «Tut mir leid. Nicht meine Stärke. Ich weiß, darüber sollten wir eigentlich nachdenken, aber ich finde, das trübt nur den Blick. So gut wie niemand tut irgendwas aus nur einem einzigen Grund. Das sind keine Profi-Schauspieler, sondern verwundbare Menschen mit all ihren Fehlern. Wenn man versucht, alles aufzudröseln, was in ihren Köpfen vorgeht, wird man verrückt. Ich persönlich halte mich einfach an das, was mir echt vorkommt. Nicht zu viel denken, nichts erzwingen, das wäre mein Rat. Aber bestimmt liege ich falsch. Du wirst deinen eigenen Weg finden.» Er lächelte bescheiden. Sie hat es nicht erzwungen.

Rashid hatte sie überrascht. Zunächst mal war er höflich und hatte Manieren, im Gegensatz zu vielen ihrer anderen Informanten. Wenn er mit den Dschihadisten unterwegs war, gab er sich sicher anders. Jake und ihr gegenüber war er fügsam und zeigte keine Anzeichen für Ressentiments.

Und auch ihre Gegenwart brachte ihn nicht im Entferntesten aus der Ruhe.

«Das ist Leila», hatte Jake sie – wie vorher angekündigt – ganz selbstverständlich vorgestellt.

«Hallo, Leila», hatte Rashid gesagt. «Wie geht's?»

«Gut», hatte sie wahrheitsgemäß geantwortet.

Dann war Abu Omar auf der Bildfläche erschienen, und sie merkte Jake trotz aller Fröhlichkeit gleich an, dass ihm das gar nicht passte. «Mit den Amerikanern kann ich einfach nicht», hatte er damals lachend erklärt. Daher hatte sie sich mehrfach allein mit Rashid treffen müssen, was ihr immerhin ermöglichte, einen Draht zu ihm zu finden. Manchmal kam Jake absichtlich nicht zu den Treffen, damit sie ihre Bindung vertiefen konnte. Denn auf die kam es ja an.

Sie waren einander sympathisch. Er war ein netter Kerl, wortkarg, aber auf angenehme Weise. Sie konnte nicht begreifen, wie er in all das hineingezogen werden konnte.

«Sind Sie von hier?», hatte er einmal gefragt.

«Nein, aus Manchester.»

Ein Achselzucken, dann ein Nicken. «Ach, dafür sind Sie gar nicht so übel.»

Nach der Sache mit Abu Omar hatte Jake sich einige Zeit freinehmen müssen. Urlaub statt Suspendierung, wurde gemunkelt. Doch dann hatte Rashid gesagt, er und die anderen würden sich treffen, und er wolle unbedingt Jake sehen. Ihren Vorgesetzten passte das gar nicht, aber so war es nun mal.

«Er wirkte okay», beantwortete sie jetzt Jakes Frage. «Völlig in Ordnung.»

Jake seufzte. «Vielleicht machen wir besser Feierabend», sagte er. «Ich versteh mich ja schon selbst nicht mehr.»

5

DIENSTAG

Ehrlich gesagt konnte Zaki einem ganz schön auf den Sack gehen. Ständig wollte er was, war geschwätzig und obendrein ein Widerling, zu dem man lieber gehörigen Abstand hielt. Doch er war auch eine Quelle – und hatte sich sogar schon mal als nützlich erwiesen, wenn auch nicht in Jakes Metier.

Ursprünglich war Zaki Polizeispitzel gewesen. Dann – im verzweifelten Versuch, jeder möglichen Spur zu Extremisten nachzugehen – hatte man ihn Jake vorgestellt. Ohne übermäßig fromm zu sein, war er doch eine wichtige Persönlichkeit in der Moschee, er kannte alle, die irgendwas zu sagen hatten.

Mit der Polizei hatte er wegen Heroin zu tun bekommen. Ein Informant – selbst Drücker – hatte angegeben, Zaki habe eine neue Nachschubquelle angezapft und dränge sich mit ausgefahrenen Ellbogen auf den Markt. Ein Konkurrent sei bereits spurlos verschwunden, hieß es auf der Straße, und Zaki, so wurde geflüstert, stecke dahinter.

Zaki wurde festgenommen. Er behauptete, irgendwelche Türken hätten ihn «vom rechten Weg abbringen» wollen. Auf dem Video von der ersten Befragung hatte Jake ihn grinsen sehen. Nein, einen Anwalt wolle er nicht. Er habe ja nichts verbrochen. Als er durchschaut habe, was das für Typen waren, habe er den Kontakt sofort abgebrochen. Alles andere sei nichts als üble Nachrede. Einen Fehler könne doch wohl jeder machen, oder?

Er wusste, dass ihm nichts nachzuweisen war. Auch der Informant hatte sich plötzlich eines andern besonnen. Dennoch fürchtete Zaki um seinen Ruf in der Gemeinde, und das wiederum erkannte Dave Philpott, sein späterer Betreuer. Es folgte eine lange Zusammenarbeit – geprägt von Bedenken seitens der Polizei, wie die häufigen Fallprüfungen vermuten ließen –, bei der es zunächst um Dealer ging und später um «diese jungen Hitzköpfe», wie Zaki sie nannte.

Davor hatte Zaki für die Stadtverwaltung gearbeitet, die Immobilien betreut, derer sich die Stadt entsprechend dem Sparkurs der Regierung nach und nach entledigte. Er war das Mädchen für alles gewesen, musste sich mit allem halbwegs auskennen – Instandhaltung, Klempnerei, Elektrik, Telefon –, während die bröckelige Bausubstanz, in die keiner mehr investierte, munter weiterbröckelte. Er meinte, er habe die Arbeitslosigkeit kommen sehen und sich auf ein neues Leben als Geschäftsmann vorbereitet. Er netzwerkte emsig und hamsterte Kontakte.

Seine Abfindung hatte er in einen Neuanfang gesteckt und ein Einmann-Import-Export-Geschäft gegründet, das mit jeder Ware handelte, die etwas Profit versprach. Neuanfänge waren Zakis Ding – überleben, das konnte er. Er passte sich rasch und ohne Mühe an Veränderungen an, nahm jede Welle mit, folgte den Trends, kalkulierte die Chancen, setzte niemals alles nur auf ein Pferd. Ein echter Tausendsassa, zumindest wenn man ihn selber reden hörte.

Handys aus China, Heimtextilien aus Indien, verbilligte Luxusautos nach Dubai und Bahrain. Okra, erinnerte sich Jake: Irgendwann hatte Zaki den hiesigen Markt für afrikanische Okra beherrscht, die an indische Restaurants verkauft wurde. Und dann das Heroin.

Zakis Haltung zum Islam hatte Jake nicht näher überprüft. Das schien ihm auch kaum notwendig. Zaki war Opportunist. Die Religion, in die er hineingeboren wurde, war eine Gelegenheit, um Kontakte zu knüpfen und zum Erwerb von Ansehen. Ein Anlass, in Zaki Ibrahim nach etwas Tieferem zu suchen, bestand eigentlich nicht.

«Ich kenne jeden», behauptete Zaki gern, und das schien auch zu stimmen. Was goldene Tipps anging, war er jedoch offenbar eine Art Anti-Midas: Sobald er auf eine Person hinwies oder zu ihr befragt wurde, zog diese oft in eine andere Stadt, kam nicht mehr in die Moschee oder verschwand komplett von der Bildfläche. Oder entsagte dem Islam. Jake hegte schon lange den Verdacht, dass Zakis Methoden der Informationsbeschaffung für seine Zwecke viel zu plump waren. Trotzdem, wo er schon mal da war, machte man das Beste daraus.

Dave Philpott brachte Zaki zum Safehouse.

«Tut mir leid, dass wir Sie so früh aus dem Bett holen mussten, Zaki», sagte Jake.

«Sie wissen doch, Mr Winter: Rund um die Uhr, wie das Duracell-Häschen.» Wie immer war er makellos gekleidet, das schwarze Haar pomadisiert, die Augen hinter den langen Wimpern wach und aufmerksam, teurer blauer Anzug, frisch gebügeltes weißes Hemd. Beißendes Aftershave, viel zu großzügig aufgelegt. Breites Grinsen, blendend weiße Zähne. Sein Anblick machte Jake noch müder als zuvor.

«Also, wie sieht's aus?»

«Viel los, Mr Winter. Wirklich viel. Hab's eben schon Mr Philpott erzählt. Die Untersuchung sorgt für ziemlichen Wirbel. Alle suchen nach den Informanten. Gar nicht gut für uns, das kann ich Ihnen sagen.»

Dave runzelte die Stirn. «Wir sind vorsichtig, Zaki. Wir passen schon auf Sie auf.»

«Nein, nein, verstehen Sie mich nicht falsch. Ich wollte damit gar nichts sagen. Sie behandeln mich gut. Ich fühl mich sicher. Ich meinte bloß, ich muss aufpassen, wenn ich Fragen stelle. Will keinen Stress. Sonst nix.»

«Niemand verlangt irgendwas Riskantes», beschwichtigte Jake. «Wie läuft das Geschäft?»

«Kann nicht klagen. Mal dies, mal das. Man muss den Arsch in Bewegung halten, wenn man's zu was bringen will.»

«Aber Sie kommen zurecht?»

«Ganz okay, ja. Wirtschaftsflaute halt, Brexit und so. Aber ich halte die Nase über Wasser.»

«Aber in die alte Branche wollen Sie nicht zurück?»

«Was meinen Sie?»

«Na, das Heroin. Die großen, bösen Türken, die Sie vom rechten Weg abgebracht haben.»

«Wieso? Wer erzählt da Lügen über mich?»

«Niemand. Ich veralber Sie nur.»

«Ha. Also jedenfalls will ich damit nichts mehr zu tun haben. Hab meine Lektion gelernt.»

«Das höre ich gern.»

«In letzter Zeit mal weg gewesen, Zaki?», fragte Dave.

«Wieso?»

«Nur weil ich Ihnen letzte Woche mal geschrieben habe und keine Antwort kam.»

«Zufällig war ich tatsächlich ein paar Tage weg. Hab das mit dem Roaming nicht auf die Reihe gekriegt, drum kam die Nachricht erst an, als ich wieder hier war. Sorry. Wir wollten uns dann ja sowieso treffen, also –»

«Schon in Ordnung. Wo waren Sie denn schönes?»

«In Kroatien. Last Minute. Ganz spontan.»

«Bestimmt schön da, zu dieser Jahreszeit. Bisschen Sonne getankt?»

«Genau.»

«War's schön warm?»

«Wärmer als hier. Sie kennen mich ja. Ich steh auf Sonne. Hitze macht mir nichts aus. Bin wie 'ne Eidechse.»

«Wo haben Sie denn gebucht?», fragte Jake. «Ich wollte demnächst mal 'ne Woche Urlaub machen, also falls Sie was empfehlen können ...»

«Weiß ich gar nicht mehr. Irgend so 'ne Last-Minute-Website. Das Hotel war klasse, vier Sterne und so. Aber keine Ahnung mehr, wie das hieß.»

«Vielleicht können Sie ja mal nachsehen», sagte Jake. «Würde mich interessieren.»

«Klar, gerne.» Zaki strahlte übers ganze Gesicht.

«Sie vergessen aber nicht, dass Sie uns Bescheid geben müssen, wenn Sie wegfahren? Wir wollen uns ja nicht unnötig Sorgen um Sie machen. Ihr Wohl liegt uns am Herzen. Und Sie sollen schließlich nirgendwo Schwierigkeiten bei der Einreise bekommen, hm?»

«Ja, Mr Winter. Hab's vergessen. Sorry.»

«Kein Problem, Zaki. Kann ja mal vorkommen. Sie haben eben viel um die Ohren. Wie ist sonst die Stimmung auf der Straße? Also abgesehen von der Untersuchung?»

«Ganz okay. Aber über diese Sache wird schon viel geredet. Der Typ, der da jetzt aussagt. So 'n richtiger Scheißkerl, angeblich. Keiner von Ihren Leuten, oder?»

Jake lächelte. «Das legt sich wieder. Wie das Wetter. Aber wie ist die Lage so im Allgemeinen?»

«Angespannt. Die Leute rechnen jede Minute mit einer Gegenreaktion. Die Muslime haben Angst. Ein paar junge Kerle finden, wir sollten als Erste zurückschlagen.»

«Die Polizei tut, was sie kann, um eine Gegenreaktion zu verhindern», sagte Jake. «Irgendwelche bestimmten Leute, die Ärger machen könnten?»

«Nee. Alles heiße Luft. Die Leute reißen eben das Maul auf. Aufpassen muss man auf die, die nicht schreien.»

«Da haben Sie wohl recht.»

«Und brodelt es da grade irgendwo?», fragte Dave. «Irgendwer, den wir im Auge behalten sollten? Irgendwelche Jungs, die nicht schreien?»

«Nicht, dass ich wüsste. Tut mir leid.»

«Wenn nichts los ist, können Sie auch nichts erzählen», sagte Jake. «Sie sollen sich ja schließlich nichts aus den Fingern saugen.»

Dave brachte Zaki wieder weg, während Jake auf das Auto wartete, das ihn zur Untersuchung bringen würde. Wieder ein anstrengender Vormittag. Früher oder später würden Dave und er Zakis Geschichte mit der alternativen Version der Realität in Einklang bringen müssen, in der Zaki sich vergangene Woche in der Türkei vergnügt und mit alten Geschäftspartnern über Heroin verhandelt hatte. Oder sie eben nicht miteinander verbinden, je nachdem. Das Dumme war nur, diese alternativen Fakten wurden von Passagierlisten und Einwanderungsakten bestätigt. Immerhin hatten sie ihm einen Schuss vor den Bug verpasst. Nicht mal Zaki hätten all die Anspielungen entgehen können.

Vielleicht war an den uralten Kamellen über Wagen und Gewinnen doch was dran. Jake war immer ein Verfechter langsamen, nüchternen Vorgehens gewesen, das früher oder später Früchte trägt, statt zu versuchen, mit spektakulären Tricks Kaninchen aus dem Hut zu zaubern. Das konnte allerdings ermüdend werden. Für jeden Klumpen Gold gab es tonnenweise Müll und massenweise Komplikationen. Und manchmal fand man überhaupt kein Gold.

«Erläutern Sie uns Ihren Entscheidungsprozess», bat Mr Kerr. «Soweit ich weiß, gibt es da gewisse Regeln zwischen Ihnen und der Polizei?»

«Richtig. Die Einzelheiten können Sie sicher Ihren Unterlagen entnehmen.»

«Das habe ich schon getan. Ich möchte herausfinden, wie das im Ernstfall wirklich abläuft.»

«Genau so, wie es in den Unterlagen steht. Die Verbindungsgruppe gibt die Stoßrichtung vor. Alle anderen halten sich daran. Jedes Meeting wird protokolliert.»

«Auch, wenn es mal hektisch wird?»

«Auch dann.»

«Kommt mir ziemlich behäbig und bürokratisch vor. Da kann man sich gut vorstellen, dass die Dinge sich manchmal viel zu schnell entwickeln, als dass Sie mit Ihren Entscheidungen noch hinterherkämen. War das hier so?»

«Nein. In den VG-Meetings wird nur die Richtung vorgegeben. Im Einzelnen liegt die Verantwortung dann bei den jeweiligen Gremien. Und wenn sich die Lage auf einen bestimmten … Vorgang hin zuspitzt, übernimmt der verantwortliche Polizeibeamte.»

«Ein Vorgang. So sehen Sie das Ganze also? Als Vorgang?»

«Nein. Das meinte ich nicht. Ich will Ihnen nur erklären, wie der Prozess abläuft. Ein Vorgang muss nicht unbedingt ein Anschlag … eine Gräueltat sein.»

«Was könnte es in diesem Kontext noch sein?»

«Na ja, also …» Er suchte nach einem Beispiel. «Sagen wir, eine Gruppe Gefährder plant nicht unmittelbar einen Anschlag, hat aber eine technische Vorrichtung gebaut, die von der Polizei als potenziell instabil und daher gefährlich eingestuft wird. Dann würde man wohl eingreifen.»

«Verstehe. Und was bestimmt dann Ihre Entscheidungen? Was ist für Sie das Wichtigste? Die Täter auf frischer Tat ertappen? Informationen über Terrororganisationen sammeln? Ihre Quellen schützen?»

«Zunächst mal entscheide das nicht ich. Die strategischen Entscheidungen treffen meine Vorgesetzten. Und nur die Polizei kann und muss Verhaftungen vornehmen. Die letzte Entscheidung liegt also bei ihr. Und all dem liegt das Prinzip zugrunde, dass wir zuallererst die öffentliche Sicherheit gewährleisten wollen.»

«Verstehe. Dann ist also die Polizei schuld, ja?»

«Das habe ich nicht gesagt.» Nur mit Mühe unterdrückte er den Ärger in seiner Stimme. «Alle Beteiligten sind persönlich verantwortlich dafür, die Bevölkerung zu schützen. Dafür sind wir da.»

«Und in dieser Sache gilt das für Sie wohl ganz besonders.»

«Das stimmt wohl, ja.» Jake senkte den Blick.

«Öffentliche Sicherheit», brummte Mr Kerr. «Das hat ja nicht so toll geklappt, hm?»

Jake blickte ihm direkt in die Augen. «Nein. Da haben Sie vollkommen recht. Sie müssen alles tun, was in ihrer Macht steht. Nach bestem Ermessen entscheiden.»

«Bestes Ermessen hat diesmal wohl nicht ganz ausgereicht, was?»

«Nein, das hat es wohl nicht. Aber ich habe getan, was ich konnte.»

«Sie meinen, so was kommt eben vor?»

«Nein, ganz und gar nicht.»

«Auch der beste Plan geht mal daneben? Jeder macht mal Fehler? Was Besseres haben wir den Überlebenden und den Angehörigen der Opfer nicht zu bieten? Ernsthaft?»

«Nein. Hören Sie doch zu, was ich sage.»

«Bitte», sagte Mr Kerr. «Nicht empfindlich werden. Das wäre ziemlich unangemessen. Ich habe genau zugehört, und einerseits drücken Sie sich klar und deutlich aus: Vorschriften sind einzuhalten. Andererseits wünschte ich, ich könnte nachvollziehen, was um alles in der Welt Sie sagen wollen. Und ich bin sicher, diesen Frust teilen die meisten hier. Sie sind schon ein bisschen ein kalter Fisch, oder?»

«Bitte?»

«Sie haben Ihre Position mit kristallklaren Ausflüchten dargelegt. Haben mit Ihrem Amtsjargon alles außer Reue ausgedrückt. Nichts gesagt, was man als Entschuldigung auslegen könnte. Man könnte behaupten, es sei Ihnen nur um zwei Dinge gegangen: die Angelegenheit verschleiern und Ihre Haut retten. Oder hängt das beides zusammen?»

«Das ist nicht fair.»

«Inwiefern? Weniger fair etwa, als sich ganz normal am Bahnhof aufzuhalten und dort zu sterben, weil unser Geheimdienst seine Arbeit nicht richtig macht?»

Jake antwortete nicht gleich. Dann sagte er: «Ich glaube, Sie vergleichen Äpfel mit Birnen. Natürlich tut es mir leid. Meine Reue ist zu groß, um sie in Worte zu fassen. Ich habe versagt, und ich versuche zu verstehen, was ich falsch gemacht habe.»

«Das ist doch recht eindeutig, meinen Sie nicht?»

«Nein, eigentlich nicht.»

«Ihnen ist nicht klar, wo Sie versagt haben?»

«Nein. Abgesehen vom schrecklich Offensichtlichen. Ich hatte gehofft, diese Untersuchung würde etwas Licht ins Dunkel bringen. Vielleicht klären Sie mich ja auf.»

«Diese Untersuchung ist nicht dazu gedacht, Ihnen Trost zu spenden», zischte Mr Kerr. «Sie soll die Fakten ermitteln und den Überlebenden und Angehörigen garantieren, dass diese Sache rückhaltlos aufgeklärt wird, dass Systemfehler korrigiert und alle, die im Amt fahrlässig oder fehlerhaft gehandelt haben» – Mr Kerr blickte Jake direkt in die Augen –, «zur Rechenschaft gezogen werden.»

«Mr Kerr», unterbrach der Vorsitzende sanft. «Das reicht jetzt. Das Verfahren soll doch seine Würde bewahren. Ich werde nicht zulassen, dass hier Zeugen geschurigelt werden. Vielleicht machen wir besser morgen weiter.»

«Natürlich, Sir. Ich muss mich entschuldigen», sagte Mr Kerr, doch als er sich abwandte, meinte Jake, ein Grinsen um seine Mundwinkel spielen zu sehen.

«Der Mann tut mir leid», sagte Mrs Masoud später zu ihrem Mann.

Der wirkte nachdenklich. «Hm?», machte er.

«Ich meinte nur, der Mann tut mir irgendwie leid.»

«Wie kannst du so was sagen? Der Kerl ist verantwortlich für Aishas und Samirs Tod.»

«Ist er nicht, das weißt du.»

«Sicher weiß ich das. Aber zumindest teilweise ist er's. Das musst du zugeben.»

«Ich fand, er klang ganz vernünftig. Er hat getan, was er konnte. Ich finde, unser Anwalt sollte einen Zeugen nicht so piesacken.»

«Dem höre ich gar nicht so genau zu. Der ist mir zu unsachlich. Aber das ist eben sein Job. So ist das System. Er muss so hart rangehen wie möglich.»

«Ich fühl mich damit nicht wohl, Hatem. Ich finde es übertrieben. Nichts von alledem bringt die beiden zurück. Mir kommt das vor, als ginge es nur um Rache.»

Sie war immer schon ausgeglichener gewesen als er. «Aber die Wahrheit», wandte er ein. «Wir wollen doch die Wahrheit.»

Darüber dachte sie erst einmal nach. «Stimmt», sagte sie dann. «Ich will die Wahrheit wissen. Aber wir sollten sie im Geiste der Vergebung suchen. Dieser Anwalt will nur Unruhe stiften und was für seinen Ruf tun. Darum geht es mir aber nicht. Dir etwa?»

«Natürlich nicht. Aber wir können es wohl nicht ändern.»

«Nein, das können wir wohl nicht.»

«Diese Stimme», sagte er.

«Wessen Stimme? Vom Anwalt?»

«Nein. Von dem Mann hinter dem Sichtschutz.»

«Was ist mit der?»

«Irgendwoher kenne ich die, vielleicht aus dem Fernsehen. Ich komme aber nicht drauf.»

«Keine Ahnung.»

Sie tranken ihren Tee.

«Ich hab mit der Praxis gesprochen, Hatem. Übernächste Woche gehe ich wieder zur Arbeit.»

«Dann läuft die Untersuchung aber noch», erwiderte er verwirrt.

«Ich weiß. Die wird sich noch monatelang hinziehen. So lang kann ich nicht warten. Hast du vor, irgendwann wieder in den Laden zu gehen?»

«Erst muss ich die Untersuchung abwarten. An was anderes kann ich noch gar nicht denken. Ich liege die ganze Nacht wach, erst kurz vor Morgengrauen döse ich weg. Dann wache ich plötzlich auf und habe keine Ahnung, wo und wer ich bin. Einen Moment lang denke ich dann immer ... ich weiß nicht ... nicht, dass alles nur ein Traum ist, aber dass es eben nicht wahr ist, dass alles in Ordnung ist. Dann bricht die Wirklichkeit wieder über mich herein.»

«Vielleicht solltest du noch mal zum Arzt.»

«Nein», wehrte er entschieden ab. «Ich brauche keine Therapie. Ich brauche kein Mitleid. Ich muss das irgendwie begreifen. Muss es in meinen Kopf kriegen, ohne dass es mich überwältigt. Ich weiß, ich muss drüber wegkommen, und irgendwann schaffe ich das auch. Ich weiß nur noch nicht, wann. Ich treffe jetzt Tawfiiq. Bis später.»

«Was siehst du bloß in diesem jungen Kerl?»

«Er strahlt so eine Klarheit aus. Er ist der Einzige in der Moschee, der mich versteht, der wirklich erkennt, was ich durchmache. Der Einzige, mit dem ich reden kann. Wenn ich bei ihm bin, glaube ich fast, dass eines Tages … Aber sobald ich gehe, verfliegt dieses Gefühl wieder.»

6

MITTWOCH

Sie warteten darauf, dass der Scheich das Wort ergriff. Glückselig lächelnd saß er da und sah zu, wie sie sich versammelten, die Beine gespreizt, die Ellbogen auf den Schenkeln, die Hände ineinandergelegt. Rashid kam das reichlich theatralisch vor. Ob der Scheich, der sich dort in ihrer stummen Erwartung aalte, vielleicht sogar ein Imam war, mit all dem Sinn fürs Dramatische, das religiösen Riten zukam? Aufmerksam saßen sie da. Rashid sah den Scheich an, solange er sich traute, und der erwiderte den Blick, sah einem nach dem anderen wachsam in die Augen, und dann wieder dem Ersten, und noch einmal allen.

Um fünf Uhr morgens war über die Messaging-App die Nachricht gekommen, die sie zum Treffen am üblichen Ort einbestellt hatte. Zu den Treffen durfte man das Handy nie mitbringen. Die Leute vom *Muchabarat*, dem Geheimdienst, könnten es orten. Alles Mögliche konnten die. Aber diese Nachrichten, die konnten sie nicht entschlüsseln. WikiLeaks hatte das bewiesen, unterstrichen vom Gejammer der britischen Regierung, das diese nur noch schwächer wirken ließ.

Solange die vier ihr banales Engländerleben lebten, sollten sie die Handys daher stets bei sich tragen.

Die Fahrt hierher hatte aus einer verwirrenden Folge von plötzlichen Haken und Fahrzeugwechseln bestanden. So gesehen eigentlich ganz ähnlich wie die Treffen mit Jake und Leila – das ganze Hin und Her, die Desorientierung –, aber der Scheich hatte vermutlich doch weniger Leute zur Verfügung. Die Anweisungen waren in zwei Lieferungen gekommen: ein Teil an Bilal, der andere an Abdullah. Bilal hatte sie im alten Nissan Micra seiner Mutter in ein Parkhaus in der Innenstadt chauffiert. Im frühmorgendlichen Dämmerlicht waren sie über die gusseiserne Umzäunung des Mandela Park geklettert und – gemäß den Instruktionen – auf dessen anderer Seite in ein bereits bezahltes Taxi gestiegen, das sie zu einem verrammelten Pub am Kanal gebracht hatte. Von dort ging es mit Abdullahs Anweisungen weiter, erst über den Pferdesteig entlang des Kanals, dann über eine Schleuse auf die andere Seite. Hier wartete der alte weiße Transit. Immerhin erhaschte Rashid diesmal einen Blick aufs Nummernschild. Die Fahrt von der Schleuse bis hierher hatte er mit fünfundzwanzig Minuten gestoppt.

«Gut», sagte der Scheich, als er fand, der Augenblick sei dafür reif. «Dies ist ein trauriger Augenblick für uns. Vielleicht sehen wir uns heute zum allerletzten Mal, meine Brüder. Falls irgendeiner von euch noch Zweifel an dem hegt, was von ihm erwartet wird, sollte er sich jetzt zurückziehen und draußen im Wagen warten. Es wird dafür weder Vorwürfe noch Konsequenzen geben. Jeder von uns muss sich zu diesem Weg ganz klar berufen fühlen. Ihr alle seid Krieger und müsst niemandem etwas beweisen. Wer möchte, kann erhobenen Haupts nach Hause zurückkehren.»

Er hielt inne, sah sie erwartungsvoll an. Niemand rührte sich. Wie auch, dachte Rashid. Jedem musste klar sein, dass es Selbstmord wäre, jetzt noch auszusteigen.

«Gut. Hätten wir das geklärt.» Er lehnte sich zurück und schlug die Beine übereinander. Rashid beobachtete gebannt, wie der Scheich im Halbdunkel nervös mit den Füßen zuckte.

Der Scheich hustete. «Es ist so weit. Hier kommt die kalte Wahrheit: Die Tat, die ihr auszuführen habt, soll nicht Dutzende töten, sondern Hunderte. Tausende vielleicht, *inschallah*. Sie wird nicht bloß diese Stadt, sondern dieses ganze selbstzufriedene Land bis ins Mark erschüttern. Sie ist der nächste Schritt auf dem Weg in unser Kalifat.

In einer Woche nehmt ihr euren Platz im Paradies ein. Wahrscheinlich wisst ihr von dem Spiel kommenden Mittwoch. City gegen Real Madrid. Die sind sogar so dreist, sich von einer ungläubigen arabischen Fluglinie sponsern zu lassen. Siebzigtausend Zuschauer werden erwartet.»

Unwillkürlich blickte Rashid zu Adnan, der sogar mitten im Kampfeinsatz, während er den Feind über eine Wüstenstraße hetzte, wie besessen nach Handyempfang gesucht hatte, um die Transfergerüchteküche zu verfolgen. Angeblich war er sogar mal zu einem Probetraining bei City gewesen und nur aufgrund der Herkunft seiner Eltern nicht in die Mannschaft gekommen. Jetzt zeigte er keine Regung.

«Ihr müsst euch vorbereiten. Ihr müsst das Material besorgen, trainieren und – vor allem – sicherstellen, dass ihr alles getan habt, was Allah in dieser Welt von euch verlangt. Ihr müsst ausruhen, beten und euren Frieden finden. Jetzt zum

Plan. Er ist ganz einfach. Jeder von euch bekommt eine eigene Rolle. Nach dem Spiel, wenn die Zuschauer herauskommen, nähert ihr euch aus unterschiedlichen Richtungen dem Stadion. Mindestens einer von euch wird einen Sprengsatz bei sich tragen – wahrscheinlich mehrere, vielleicht auch alle. Das wird noch entschieden. Außerdem werdet ihr noch weitere Waffen dabeihaben. Ich besorge die Waffen und lasse jeden von euch einzeln wissen, wo ihr sie abholen könnt. Aber erst ganz kurz vorher.»

«Wäre es nicht einfacher, wenn wir die Waffen gemeinsam holen?», fragte Adnan.

«Wir müssen auf der Hut sein. Uns vor der Möglichkeit in Acht nehmen, dass einer von euch entdeckt wird. Falls das passiert, dürfen die anderen an ihrem Einsatz nicht gehindert werden. In der Zwischenzeit müsst ihr verschiedene Dinge organisieren. Ihr braucht Fahrzeuge, um ohne öffentliche Verkehrsmittel zum Gelände zu kommen.»

«Ich kann mir ja wieder das Auto von meiner Mutter leihen», sagte Bilal.

Die anderen lachten leise, und auch der Scheich musste grinsen.

«Nein. Eure Identität soll nicht bekannt werden. Eure Familien und Bekannten werden natürlich merken, dass ihr nicht mehr da seid, aber die Behörden sollen richtig zu tun bekommen. Andere bereiten sich bereits auf die nächste Welle unseres heiligen Werks vor, und die Ungläubigen sollen beschäftigt sein. Abdullah, soweit ich weiß, verstehst du was von Autodiebstahl?»

Abdullah nickte.

«Dann wirst du am Tag vor dem Einsatz – am Dienstag –

vier Autos suchen, die du stehlen und verstecken kannst. Davor kaufst du Messer, zur Selbstverteidigung. Außerdem müsst ihr alle vier noch Materialien besorgen, mit denen ihr die Autos aussehen lassen könnt, als wären Bomben darin. Das könnte die Polizei vom Gelände abziehen und eine hilfreiche Panik auslösen.»

«Was für Materialien denn?», fragte Rashid. Er wollte nicht als Einziger schweigen.

«Das überlasse ich euch», sagte der Scheich. «Außerdem sind die Anfahrt zum Stadion und das Timing zu planen. Auch das müsst ihr selber klären. Das könnt ihr. Ansonsten lebt ihr inzwischen ganz normal euer Leben weiter. Bis zum allerletzten Augenblick. Außer …» Er machte eine dramatische Pause. «Außer am kommenden Sonntag. Ihr müsst einen Probelauf machen. City hat ein Heimspiel gegen Liverpool. Genauso viele Zuschauer, genauso viel Polizei. Fahrzeuge werdet ihr nicht haben, also müsst ihr zu Fuß gehen oder die Öffentlichen nehmen. Und ganz wichtig: Ihr werdet Rucksäcke tragen, aber keinerlei Waffen. Das ist entscheidend. Auf keinen Fall dürft ihr irgendwas Verfängliches dabeihaben. Wir wollen nur die Wachsamkeit des Feindes testen. Das ist alles.»

«Und das wird nicht so wie am Bahnhof?», fragte Abdullah.

«Weiß einer von uns denn wirklich Bescheid über den Bahnhof? Wer waren die Brüder, welche Befehle hatten sie? Glaubt bloß nicht den westlichen Medien oder diesen sogenannten Untersuchungen. Nein, eins ist klar: Das hier ist allein eure heilige Aufgabe. Nicht die Kopie einer anderen. Verstanden?»

«Ja.»

«Es geht darum, einen hochkomplexen Einsatz vorher einzuüben. Wird einer von euch festgenommen, müssen wir umdisponieren. Ihr braucht Ausreden, wieso ihr auf dem Gelände seid. Überlegt euch vorher, was ihr sagen wollt. Wenn die Polizei euch konfrontiert, dürft ihr ihnen keinen Grund zu weiterem Vorgehen liefern. Verstanden?»

«Ja», sagten sie einstimmig noch einmal.

Jake Winter war in Eile. Er hatte verschlafen, es war bereits zwanzig vor acht. Wenn er den Bus um 7.50 Uhr noch erwischen wollte, musste er die Beine in die Hand nehmen. Und er musste im Supermarkt an der Ecke noch was zu essen besorgen.

Obwohl er sich vor dem Duschen noch rasiert hatte, fühlte er sich derangiert. Wenn es nicht wirklich eilte, ließ er sich bei diesen Dingen gerne Zeit. Um gute Leistung zu bringen, musste er sich so frisch fühlen wie nur irgend möglich. Viel hieß das freilich nicht, bei seinem Schlafpensum in letzter Zeit. Bei der Untersuchung wurde er heute nicht gebraucht, wie er per Textnachricht erfahren hatte – irgendeine obskure interne Rechtsfrage wurde dort heute besprochen. Den Anzug konnte er sich also sparen, er wählte seine Jeans aber nicht weniger sorgfältig aus. Er brauchte dieses feine Gleichgewicht von Lässigkeit und Professionalität, diese merkwürdige Alchemie aus Distanz und Freundlichkeit, Ungezwungenheit und Effizienz, die seinem Gesprächspartner die nötige Sicherheit vermittelte. Äußerlich war er nicht derangiert, das betraf eher sein Inneres.

Rashid hatte um ein Treffen gebeten. Um Viertel nach sieben hatte er angerufen. Hätte er das nicht getan, wäre das

Grund zur Sorge gewesen, denn wie Jake hinterher bei einem Anruf in der Zentrale bestätigt bekam, hatten die Jungs sich am frühen Vormittag überraschend getroffen. Ein schneller Trip zum Treffpunkt, befohlen vermutlich über die End-to-End-verschlüsselte Messaging-App, die sie noch immer nicht hatten knacken können. Rashid hatte das umgehend per Textnachricht gemeldet, war da allerdings selbst schon um die Wette gelaufen mit der Uhr.

Die Observierungsteams sahen auch die anderen aufbrechen. Bilal fuhr im Auto seiner Mutter los. Als die anderen bei ihm einstiegen, glaubten die Überwacher wahrscheinlich, sie hätten leichtes Spiel. Womöglich der allererste Fehler der vier Jungs. Doch wer auch immer da die Strippen zog, kannte die Stadt sehr gut. Jake konnte es sich lebhaft vorstellen. Die gemächliche Verfolgung zum Nordtor des zu dieser Tageszeit geschlossenen Mandela Park. Wie die Jungs flink über den anderthalb Meter hohen Zaun kletterten und auf der anderen Seite unter dem dunklen, grauen Morgenhimmel im Gebüsch verschwanden Die spontane Einschätzung der Bedrohungslage, die das Team von einer direkten Verfolgung abhielt, aus Angst vor einem Hinterhalt. Die rasch ausgeschickten Autos, die nie eine Chance hatten, die drei weiteren Ausgänge rechtzeitig zu erreichen. Drei Minuten Spaziergang durch den Park zum entferntesten Tor entsprachen im Auto selbst auf leergefegten Straßen sieben Minuten Bleifuß. Bis die Autos ein paarmal ringsherum waren und die Teams den Park durchkämmten, musste ihnen klar gewesen sein, dass sie die Männer verloren hatten. Video- und Tonaufnahmen vom üblichen Treffpunkt halfen nicht weiter; ein schneller Blick auf die Überwachungsbilder vom Rest der Stadt zeigte nur den normalen Frühverkehr aus Pendlern, Nachtbussen und Taxifahrern am Ende ihrer Nachtschicht.

Es war also beruhigend, dass Rashid sich gemeldet hatte. Und es war auch beruhigend, dass es – wie er etwas atemlos mitgeteilt hatte – keine alles beschleunigende Planänderung gab. Trotzdem mussten sie sich noch heute treffen. Leila und Jake hatten Rashid für den Fall einer unerwarteten Spontanaktion einige Notfallkontaktpläne auswendig lernen lassen, doch die würden allesamt die gesamte verdeckte Ermittlung gefährden. Das Observierungsteam hatte bestätigt, dass Rashid nach Hause zurückgekehrt war, sich umgezogen und auf den Weg zur Arbeit gemacht hatte. Auch die anderen waren wieder zum Alltag übergegangen.

Jake sah sich um. Im Kühlregal gab es ein schrecklich aussehendes Fertig-Müsli im Plastikbecher, extra für Leute wie ihn. Schließlich entschied er sich jedoch für eine Banane und einen Automaten-Cappuccino und ging zur Kasse.

«Mr Masoud ist immer noch nicht wieder da?», erkundigte er sich.

Der junge Mann – Mr Masouds Neffe, wie er sagte – blickte von seiner Zeitung auf. «Na, wegen der Untersuchung.» Jake sah ihn an, als hätte er nicht die geringste Ahnung, wovon er sprach. «Da geht er jeden Tag hin. Mrs M und er verpassen keine Minute.»

«Ach so.»

«Hat ihn ganz schön schwer getroffen.»

«Verständlich. Wie lang ist das jetzt her?»

«Dreieinhalb Monate. Dreieinhalb lange Monate.»

«So lang ist das nicht», sagte Jake. «Das braucht Zeit.»

«Ja, klar. So was erst recht.»

«Erwarten Sie ihn denn bald zurück?»

«Keine Ahnung. Eher nicht. In ’nem halben Jahr vielleicht. Oder später. Oder nie.»

«Na, grüßen Sie ihn mal von mir, wenn Sie ihn sehen.»

«Sagen Sie immer, und ich richt’s ihm immer aus.»

Ein freier Tag. Gerade als sie hatten aufbrechen wollen, war der Anruf aus dem Büro des Anwalts gekommen. Vom Kanzleihelfer; der Chef hatte natürlich Wichtigeres zu tun. Irgendwas Bürokratisches musste da heute zwischen den Anwälten und dem Vorsitzenden geregelt werden. «Nehmen Sie sich einen freien Tag», hatte der Kanzleihelfer gesagt.

Was wusste der schon? Einen freien Tag? Von dieser Sache würde es nie einen freien Tag geben. Sicher, der Knabe hatte nur nett sein wollen, aber trotzdem. Mr Masouds Schweigen hatte das Ende des Telefonats nicht sehr freundlich gestaltet, und er verspürte den Drang, zurückzurufen und sich zu entschuldigen. Aber nein, dafür fehlten ihm sowohl die Kraft als auch der Wille.

Also war Tawfiiq vorbeigekommen. Er hatte ihm gedankt, und sie hatten sich ins Esszimmer zurückgezogen. Seine Frau hatte wie üblich die Brauen hochgezogen und sich wieder dem Haushalt gewidmet.

Mit Tawfiiq konnte er reden, mit diesem jungen Mann, der stets so wachsam blickte, aber nie auch nur das kleinste bisschen Ungeduld mit Mr Masouds weitschweifigen Kommentaren über die Welt und ihre Missstände zeigte. Ohne einen Finger zu rühren, saß er da und hörte zu. Nie zeigte er irgendein Gefühl, was ihn, so fand Mr Masoud, zu einem guten religiösen Führer machen würde.

«Eines Tages wird mal ein guter Imam aus dir, Tawfiiq», sagte er.

«Danke, Abu Samir. Wenn Allah es will.» Er lächelte unverbindlich.

Etwa eine halbe Stunde hatten sie so dagesessen, als es an der Tür klingelte. Die aufdringlichen Journalisten auf der Schwelle waren weniger geworden, doch hin und wieder unternahm noch einer einen Versuch. Mr Masoud blickte auf das Display der neben der Haustür versteckten Überwachungskamera.

Zaki Ibrahim. Oh nein, bitte nicht. Seit es passiert war, war er Zaki aus dem Weg gegangen. Ein neugieriges, sensationslüsternes Klatschmaul der übelsten Sorte. Gab sich gläubig, war jedoch ein Paradebeispiel für die Ausschweifungen des Westens. Und dieser Sportwagen. Eine Art Geschäftsmann war er, hatte sich mit den falschen Leuten eingelassen und angeblich sogar mal mit Rauschgifthandel zu tun gehabt. In der Moschee hieß es, er sei inzwischen anständig geworden, aber man konnte nie wissen.

Unfreundliche Gedanken waren das, wie Mr Masoud einsah, und seiner eigentlich nicht würdig, selbst in seiner aktuellen Lage. Schließlich war Zaki Ibrahim auch nur ein Mensch, mit allen Schwächen, die dazugehörten.

Am Vormittag hatte Mr Masoud das Auto in der Einfahrt geparkt, um später zur Untersuchung zu fahren. Er konnte also nicht so tun, als wäre er nicht da. Wenn er nicht aufmachte, würde Zaki wissen, dass er nicht erwünscht war. Beide Männer würden ihr Gesicht verlieren.

«Machst du auf?», fragte seine Frau, die gerade hereingekommen war.

«Das ist Zaki Ibrahim», antwortete er flehentlich. Er warf einen Blick zu Tawfiiq und sah in seiner Miene: überhaupt nichts.

«Ich muss gehen», sagte Tawfiiq und stand auf.

«Ich setze Tee auf», sagte Mrs Masoud.

Tawfiiq und Zaki begrüßten einander – Zaki überschwänglich, Tawfiiq so ausdruckslos wie immer –, dann war Tawfiiq verschwunden.

Zaki Ibrahim saß auf der Sofakante, nach vorn gebeugt, die großen Hände wie zum Gebet gefaltet. Dann blickte er auf und sagte: «Abu Samir, ich hatte seit der Beerdigung noch keine Gelegenheit, richtig mit Ihnen zu sprechen. Es tut mir leid, die Zeit hätte ich mir nehmen sollen.»

«Schon in Ordnung. Wir waren recht … beschäftigt.»

«Natürlich. Aber ich wollte doch vorbeikommen und mein Beileid aussprechen.»

«Das ist sehr nett von Ihnen.»

«Es tut mir sehr leid. Ihr Sohn und Ihre Enkelin. So wunderbare Menschen.»

Mr Masoud wusste nicht, wann Zaki seiner Aisha in ihren fünf sprudelnden Lebensjahren je begegnet wäre. Allein der Gedanke an sie ließ ihm die Augen brennen. Wie kam dieser Mann mit der lächerlich geleckten Frisur, dem glänzenden Anzug, dem schwarzen Hemd und diesen albernen Stiefeln dazu, etwas über Samir und Aisha zu sagen?

Er sagte nichts, lächelte nur schief und unpersönlich weiter. Die Alternative wäre ein neuerlicher Tränenausbruch.

«Wenn ich irgendwas für Sie tun kann …», sagte Zaki.

«Vielen Dank.»

«Diese schrecklichen, schrecklichen Leute.»

«Ja.»

«Und die nennen sich auch noch gute Muslime.»

«Ich weiß.»

«Wer weiß, wie viele von diesen Kerlen es hier in der Stadt noch gibt, oder anderswo? Die Gemeinde ist besorgt, Abu Samir. Die ganze Stadt ist in Aufruhr.»

«Ich habe in letzter Zeit leider nicht so viel …»

«Nein. Natürlich nicht. Aber wer weiß, was als Nächstes kommt? Kein anständiger Moslem würde gutheißen, was da passiert ist. Ihre Familie und andere Muslime sind direkt betroffen. Und dennoch fühlt die ganze Gemeinde sich bedroht.»

«Wollen Sie mich um irgendwas bitten, Zaki?»

«Nein, gar nicht.»

«Ich fühle mich nämlich leider nicht in der Lage, irgendeine Stellungnahme oder ein Interview oder dergleichen zu geben. Tut mir leid.»

«Nein. Das meinte ich gar nicht. Ich wollte nur ausdrücken, was ich empfinde.»

«Verstehe.»

«Diesen Frust spüren wir alle. Was können wir tun, als Gemeinde, als Einzelne? Ihre Freunde in der Moschee, dieser Tawfiiq, was können die tun? Ich habe Angst um uns.»

«Das ist ganz normal. Ich bin kein weiser Mann, Zaki. Jeder Tag ist mir eine Qual. Ich glaube nicht, dass wir diese Leute je verstehen werden. Wenn die glauben, sie könnten ihre Taten mit dem Koran rechtfertigen, indem sie dessen Worte verdrehen und aus dem Zusammenhang reißen, warum beziehen sie sich dann überhaupt darauf? Was hat ihre Herzen so mit Hass erfüllt? Wo soll das alles hinführen? Die können doch nicht ernsthaft glauben, sie könnten ein weltweites Kalifat erschaffen. Aber das haben ja schon viele gesagt. Wir können wohl nur abwarten. Alles geht vorbei. Wir dürfen die Hoffnung nicht aufgeben und müssen zu unseren Mitmenschen so gut sein wie nur möglich.»

«Kluge Worte, Abu Samir. Sie sind weiser, als Sie denken.»

«Danke. Das war keine falsche Bescheidenheit.»

«Eigentlich wissen wir aber ja, was die erreichen wollen», fuhr Zaki fort. «Wenigstens besser als die Westler.»

«Ach ja?»

«Die Westler glauben, sie verstehen das, aber sie begreifen nicht, wie ernst die das nehmen. Wie wörtlich. Diese Leute wollen diese Kultur einfach vollständig zerstören. Jedes Fitzelchen davon. Die müssen gar nichts aufbauen, sie wollen nur alles und jeden vernichten. Das kapieren die Westler nicht. Sie können nicht glauben, dass diese Leute wirklich alle umbringen und alles kaputt schlagen wollen. Sie glauben, früher oder später könnte man mit denen irgendeinen Handel machen. Ich kenn mich aus mit Handeln, und sogar ich erkenne, dass es da nichts zu tauschen gibt. In gewisser Hinsicht kann man diese Leute ja sogar verstehen, wenn man sich die Gesellschaft hier so anschaut, die ganze Hoffnungslosigkeit, die Respektlosigkeit, die Dekadenz.»

«Soll das heißen, Sie sind irgendwie damit einverstanden, was die tun?»

«Natürlich nicht. Ich meine nur, sowohl hier als auch in den Ländern unserer Vorfahren wird Muslimen ganz schön ungerecht und unmoralisch mitgespielt.»

«Bitte entschuldigen Sie», sagte Mr Masoud, «aber ich bin

ein wenig müde. So geht es mir im Augenblick fast immer. Nachts schlafe ich sehr schlecht.»

«Tut mir leid, wenn ich taktlos war», sagte Zaki, offenbar verlegen. «Wo Sie doch so viel zu bewältigen haben. Manchmal merke ich nicht, wann ich zu viel rede.»

«Nein, nein, alles in Ordnung. Ich bin nur müde.»

«Natürlich. Ich gehe. Aber wenn ich irgendwas tun kann, melden Sie sich einfach, ja? Wenn Sie jemanden für den Laden brauchen, ich kenne da ein paar prima Jungs.»

Mr Masoud musste sich das Zögern abringen. «Das ist wirklich sehr nett. Ich weiß ja, wie viel Sie zu tun haben, da fällt Ihnen dieses Angebot sicher nicht leicht. Aber es ist schon gut. Die Familie packt wunderbar mit an.»

Als Zaki fort war, kochte Mr Masoud innerlich noch immer so sehr, dass er Sodbrennen davon bekam. «Was will der hier?», schimpfte er. «Mit seinen dämlichen Sprüchen über diese Gesellschaft und diese Leute, Westler nennt der die Leute hier. Wir sind alle Westler. Wir leben im Westen, also sind wir Westler. Will er nur auf meine Kosten zeigen, was für ein Glück er hat? Ich kenne ihn doch kaum.»

«Er wollte nur sein Beileid ausdrücken», erwiderte seine Frau. «Da ist doch nichts dabei. Ich mag ihn ja auch nicht. Er ist eitel und ein Angeber. Bescheidenheit ist ihm ein Fremdwort. Aber es war anständig von ihm, dass er gekommen ist. Für einen ehrenhaften Mann gehört sich das.»

«Der hat weder Ehre noch Religion. Aber er führt was im Schilde. Zaki Ibrahim führt immer was im Schilde.»

7

«Mir ist schleierhaft, wieso du mich extra nach London geholt hast, Stuart», sagte Jakes Boss.

«Du musst Jake Winter abziehen, George. Polizei und Innenministerium machen mir die Hölle heiß.»

«Die Polizei? Das hätte ich doch gehört.»

«Vielleicht sprichst du nicht mit den richtigen Leuten.»

«Kann sein. Müssen wir das wirklich noch mal durchkauen? Der V-Mann will mit niemand anderem sprechen. Ich habe das gründlich geprüft, das kannst du mir glauben.»

«Er muss mit jedem sprechen, den wir ihm schicken. Ich dachte immer, die oberste Regel dieses Geschäfts sei, dass ein V-Mann erst dann als richtig angeworben gilt, wenn er an einen anderen Betreuer weitergereicht wird.»

«Ich auch. Aber wir leben in ungewöhnlichen Zeiten.»

«Für Persönlichkeitskult habe ich nichts übrig.»

«Ich auch nicht. Aber wenn wir Jake abziehen, verschwindet auch unser Freund.»

«Direkt ins Gefängnis, ja. Ohne über Los zu gehen.»

«Das Risiko geht er im Zweifel sicher ein.»

«Woher weißt du das?»

George blickte Stuart Calloway müde an. «Weil wir unsere verdammten Hausaufgaben machen. Wir schauen die Videoaufnahmen der Treffen an. Befragen die betreuenden Beamten. Setzen Psychologen auf die Sache an. Wir lesen Teeblätter, opfern dem Gott der guten Informanten eine Ziege und deuten die Zeichen in den Eingeweiden besonders vorausschauender Eidechsen. Jake und Leila haben das mit der Quelle mehrfach gründlich abgeklopft. Das Führungsteam hat alle Möglichkeiten durchgespielt. Wir können Jake nicht abziehen. Wir dürfen den Kerl nicht verschrecken.»

«Könnte Winter nicht krank werden? Sich ein Bein brechen – oder sterben? So was kommt doch vor.»

«Wenn wir dem Mann das erzählen, steigt er wahrscheinlich trotzdem aus. Sagen die Psychologen. In gewisser Hinsicht ist er abhängig – das mag ja ungesund sein, aber so ist es nun mal. Heikle Sache. Ohnehin schon eine Gratwanderung. Seit dem Bahnhof ist er ziemlich nervös.»

«Wer nicht? Und wenn ich drauf bestehe?»

«Würde ich dir nicht raten. Jake würde sofort kündigen, und ich auch. Für den Rest des Teams kann ich natürlich nicht sprechen.»

«Kein Grund, gleich so dramatisch zu werden. Das ist doch nur eine sachliche Diskussion unter Freunden.»

«Ich werde nicht dramatisch. Ich versuche, dir den Ernst der Lage zu vermitteln. Wir stecken mitten in einer ziemlich dramatischen Geschichte, noch mehr Drama kann sich keiner von uns leisten. Es geht um viel. Wir müssen ganz behutsam vorgehen, ohne uns ablenken zu lassen. Wenn uns das durch die Finger schlüpft, haben wir keine Ahnung mehr, was diese Gruppe tut. Wenn du meine Meinung hören willst – was du wahrscheinlich nicht willst: Die Sache hängt ohnehin am seidenen Faden. Das sieht alles verdammt ähnlich aus wie vor dem Anschlag im Bahnhof, und ich habe das Gefühl, die Polizei ist nur noch an Bord, weil wir so zuversichtlich sind. Jakes Beteiligung hänge ich sowieso nicht an die große Glocke.»

«Umso mehr Grund, ihn abzuziehen.»

George seufzte. «Das hatten wir doch schon, Stuart. Wenn ich könnte, würde ich. Nach meinem professionellen Dafürhalten geht das aber nicht.»

«Das muss einfach klappen. Unsere Glaubwürdigkeit ist angeschlagen. Wir brauchen einen Erfolg.»

«Es muss klappen, ja, aber es muss wasserdicht sein.»

«Natürlich muss es wasserdicht sein, verdammt. Für wie blöd hältst du mich? Wir haben das technische Überwachungsmaterial. Und soweit ich höre, ist die Datenlage recht beeindruckend.»

«Weit kommen wir damit nicht. Es ist nichts wirklich Belastendes dabei. Höchstens ein paar Bagatelldelikte, Freiheitsstrafen sind da kaum in Sicht. Würden wir jetzt zugreifen, würden wir sie nur auf uns aufmerksam machen und vielleicht ein paar Monate aufhalten.»

«Da muss mehr rausspringen.»

«Sehe ich auch so. Aber dafür brauchen wir mehr. Die Daten verraten uns alles über den Alltag der vier, aber nichts darüber, was sie im Geheimen aushecken. Wir können schon froh sein, dass sich alle nachprüfbaren Informationen unserer Quelle bestätigen ließen. Natürlich liegen bei der Polizei die Nerven blank, was die nicht nachprüfbaren angeht. Die richtig haarigen Aspekte. Im Augenblick können wir die Typen aber nur wegen Kleinigkeiten drankriegen. Solange nicht noch einer zu uns überläuft, was unwahrscheinlich ist. Besonders nach Abu Omar. Die Staatsanwaltschaft sieht eine minimale Chance auf eine Anklage wegen Bildung einer kriminellen Vereinigung, aber optimistisch sind die nicht. Wir zeigen denen alles, jeden Tag. Alles hängt von unserem V-Mann ab.»

«Und wenn wir die Gruppe zerschlagen? Momentan definitiv nicht meine erste Wahl, aber mal theoretisch?»

«Die wären bald wieder da. Und spätestens bei der nächsten Gräueltat käme alles raus. Wir hätten eine Quelle gefährdet, eine laufende Anti-Terror-Ermittlung vermasselt, und die Verschwörer könnten in Ruhe später weitermorden. Du weißt, wie das laufen würde: Die Schnüffler waren an den Mistkerlen dran und haben's vergeigt.»

«Dann sind wir uns wohl einig. Volle Kraft voraus. Nur nicht die Pferde scheu machen. Oder die Cops. Die sollen sich die Köpfe nicht noch mehr zerbrechen. Und denk noch mal über Jake nach. Der ist und bleibt ein unsicherer Kandidat.»

«Nein, ist er nicht.»

«Du traust ihm? Nachdem er mit Abu Omar alles in den Sand gesetzt hat?»

«Hat er das, Stuart? Du ziehst voreilige Schlüsse aufgrund von Indizien. Du hörst nur die Nachrichten, nicht die Tatsachen. Jake gibt im Untersuchungsverfahren den treuen Soldaten, erzählt keine Märchen, aber rückt auch keine peinlichen Details raus.»

«Aber wie lange noch? Noch mal: Traust du ihm?»

«Ja, ich traue ihm. Und zu deiner ersten Frage: solange nichts sein hochsensibles Gerechtigkeitsgefühl stört.»

«Soll das eine Drohung sein?»

George seufzte erneut. «Ach, Stuart. Du bist doch schon groß. Das schaffst du schon. Wir müssen uns um Wichtigeres kümmern als um unsere Egos.»

«Die Untersuchung geht erst morgen weiter. Irgendwelcher juristischer Hickhack offenbar.»

«Und darum hast du mich hierherbestellt?»

«Wir haben keinen Schimmer, worum es da geht. Unser Anwalt wurde genauso ausgeschlossen wie der der Angehörigen und Opfer. Offenbar spricht der Vorsitzende mit der Untersuchungsanwältin, sonst wissen wir nichts.»

«Das heißt?»

«Das heißt: Da stinkt was. Gott weiß, was da morgen rauskommt. Vielleicht haben sie irgendwelchen Dreck über Jake Winter ausgegraben. Da würde ich ja drauf wetten.»

«Sollte ich ihn warnen?»

«Auf keinen Fall. Die Anwälte haben uns ja nicht umsonst geraten, dass jeder, der bei dieser Nummer aussagt, sich einen eigenen Rechtsbeistand suchen soll.»

«Du weißt, wie ich darüber dachte.»

«Schnee von gestern, George. Im Nachhinein war es ja richtig, oder? Keiner von uns hätte sich ernsthaft eine Situation ausmalen können, in der die rechtlichen Interessen der Behörde von denen eines Einzelnen abweichen. Jetzt ist es vielleicht so weit.»

«Wir sind es ihm schuldig, ihn zu schützen.»

«Nicht, wenn er was angestellt und keinem was erzählt hat.»

«Wie kommst du darauf?»

«Nur so. Irgendeinen Grund muss es für dieses Stelldichein mitten in seiner Befragung ja wohl geben. Lass mich eines klarstellen: Wenn morgen irgendwas Haarsträubendes über Jake Winter ans Licht kommt, servierst du mir stante pede seinen Kopf. Und dann kümmern wir uns um die Konsequenzen.»

«Ich mach's dir leicht: Wenn du das wirklich willst, kannst du unsere beiden Köpfe haben, per Expressversand. Aber dazu wird's nicht kommen.»

«Sicher?»

Es war kalt im Safehouse. Jake fummelte an der Gasheizung herum.

«Dann geht's also los», sagte Leila.

«Heimspiel gegen Real Madrid, nächsten Mittwoch», antwortete Rashid.

Detailliert beschrieb er das Treffen.

«Er sagte, Sie würden ihn nicht wiedersehen?»

«*Vielleicht* nicht wiedersehen.»

«Wie bekommen Sie die letzten Anweisungen? Und das Material, das er bereitstellen will?»

Rashid zuckte die Achseln. «Keine Ahnung. Erfahren wir wohl nächste Woche. Er hat gesagt, er will uns die Sachen irgendwie einzeln geben. War total versessen auf Sicherheit.»

«Wie will er das tun? Mit der App?»

«Woher soll ich das wissen?»

«Die Sprengsätze. Irgendeine Vorstellung, wie die aussehen werden? Gürtel? Rucksäcke?»

«Nicht die geringste. Ich hab Ihnen alles gesagt, was er uns gesagt hat.»

«Wir wollen das nur durchdenken. Was ist mit den Sachen, die Sie besorgen sollen?»

«Damit fangen wir sofort an. Um das meiste kümmert sich Abdullah. Weil er weiß ist. Wir tragen alles am Treffpunkt zusammen.»

«Und Sonntag?»

«Da sollen wir auf keinen Fall was Belastendes bei uns haben. Keine Waffen, keine Dokumente, nichts. Nur ein Testlauf.»

«Sicher. Wir können natürlich nicht ignorieren, was mit Abu Omar passiert ist.»

«Ich weiß. Dachte ich auch grade.» Er atmete tief ein. «Scheiße. Aber es klang, als ob er's ernst meinte.»

«Genau da müssen wir uns hüten», sagte Jake.

«Ach, meinen Sie, ja?»

«Ja, meine ich», entgegnete Jake.

«Ich weiß nicht, ob ich das packe», sagte Rashid.

«Verständlich», räumte Leila ein. «Darüber sprachen wir ja schon.»

«Aber überlegen Sie mal», sagte Jake. «Was bleibt uns anderes übrig?»

«Ich mein ja nur», erwiderte Rashid. «Ich weiß schon, was Sache ist. Mann, ich hätte einfach gehen sollen, als der Scheich uns gefragt hat.»

«Ich bezweifle, dass Ihnen das etwas genützt hätte», sagte Jake. «Die hätten Sie kaum einfach gehen lassen.»

«Schon klar. Ich mein ja nur.»

«Wenn es so weit kommt, sprechen Sie mit uns. Wir müssen zusammenarbeiten. Sie können sich auf uns verlassen. Bei allem.»

Rashid sah ihn einfach an.

«Und das geht auch wirklich gut?»

«Ich glaube schon», sagte Leila. «Aber garantieren kann das niemand. Wenn wir professionell bleiben und zusammenarbeiten, steigen unsere Chancen. Aber uns bleibt wenig Zeit.

Wir müssen überlegen, wie wir drei die nächsten Tage angehen wollen, ganz praktisch gesehen. Wenn Sie aussteigen wollen, müssen Sie's nur sagen. Immerhin hätten wir dann schon mal einen Punkt geklärt.»

«Ich hab solche Angst. Was, wenn man mir das anmerkt?»

«Das ist doch normal», sagte Leila ruhig. «Überlegen Sie mal: ein Selbstmordkommando, und alle bleiben cool?»

«Adnan offenbar schon.»

«Sie sind aber nicht Adnan. Es ist ganz normal, dass Sie angespannt sind. Und auch, dass Sie versuchen, das halbwegs zu verbergen. Da wird sich keiner was denken. Die werden viel zu sehr mit ihren eigenen Ängsten zu tun haben.»

Rashid seufzte. «Ja, stimmt wohl. Wahrscheinlich.»

«Wir müssen über Notfallpläne sprechen», sagte Jake. «Ich will nicht unwirsch sein, aber wir müssen das klären. Wenn was schiefgeht und wir keine Notfallpläne haben, sitzen wir richtig in der Tinte.»

«Notfallpläne?»

«Genau. Wenn A passiert, tun wir B. Wenn aber X passiert, dann tun wir Y. Glasklar muss das sein, und außerdem leicht einzuprägen und umzusetzen. Okay?»

«Ja, glaub schon.»

«Das ist langweilig», sagte Leila, «aber auch wichtig. Wir müssen uns über ein paar grundlegende Dinge einigen.»

«Okay.»

«Erstens: Falls Sie zu irgendeinem Zeitpunkt, aus welchen Gründen auch immer, die Reißleine ziehen müssen, dann so, dass Sie nicht in Gefahr geraten.»

«Was für Gründe denn?»

«Egal. Wenn Sie zum Beispiel ernsthaft glauben, die anderen könnten Sie verdächtigen», erläuterte Jake. «Wenn man etwas von Ihnen verlangt, das Sie definitiv nicht tun können, sei es aus rechtlichen oder sonstigen Gründen. Oder wenn Ihnen alles zu viel wird und Sie es wirklich nicht mehr aushalten. Aber Sie müssen wissen, dass es nicht leicht wird, also tun Sie es nur, wenn Sie wirklich keinen anderen Ausweg sehen. Danach gibt es kein Zurück. Wir können nicht alles vorhersehen, und Sie müssten schnell sein. Wir können uns nicht für jede Situation die perfekte Reaktion ausdenken. Vieles würde spontan entschieden, im Notfallmodus.»

«Und was müsste ich also tun?»

«Erst mal Ihre Sicherheit gewährleisten. Das meiste ist Ihnen sicher auch so klar, aber es kann nicht schaden, es noch mal durchzugehen. Sagen Sie kein Wort zu den anderen, lassen Sie sich nicht anmerken, dass Sie aussteigen. Benehmen Sie sich möglichst unauffällig. Tauchen Sie zwischen zwei Treffen ab. Irgendwohin, wo die Sie nicht finden. Nicht nach Hause, nicht an einen Ort, an den Sie normalerweise gehen würden. Werden Sie Ihr Handy los.»

«Aber wo soll ich denn hin?» Bei solchen Gelegenheiten wirkte er hilflos wie ein Kind.

«Ich weiß es nicht. Überlegen Sie sich was. Schauen Sie es sich in Ruhe an. Und falls Sie hinmüssen, schnaufen Sie erst mal zehn Minuten durch. Passen Sie auf, dass Ihnen niemand folgt. Dann gehen Sie zu einem der Verstecke, über die wir sprachen. Aber erst danach. Sie erinnern sich noch?»

«Die Liste. Ja.»

«Prägen Sie sich die gut ein. Sie müssen sie in- und auswendig kennen. Gehen Sie zum nächsten Versteck. In jedem liegt ein Telefon. Das schalten Sie einfach ein und drücken die grüne Taste. Wir sind dann in ein paar Minuten da. Sollten Sie wirklich den Eindruck haben, in unmittelbarer Gefahr zu sein, gehen Sie zur nächsten Polizeiwache. Die sollen mich dann anrufen.»

«Und die lassen mich rein?»

«Die werden keine Ahnung haben, wer Sie sind. Vermutlich müssen Sie die erst überzeugen, dass Ihr Leben in Gefahr ist. Sobald die mich anrufen, leiten wir so schnell und reibungslos wie möglich alles in die Wege.»

«Und dann?»

Jake blickte Leila an, bevor er antwortete. «Dann sind Sie in Sicherheit. Und können über den Rest Ihres Lebens nachdenken. Leicht wird das nicht, aber es wird alles gut.»

«Früher oder später kommt das sowieso, stimmt's? Ich muss hier weg. Meine Familie zurücklassen.»

«Vermutlich, ja», sagte Jake. «So sieht's nun mal aus. Noch mal von vorn anfangen ist leider nicht drin.»

«Wir müssen auch für andere Fälle bereit sein», merkte Leila an. «Zum Beispiel eine Polizeikontrolle.»

«Das wird doch nicht passieren, oder?», fragte er.

«Hoffentlich nicht. Aber wir können es nicht ausschließen. Aus naheliegenden Gründen können wir nicht jedem Polizisten im Land mitteilen, dass Sie für uns arbeiten.»

«Und was soll ich dann tun?»

«Sie müssen absolut fügsam sein. Höflich bleiben und jeder Anweisung augenblicklich Folge leisten. Besonders wenn der Beamte bewaffnet ist. Leisten Sie keinen Widerstand und halten Sie vor allem die Hände geöffnet und weit weg vom Körper.»

«Jetzt wird's ernst, was?»

«Das ist es schon lange», sagte Jake. «Aber es wird alles gut. Vertrauen Sie uns.»

Die Einsicht, was seine Zukunft, die kommende Woche, für ihn bereithielt, traf Rashid wie ein Schlag in den Magen. In gewisser Hinsicht hatte er es vorher schon gewusst, aber jetzt wurde es real. Das stundenlange Planen mit den anderen. Der Gang zum Stadion, den Rucksack auf dem Rücken. Das unbestimmte Gefühl, verfolgt zu werden, gepaart mit der völligen Gewissheit, dass irgendwo hinter ihm tatsächlich jemand war und ihn verfolgte. Das gebrüllte: «Stehen bleiben!» Die auf seinen Kopf gerichtete Pistole. Der panische Gesichtsausdruck des Polizisten in Zivil mit Baseballkappe oder Wollmütze, auf der in großen Buchstaben POLICE steht – das alles kannte er aus Fernsehen und Kino. Und dann? Was kam dann?

Rashid war nach Hause gebracht worden, und sie waren wieder im Büro.

George war zurück aus London und schaute vorbei. Irgendwie abwesend lehnte er am Türstock.

«Also, grünes Licht für nächste Woche.»

«Sieht so aus», antwortete Jake. «Wir werden sehen. Das ist unser Richtpunkt.»

«Polizei weiß Bescheid?»

«Der Einsatzleiter hat meinen mündlichen Bericht. Der schriftliche folgt.»

«Dann also klar zum Gefecht. Die werden sofort eine Verbindungsgruppe einberufen.»

«Ja. Jetzt wird alles hochgefahren.»

«Die VG wird wieder das Risiko evaluieren müssen.»

«Kalte Füße, George? Oder liegt's an Stuart?»

«Nein, Stuart ist nach wie vor mit Feuereifer bei der Sache. Hofft auf Wiedergutmachung.»

«Aber?»

«Er hat leicht reden.»

«Die Folgen bekommt auch er zu spüren.»

«Ich weiß. Aber aus größerer Distanz. Ich habe ein mulmiges Gefühl bei der Sache.»

«Das haben wir alle. Geht's wieder mal um mich?»

«Um das ganze Ding, Jake.»

«Meine Herrn, wie oft denn noch, George? Ich hab meinen Fehler gemacht. Das passiert mir nicht noch mal.»

«Jake», beschwichtigte Leila.

«Ich weiß, ich weiß. So bin ich ja eigentlich gar nicht, blablabla. Tut mir leid.»

«Ist ja verständlich», sagte George.

«Sieht mir aber überhaupt nicht ähnlich. Das meintest du doch?»

«So was in der Art.»

«Tja, danke schön. Vielleicht ist das mein neues Ich. Und um die Frage zu beantworten, die dir auf den Nägeln brennt: Ja, ich fühle mich unter Druck. Ja, ich kriege es gebacken. Würde aber helfen, wenn du mir nicht auch noch im Nacken sitzt. Und der Untersuchungsausschuss. Immerhin den hab ich wohl morgen hinter mir. Eigentlich sollte ich heute hin, aber die haben vertagt. Keine Ahnung, wieso.»

«Hab schon gehört.»

«Auch gut, wir haben genug um die Ohren. Wie war London?»

«Steht noch. Die Zugfahrt war die Hölle.»

«Meetings liefen gut?»

«Ach, schon okay. Nervt, dahin zu müssen.»

«Klar.»

«Hoffe, morgen geht alles gut», sagte George. «Ich muss mich für die VG vorbereiten. Sei vorsichtig, ja?» Damit zog er die Tür hinter sich zu und verschwand im Flur.

Jake zog die Brauen hoch, Leila tat es ihm nach. «Schwachkopf», sagte Jake.

«Wo waren wir?», fragte Leila.

«Die Überwachung.»

«Genau. Die Abhördaten bestätigen, was er erzählt. Zumindest widersprechen sie ihm nicht. Sie kamen zurück zu ihrem Versteck, haben sich noch kurz unterhalten und gingen dann zum Alltag über. Nichts Ungewöhnliches.»

«Schätze mal, die verstärken jetzt die Überwachung. Doppelschichten, keine Pausen mehr. Irgendwas vom Computer?»

«Nein. Nur Kram von den Websites, auf denen sie waren. Enthauptungen, Hasspredigten, Maskierte mit Gewehren; dann wieder Hasspredigten, gefolgt von Maskierten mit Gewehren, gefolgt von Enthauptungen. Hochprofessionell, packend, zieht einen richtig rein.»

«Die verstehen ihr Handwerk», sagte Jake. «Erschreckend.»

«Ja. Jedenfalls gab's nichts Besonderes.»

«Die Messaging-App?»

«Noch nicht geknackt. Rashid gibt uns Bescheid, wenn er eine Nachricht bekommt – wenigstens soweit wir wissen. Aber was die anderen betrifft: keine Ahnung. Nur über die Häufigkeit können wir was sagen, und da gibt's keine Ausschläge. Zwei oder drei pro Monat; woher sie kommen, wissen wir auch nicht genau, anscheinend aber aus dem Ausland. Sieht nicht aus, als bekäme einer der anderen mehr oder weniger als Rashid. Der Lieferwagen …»

«Ja?»

«Das Kennzeichen, das Rashid uns genannt hat, ist eine Sackgasse.»

«Hat er sich's falsch gemerkt?»

«Glaub ich nicht. Wir haben alle Varianten gecheckt. Schätze, unser Mann kennt das Risiko und hat die Schilder ausgetauscht, bevor die Jungs eingestiegen sind.»

«Die Nummernschilderkennung hat auch nichts ergeben?»

«Gar nichts. Nur dass zwischen fünf Uhr morgens und halb zehn sechshundertsiebenunddreißig weiße Lieferwagen in der Stadt unterwegs waren. Die suchen weiter, aber eben nach der Nadel im Heuhaufen.»

«Sechshundertsiebenunddreißig.»

«Hier leben drei Millionen Menschen. Kann man nichts machen.»

«Sonst irgendwas?»

«Nicht dass ich wüsste. Trauen wir ihm?»

«Musst du nicht los?»

«Was?»

«Anoushka von der Tagesmutter abholen?»

«Ach Gott, ja. Danke. Hatte ganz vergessen, welchen Tag wir haben. Dachte, Robbie wäre heute dran.»

«Heute ist Mittwoch. Er ist Montag, Donnerstag und Freitag dran, oder?»

«Stimmt – danke fürs Erinnern!»

Das war schon eher Jake, wie man ihn kannte: aufmerksam, und doch distanziert. Sie stand auf, wollte gehen. Und fragte noch einmal: «Trauen wir Rashid?»

«Tja, das ist die Frage, hm? Und die Antwort lautet: natürlich nicht. Wir hören uns an, was er sagt, und gleichen das mit den sonstigen Fakten ab. Nehmen ihn ernst – und prüfen nach. Erweist er sich regelmäßig als zuverlässig, gehen wir vorläufig davon aus, dass wir ihm glauben können. Als Arbeitshypothese. Aber die muss immer wieder geprüft werden, und wir müssen uns für den Fall rüsten, dass er lügt. Grundlagen der V-Mann-Betreuung sozusagen.»

«Aber was glaubst du?»

«Was ich glaube, spielt keine Rolle. Wir verhalten uns so, als würden wir überhaupt nichts glauben. Völlig neutral. Wir reagieren nur auf Fakten und Ereignisse.»

«Ja, aber trotzdem: Was glaubst *du*?»

«Was glaubst du denn?»

«Ich glaube ihm – glaube ich.»

«Ja, er ist schon ziemlich überzeugend, was?»

8

DONNERSTAG

Diesmal war das Meeting förmlicher, wie immer bei den wöchentlichen Anti-Terror-Briefings, an denen Stuart Calloway als Director of Operations teilzunehmen hatte: im Büro des Innenministers, mitstenographiert von einem Beamten, der aus seinen Aufzeichnungen später ein wunderbar formuliertes Protokoll erstellen würde, das bis Mittag alle lesen konnten.

Stuart wartete im Vorzimmer. Der Commissioner war noch nicht da, hatte sich offenbar verspätet. Ausgesprochen unziemlich war das, und Stuart hoffte insgeheim, dass der Innenminister es als unterschwellige Botschaft aufnehmen würde. Sollten der Boss und Stuarts Untergebene ruhig gebetsmühlenartig wiederholen, dass die Polizei und sie in allen Dingen agierten wie siamesische Zwillinge. Er kannte die realpolitische Sachlage. Die erforderte vielleicht etwas mehr Gerissenheit als ein offener Schlagabtausch, aber im Umgang mit der Polizei führten mehrere Spießrutenläufe zum Ziel, dachte er, indem er blindwütig Metaphern mischte. Indirekte Kritik und gespielte Verwirrung waren stets nützliche Werkzeuge im Arsenal. Wie gut das Verhältnis im Augenblick auch sein mochte, es konnte nie schaden, sich einen kleinen Vorteil zu verschaffen, den man nutzen konnte, wenn die Lage angespannter wurde. Also pfiff er auf den Boss und seine Beteuerungen ungetrübter Freundlichkeit und Transparenz. Stuart würde sich schon um die Schattierungen zwischen den Zeilen kümmern.

Als der junge, bebrillte Privatsekretär die Tür zum Büro öffnete, war Stuart bereit, in den wenigen Minuten bis zum Eintreffen des Commissioners seinen ersten Schachzug zu machen. Die Polizei, so würde er sagen, versah ausgesprochen geschickt ihre ureigene Aufgabe, Kriminelle zu fangen und der Justiz zuzuführen und – natürlich – für die öffentliche Sicherheit zu sorgen. Ja, auch angesichts der jüngsten Ereignisse. Aber hatte sie auch ein ähnlich feines Gespür für politische Risiken und – wichtiger noch – Chancen? In begrenztem Rahmen, sicher: für Risiken bezüglich der Zukunft der an diesen Kooperationen beteiligten Behörden sowie der Karrieren ihrer Oberhäupter. Einschließlich der Chief Constables, des Commissioners und natürlich Stuarts selbst. Für Ministerkarrieren allerdings weniger. Und sollte die Polizei sich mit derlei Fragen überhaupt herumschlagen müssen? Trotzdem, irgendwer musste auch das große Ganze im Blick haben. Nein, das war zu dünn. Selbst unter Idealbedingungen interessierten Minister sich kaum für das Schicksal von Funktionären, und dieser Tage ließ sich ein klarer Vorteil daraus ziehen, jedermanns Verfehlungen den Geheimdienstlern aufzuladen. Die Aufmerksamkeit des Innenministers musste er mit etwas anderem erregen: mit existenzieller, persönlicher Gefahr.

Mit seinem strahlendsten, gewinnendsten Lächeln trat er ein, nur um festzustellen, dass der Commissioner bereits am Konferenztisch saß.

«Wir hatten noch was anderes zu besprechen», sagte der Innenminister, ohne von den Akten auf dem Tisch aufzublicken, zugleich zur Begrüßung und Erläuterung.

«Kein Problem.» Unbeirrt lächelnd nahm Stuart auf dem Stuhl Platz, den der Commissioner für ihn zurückzog. Sie grüßten einander brummend.

«Also», sagte der Innenminister, «Sie wollen mir ein Update zu diesem Einsatz geben, richtig?»

«Danke, Herr Innenminister. Der Commissioner wird sicher auch etwas beizutragen haben. Schließlich ist die Angelegenheit letzten Endes Sache der Polizei. Im besten Sinne, wollen wir hoffen.» Lächelnd verbeugte er sich leicht vor dem Commissioner, als wollte er ihm Ehrerbietung zollen.

«Schießen Sie los.»

«Laut unserer Informationen steht ein Anschlag unmittelbar bevor. Am Mittwoch in sechs Tagen.»

«Das große Champions-League-Spiel gegen Real Madrid», erklärte der Commissioner.

«Der Anschlag soll nach dem Spiel erfolgen, vor dem Stadion, wenn die Zuschauer gehen», fügte Stuart hinzu.

«Verstehe», sagte der Innenminister. «Und jetzt überlegen Sie, wie Sie das verhindern.»

«Genau. Wir werden über die Pläne der Gefährder informiert, und die Polizei sollte bei dem gegenwärtigen Stand der Dinge ihren Zugriff gut vorbereiten können.»

«Aber?»

«Wie bitte?»

«Da kommt doch noch ein Aber?»

«Nein. Kein Aber. Allerdings ist es für Sie sicher nicht ganz unwesentlich, dass dieser Einsatz seine Risiken birgt.»

«Was Sie nicht sagen.»

Der Commissioner und Stuart lächelten.

«Also?», fragte der Innenminister.

«Über die Grundzüge wissen Sie Bescheid?»

«Ich denke, so was kann ich ganz gut behalten, ja. Und Angus führt gründliche Protokolle.»

«Dann ist Ihnen sicher klar, dass dieses Szenario den Ereignissen des vergangenen Dezembers ziemlich ähnelt. Und nicht nur weil es um dieselbe Stadt geht.»

«Mhm.»

«Einschließlich des Umstands, dass es eine Probe vor dem eigentlichen Anschlag geben soll», sagte der Commissioner.

«Klingt ziemlich unangenehm für Sie. Und einer von denen redet also mit Ihnen, Stuart?»

«Ja. Aber diesmal ist alles anders als damals.»

«Das ist Ihre Sache. Trotzdem, nur so aus Neugier …?»

«Wir haben mehrere Informationskanäle eingerichtet, die alle auf direktem Weg zur Polizei führen. Und unsere Primärquelle ist außerordentlich zuverlässig.»

«Kommt mir bekannt vor. Aber Sie werden schon wissen, was Sie tun. Bitte, weiter.»

«Wie immer gibt es Vorteile und Risiken abzuwägen und knifflige Entscheidungen zu treffen. Selbstverständlich machen wir uns Sorgen wegen letztem Mal und darum, wie es aussehen würde, wenn diesmal was passiert.»

«Wie es ‹aussehen würde›?»

«Und was tatsächlich los wäre, versteht sich», ergänzte

der Commissioner. «Der Chief Constable dort oben ist sehr bedacht auf die öffentliche Sicherheit.»

«Aber sicher doch. Wie lange ist er jetzt im Amt?»

«Zwei Monate. Auf Bob ist Verlass. Ich habe alles mit ihm besprochen, und fürs Erste ist er einverstanden.»

«Fürs Erste.»

«Fürs Erste ist er bereit, das laufen zu lassen. Bislang haben wir nur die aufgezeichneten Unterhaltungen der mutmaßlichen Attentäter. Zwingende Beweise fehlen uns noch. Möglich, dass das alles großmäuliges Gerede ist.»

«Möglich, aber unwahrscheinlich», warf Stuart ein.

«Wir beobachten weiter und greifen ein, sobald Gefahr für die öffentliche Sicherheit besteht.»

«Da kann ich mich nur anschließen», sagt Stuart. «Die Kehrseite der Medaille ist natürlich: Greifen wir zu früh zu, haben wir eine Chance vertan, und die Medien zerreißen uns womöglich in der Luft. Alles in allem haben wir aber die Gelegenheit zu einem echten Erfolg, der die Sache im Bahnhof – mit all ihren tragischen Folgen – ins rechte Licht rücken würde.»

Der Commissioner warf ihm einen Seitenblick zu.

«Dann ist also alles unter Kontrolle?», fragte der Innenminister, indem er erst Stuart, dann den Commissioner, dann wieder Stuart ansah. «Wollen Sie mir das damit sagen?»

«Ja», antwortete der Commissioner.

«Mehr oder weniger», sagte Stuart strahlend.

«Also? Soll ich Ihnen jetzt auf die Schulter klopfen? Fleißbildchen verteilen?»

«Nein», sagte Stuart.

«Oder wollen Sie mein Okay? Sichern Sie sich ab, Stuart? Wollen Sie sich den Rücken freihalten, geht es darum?»

«Nein, ganz bestimmt nicht.»

«Aber ein geteiltes Problem ist ein halbes Problem, was? Eins muss hier ganz klar sein: Sie treffen die Entscheidungen, auf Grundlage Ihrer Kenntnisse, Fähigkeiten und Erfahrungen. Ich bin mit den Details gar nicht ausreichend vertraut. Und es wäre ohnehin unangemessen, mich in Ihre operativen Entscheidungen einzumischen.»

Stuart lächelte. «Wir hielten es nur für angebracht, Sie auf die politischen Risiken hinzuweisen.»

«Sehr rücksichtsvoll. Aber machen Sie sich um mich mal keine Sorgen. Ich passe schon auf mich auf. Es kommt, wie es kommt. Konzentrieren Sie sich auf Ihre operativen Entscheidungen, alles andere sehen wir dann schon. Die Verantwortung ist zwischen uns dreien eindeutig verteilt. Sie haben mein vollstes Vertrauen. Aber gut, Sie müssen offensichtlich beide eine Menge Dinge klären. Ich will Sie nicht aufhalten. Ach so, übrigens – das brauchen Sie nicht mitzuschreiben, Angus, danke –, wie ich aus sicherer Quelle höre, wird die Untersuchungsanwältin heute eine kleine Handgranate zünden.»

«Ach ja?», fragte Stuart, scheinbar unbekümmert.

«Hat irgendwas mit den Amerikanern zu tun.»

Sichtlich erschrocken blickte Stuart auf die Uhr, dann stand er auf. «Verdammt, woher wissen die denn davon?»

«Ich habe nicht die geringste Ahnung», sagte der Innenminister. «Könnte aber die Lage etwas beruhigen, nicht wahr? Hetzen Sie sich nicht, Stuart, die Untersuchung hat sicher ohnehin schon angefangen.»

«Musste das sein, Stuart?», fragte der Commissioner, als sie das Gebäude verließen.

«Was denn?»

«‹Wie es aussehen würde›? ‹Ins rechte Licht rücken›? Meine Güte.»

«Mr Kerr hat Sie gestern gedrängt, uns zu sagen, ob Sie Reue empfinden», sagte Ms Jarvis, die Untersuchungsanwältin. «Empfanden Sie das als ungerecht?»

«Nein, gar nicht», antwortete Jake stumpf. «Vielleicht konnte ich meine Gefühle nicht adäquat beschreiben.»

«Dieses Verfahren findet nicht statt, um Ihnen einen Gefallen zu tun, das ist Ihnen sicher bewusst.»

«Ja, ist es. Ich will gerne helfen, wo ich kann.»

«Gut. Über gewisse Dinge wollten Sie allerdings lieber nicht sprechen.»

«Es gibt da Dinge, über die ich nicht sprechen darf. Das war der Grund – nicht, dass ich nicht wollte.»

«An wen sollte sich diese Untersuchung dann wenden, um mehr über diese Dinge zu erfahren?»

«Das weiß ich nicht.»

«Sie verstehen sicher unser Problem. Diesem Ausschuss wurde die Freiheit eingeräumt, allen Fragen nachzugehen, wo immer sie auch hinführen.»

«War da nicht was im Hinblick auf Aspekte, die eine Gefahr für die nationale Sicherheit darstellen könnten?»

«Allerdings. Bravo.»

«Ich nehme an, es besteht eine Abmachung darüber, wie mit solchen Aspekten umzugehen ist?»

«Die gibt es, ja. Alle Punkte, die eine ernsthafte Bedrohung für die nationale …» Sie hielt inne, dann sah sie Jake an. «Es wird Sie kaum überraschen, dass wir gestern einige Zeit darüber nachgedacht haben.»

«Ich hatte keine Ahnung, worüber Sie nachdachten.»

«Wir dachten darüber nach, was genau eine Gefahr für die nationale Sicherheit darstellen könnte. Wir haben überlegt, die Vertreter Ihres Arbeitgebers hinzuzuziehen.»

Jake sah sie ausdruckslos an.

«Am Ende haben wir darauf aber lieber verzichtet.»

«Ich verstehe nicht ganz –»

«Ich will Ihnen, den anderen Parteien und ihren Vertretern nur unseren Denkprozess erläutern.»

Der Anwalt des Geheimdienstes stand auf.

«Würden Sie uns jetzt wohl bitte alles über die Amerikaner erzählen?», bat Ms Jarvis lächelnd.

Der Anwalt des Geheimdienstes setzte sich wieder.

«Die Amerikaner», sagte Jake. Er rief sich die Gespräche im Büro ins Gedächtnis.

Unter keinen Umständen erwähnst du die Amerikaner.

Und wenn ich gefragt werde?

Wirst du nicht.

Aber wenn doch, dann werde ich nicht lügen. Dann erzähle ich nur, was wirklich passiert ist.

Nur zu. Aber das wird sowieso nicht passieren.

«Bitte. Lassen Sie sich ruhig Zeit.»

«Ich bin nicht sicher, ob –»

«Wir haben externe Rechtsauskunft eingeholt», unterbrach Ms Jarvis, «und sind zu der Einschätzung gelangt, dass diese Fragen zulässig sind.»

Der Anwalt des Geheimdienstes stand auf. «Ich möchte das Verfahren nicht aufhalten, aber wenn der Vorsitzende erlaubt …»

Ms Jarvis setzte sich.

«… würde ich gern die Sachdienlichkeit dieser Frage in Zweifel ziehen.»

Der Vorsitzende sah ihn an. «Die Sachdienlichkeit? Geht es hier nicht um möglichen Schaden für Sie?»

«Zum gegenwärtigen Zeitpunkt nicht, nein. Wir möchten nicht den Eindruck erwecken, wir wollten die Untersuchung blockieren oder uns bei allen möglichen Fragen auf die nationale Sicherheit herausreden. Dennoch möchten wir bezweifeln, dass diese Frage relevant für die Zwecke dieser Untersuchung ist. Dass sie wirklich dazu beiträgt, die Gründe dieser Tragödie zu bestimmen und die nötigen Konsequenzen zu ziehen. Ich schlage eine kurze Besprechung der Anwälte vor.»

«Vielen Dank», sagte der Vorsitzende. «Schön, dass Sie die Angelegenheit beschleunigen wollen. Wie die Untersuchungsanwältin bereits angedeutet hat, haben wir das schon ausführlich diskutiert. Wir dachten, Sie würden vielleicht aus Gründen der nationalen Sicherheit Einspruch erheben. Und hatten vorerst beschlossen, dass ein solcher Einspruch nur Geltung hätte, sofern die Möglichkeit bestünde, dass sensible Informationen über Vorgehensweisen, Quellen oder Verbindungen in gefährdender Weise öffentlich würden. Natürlich hätten wir Ihre Darstellungen nicht einfach ohne weiteres akzeptiert. Zum Beispiel hatten wir bereits beschlossen, dass die geheimdienstliche Zusammenarbeit mit den Vereinigten Staaten so allgemein bekannt ist, dass ihre bloße Erwähnung kaum in diese Kategorie fällt. Ihre Einlassung hat das dankenswerterweise noch einmal bestätigt.»

Der Anwalt nickte. Sein Assistent wühlte in den Akten.

Der Vorsitzende fuhr fort: «Was die Sachdienlichkeit

betrifft, so lässt die sich wohl erst angemessen beurteilen, wenn die Frage beantwortet ist. Ich darf Sie erinnern, dass wir hier nicht bei Gericht sind und unsere oberste Sorge den Angehörigen und Überlebenden sowie der zukünftigen Gewährleistung der öffentlichen Sicherheit gilt. Ich lasse also durchaus einen gewissen Spielraum zu. Vielleicht beruhigt es Sie, dass wir – um das Risiko für die nationale Sicherheit zu minimieren – keine weiteren Parteien einladen werden, den Zeugen zu befragen.»

Ms Jarvis stand wieder auf. «Also. Die Amerikaner.»

«Ja», sagte Jake. «Die Amerikaner. Darf ich etwas vorwegschicken?»

«Ja.» Sie sah ihn misstrauisch an.

«Ich bin froh, dass Sie das fragen. Das ist richtig so. Allerdings habe ich nicht damit gerechnet, weshalb ich womöglich nicht alle Einzelheiten parat habe. Verbergen will ich nichts. Aber es kann sein, dass mir etwas nicht einfällt.»

«Wir werden sehen. Haben die Amerikaner Ihnen Abu Omar vorgestellt?»

«Ja.»

«Wann war das?»

«Vor ungefähr zehn Monaten. Etwa ein halbes Jahr vor dem Anschlag. Das genaue Datum weiß ich nicht mehr.»

«Wie kam es dazu?»

«Einige Zeit vorher hatten die Londoner Vertreter unserer amerikanischen Kollegen meine Vorgesetzten aufgesucht. Ich war nicht dabei, aber es wurde ein Protokoll geführt.»

«Ich glaube, das liegt unseren Unterlagen nicht bei.»

Der Anwalt des Geheimdienstes stand auf. «Wird nachgereicht. Ist wohl vergessen worden.»

«Gut», fuhr Ms Jarvis fort. «Vor etwa zehn Monaten haben Ihre amerikanischen Kollegen also vorgeschlagen, Abu Omar nach England zu bringen.»

«Genau.»

«Und wo hatten die ihn aufgetan?»

«Irgendwo an der Front, soweit ich weiß. Er wurde als IS-Kämpfer gefangen genommen.»

«Und dann?»

«Er war einige Zeit Kriegsgefangener und erklärte sich bei der Befragung offenbar zur Kooperation bereit.»

«Aha. Und was hat er da angeboten?»

«Er kam aus England. Er sagte, man wolle ihn als Mitglied eines Terroristenteams dorthin zurückschicken.»

«Und was haben die Amerikaner für dieses ‹Angebot› getan?»

«Wie meinen Sie das?»

«Wurde er misshandelt?»

«Nein. Angeblich nicht. Die Kollegen haben uns schriftlich bestätigt, dass sie ihn gut behandelt haben, ganz im Sinne der Genfer Konventionen, und dass er seine Dienste freiwillig angeboten hat. Bei unserer ersten Begegnung habe ich ihn direkt darauf angesprochen, und er hat es bestätigt.»

«Waren die Amerikaner dabei anwesend?»

«Ja, beim ersten Mal. Aber später, als ich allein mit ihm war, habe ich noch einmal nachgebohrt.»

«Sie haben ihn direkt gefragt?»

«Das gaben die Umstände nicht her. Der Anschlag stand kurz bevor, für eine ausführliche Befragung blieb keine Zeit.»

«Aber Sie haben den Amerikanern geglaubt.»

«Ich hatte keinen Grund, das nicht zu tun. Was meine eigenen Fragen an Abu Omar betrifft, hatte ich meiner Ansicht nach getan, was ich konnte. Ich war mir so gut wie sicher, dass er nicht misshandelt worden war.»

«Aber nicht hundertprozentig sicher?»

«Hundertprozentig sicher kann man sich nie sein, wenn man nicht von Anfang an dabei war.»

«Klingt nicht sehr überzeugt. Oder überzeugend. Aber lassen wir das vorerst. Wir kommen später darauf zurück. Abu Omar kam also nach England und wurde Ihnen übergeben?»

«Ja. Ich übernahm seine Betreuung in England. Eine Zeitlang traf ich ihn in Begleitung der amerikanischen Kollegen, dann sollte ich allein mit ihm sprechen.»

«Wieso und von wem wurde das entschieden?»

«Das weiß ich beides nicht genau. Man sagte mir nur, die Amerikaner würden in Zukunft nicht mehr teilnehmen. Ich nahm an, das läge daran, dass die Staatsgewalt sich bald einschalten würde.»

«Wann war das?»

«Ein, zwei Monate vor dem Anschlag.»

«Dann waren diese Kollegen also mindestens teilweise an der Sache beteiligt, während Abu Omar schon in England war.»

«Ja. Aber aus unserer Planung hielten sie sich raus.»

«Das denke ich mir. Wann genau war zum ersten Mal ausdrücklich von dem Anschlag die Rede?»

«Bei seiner Rückkehr nach England. Deshalb wurde er überhaupt zurückgeschickt.»

«Sagten die Amerikaner.»

«Die Amerikaner und er selbst, ja.»

«Haben Sie sich je gefragt, wieso er mit Ihnen redet?»

«Ja, andauernd. Das tue ich immer.»

«Und zu welchem Schluss sind Sie gekommen?»

«Leute tun Dinge aus den unterschiedlichsten Gründen, auch aus widersprüchlichen. Oft tun sie das eine, wo sie ebenso gut das andere hätten tun können. Ich traue mir da kein abschließendes Urteil zu.»

«Aber könnten Sie uns vielleicht ein, zwei Gründe angeben?»

«Schon. Aber letztlich bleibt das Spekulation.»

«Oder die professionelle Einschätzung des zuständigen Beamten.»

«Abu Omar steckte in einem wahren Strudel verschiedenster Einflüsse. Ein Faktor war, dass die Dinge von allen Seiten gleichzeitig auf ihn einprasselten. Die Amerikaner hatten ihm einen Ausweg angeboten. Und ihm wahrscheinlich das Leben gerettet. Sicher hatte er Angst vor einer langen Haftstrafe. Vielleicht mochte er die Amerikaner sogar. Vielleicht war es da unten doch nicht so, wie er es sich vorgestellt oder gewollt hatte. Vielleicht wollte er nach England zurück. Er hatte einen kleinen Sohn hier in der Stadt. Und es gibt sicher noch anderes, das ich nicht mehr weiß oder das mir schon damals unbekannt blieb.»

«Sie sagen, er habe die Amerikaner vielleicht gemocht. War das Ihr Eindruck?»

«Eher nicht, nein. Ich habe versucht, einen Draht zu ihm zu finden. Die Amerikaner legten auf so was keinen großen Wert, glaube ich. Ihr Umgang mit ihm war eher pragmatisch.»

«Pragmatisch?»

«Ja. Das soll keine Kritik sein. Meine Methode beruht darauf, eine Bindung herzustellen, eine Art Vertrauensverhältnis. Ich finde das hilfreich. Aber wir alle nutzen dieselben Methoden der Prüfung und Verifizierung.»

«Hatten Sie den Eindruck, dass Abu Omars Aussagen ausreichend geprüft und verifiziert worden waren?»

«Im Nachhinein kann man das leicht verneinen. Aber wir wissen eben noch immer nicht, was in diesen letzten Minuten genau los war – und wir werden es womöglich nie erfahren. Vielleicht war Abu Omar auch nur ein Opfer.»

«Kein ganz gewöhnliches allerdings. Die anderen trugen keine Rucksäcke voll Sprengstoff.»

«Das ist wahr. Stimmt. Aber möglicherweise hat man ihm keine Wahl gelassen.»

«Was sagt Ihr Bauchgefühl?»

«Ich habe keins. Von Bauchgefühlen halte ich nicht viel. Einiges deutet darauf hin, dass er böswillig gehandelt hat. Zum Beispiel hätte er, nachdem man seinen Rucksack ausgetauscht hatte, einfach stehen bleiben und mich kontaktieren können. Aber ich weiß nicht, welchem Zwang er zu diesem Zeitpunkt ausgesetzt war.»

«Wie war Ihr Verhältnis zu den Amerikanern?»

«Professionell.»

«Aha. Also nicht herzlich oder gar freundschaftlich?»

«Professionell ist am besten. Ob man dicke miteinander ist, spielt keine Rolle.»

«Außer man wünscht sich vom anderen besonderen Einsatz.»

«Das kann man so oder so sehen. Meiner Erfahrung nach ist Berufsehre ein besserer Antrieb als Freundschaft.»

«Aber wer hat diesen Einsatz geleitet? Sie oder die Amerikaner?»

«Die Kontrolle lag voll und ganz bei uns. Für das Ergebnis sind wir verantwortlich, nicht sie. Falls die Frage implizieren soll, dass die Amerikaner im Hintergrund die Strippen gezogen haben, dann ist das absolut falsch.»

«Das sollte sie nicht. Vielleicht kommen wir darauf beim nächsten Mal zurück. Denken Sie bitte daran, dass Sie in der Zwischenzeit nicht mit Dritten über Ihre bisherigen oder künftigen Aussagen sprechen dürfen.»

«Selbstverständlich», sagte Jake.

«Das Verfahren ist vertagt bis Montag», verkündete der Vorsitzende.

9

Kaum hatte Jake Winter den Saal verlassen und schlüpfte in dem kleinen Zimmer für die anonymen Zeugen in seine Jeans, musste er an jenen ungewöhnlich warmen Frühlingstag vor beinah einem Jahr denken, an dem man ihn nach London beordert hatte. Nach «scheiß London», wie seine Kollegen es nannten. Jake Winter aber nicht. So froh er auch war, in seiner unscheinbaren nordenglischen Heimatstadt mit dem vertrauten grauen Himmel und den grauen Hochhäusern zu arbeiten, so gern fuhr er doch ab und zu nach «scheiß London». Außerdem hatte er sich gefreut wie ein Schneekönig, für diese «besondere Aufgabe» ausgewählt worden zu sein. Zumindest bis er wusste, was damit verbunden war.

Die Klimaanlage war in dem klapperigen alten Zug, der sich quer durchs Land bis nach King's Cross schleppte, ausgefallen, und Jake saß steif inmitten der lärmenden, nörgelnden Menge und des Dosenmülls der Leute, die glaubten, sich im Zehn-Uhr-Zug ein paar Bier hinter die Binde zu kippen, würde all ihre Probleme lösen.

Ehe man den schüchternen jungen Agenten aus der Provinz in Stuart Calloways Büro bat, ließ man ihn erst mal eine Weile im Vorzimmer warten. Stuart war die Freundlichkeit in Person und sprach eher Amerikanisch als Englisch: Er ging am Ende des Satzes stimmlich etwas in die Höhe und nannte stets den Namen der angesprochenen Person. Frank und Jimmy, Jakes neue Kollegen, hatten vor den hohen Tieren – Stuart und seinem Pendant aus den USA – bereits den Schwanz eingezogen. Man erzählte sich den neuesten Tratsch aus Washington und London und lächelte im Speisezimmer unaufrichtig über Lammkarree und Gigondas hinweg.

«Das wird 'n Riesending», sagte Stuart, ohne zu ahnen, wie recht er damit haben sollte. «Wartet ab, bis ihr das Weiße in den Augen von diesen Typen seht», sagte er nach dem Essen auf fast schon erschreckend amerikanische Weise. «Jetzt los, tut euer Schlimmstes!»

Abu Omar wartete mit einem Aufpasser in einem Safehouse.

Die Sache war längst unter Dach und Fach, das wusste er von George. «Katze im Sack, Umtausch ausgeschlossen, keine Garantie. Stuart meinte, wir brauchen dringen ein paar Schleimpunkte in Langley.»

Abu Omar war weniger enttäuschend, als Jake befürchtet hatte. Sein Missmut war nicht verwunderlich, aber er fand offenbar sofort Gefallen an Jake – ein Landsmann, obendrein aus derselben Stadt, nicht nur wieder ein stiernackiger, grober Amerikaner. Bei einer Tasse Tee plauderten sie über dies und das, taxierten einander, während Frank und Jimmy darauf drängten, «zum Geschäftlichen zu kommen», wie sie sagten. Da sind wir schon, hätte Jake gerne gesagt, sparte sich aber den Atem.

Beim Abendessen skizzierten Frank und Jimmy ihre Vorstellung davon, wie es weitergehen sollte. Voraus schickten sie eine Standardpräambel: Nominell arbeiteten sie im HQ in DC, waren aber auch in Gitmo, Abu Ghraib und Afghanistan gewesen. Inzwischen waren sie so was wie rasende Reporter in Sachen internationaler Terrorismus. Jake murmelte die obligatorischen Worte der Bewunderung. Frank und Jimmy meinten, sie seien nur vorübergehend im UK, Rückkehr TBD, aber jedenfalls ASAP. Buchstabensuppe: die Leibspeise aller Geheimdienstler.

An allem nörgelten sie herum. Auch das war nicht ungewöhnlich. Und nicht weiter wichtig. Jake war das gewohnt; irgendwie ließen sich solche Dinge (fast) immer friedlich ausbügeln. Wie sich herausstellte, hatte Abu Omar sich vor seiner Rückkehr selbst eine Unterkunft organisiert. Es gab also keine Möglichkeit, auf seine Wohnsituation noch Einfluss zu nehmen. In dem Safehouse an der Stadtgrenze, auf das sie sich schließlich einigten, mussten spezielle Sicherheitsmaßnahmen eingerichtet werden, damit Abu Omar die Amerikaner nicht in die Luft jagen konnte. Da Frank und Jimmy nicht in einer Gegend wohnen wollten, die man ihnen quasi als Kriegsgebiet beschrieben hatte, wurden sie zweimal die Woche über die M1 heraufgebracht und nach den Treffen wieder zurück nach London chauffiert.

Die Vorbereitungen für spontane Treffen erforderten tagelange Verhandlungen. Die Amerikaner wehrten sich gegen die Beteiligung eines zweiten Briten, vor allem als sie erfuhren, dass George sich für Leila entschieden hatte.

«Grundsätzlich haben wir ja kein Problem mit Moslems oder Frauen», sagte Frank. «Aber was wird unser Freund davon halten? Das schluckt der nie im Leben.»

Der Einwand wurde an Stuart weitergereicht, der George

überstimmte. «Ich bin für Inklusion, und da lass ich mir von keinem reinreden», sagte er. «Aber ich halte auch nichts von Symbolpolitik.»

Die rechtlichen Feinheiten waren langweilig.

Feinheiten, dachte Jake: all die Dinge, die laut Frank und Jimmy so typisch für britische Zimperlichkeit waren. Er hatte einen ermüdenden Nachmittag in einem stickig warmen, fensterlosen Besprechungsraum im Hauptsitz der Behörde hinter sich, mit George und einem Rechtsberater, den Amerikanern und deren zwei Anwälten.

Welche Rolle hat Abu Omar im Krieg gespielt?

Er war ein feindlicher Kombattant.

Was bedeutet das?

Na ja, dass er gekämpft hat.

Sicher, aber in welcher Eigenschaft?

Als Soldat.

Gut, aber als Soldat im Sinne der Genfer Konventionen oder als einer, dessen Taten als Kriegsverbrechen verstanden werden können?

Ersteres.

Das haben Sie eindeutig geklärt?

Haben wir.

Wie?

Wir haben ihn gefragt.

Sonst nichts?

Suchen Sie doch mal da draußen nach Beweisen. Nein, wir haben einen Lügendetektortest gemacht, und er hat bestanden.

Mit fliegenden Fahnen?

Er hat bestanden.

«Haben Sie denn irgendwelche Beweise für das Gegenteil?», fragten die Amerikaner. «Soweit wir wissen, muss man immer noch Schuld eindeutig beweisen, nicht Unschuld. Haben Sie zum Beispiel in den Tausenden Enthauptungsvideos irgendwas gesehen, das unseren Knaben damit in Verbindung bringt?»

Der Rechtsberater schüttelte den Kopf.

«Das ist extrem wichtig», sagte George. «Wir müssen mit ihm persönlich darüber reden. Das ist eine Mindestvoraussetzung.»

«Davon raten wir ab», erwiderten die Amerikaner. «Das stört nur. Was soll er schon sagen?»

Sie taten es trotzdem. Frank und Jimmy saßen unterdessen in der Ecke und verkniffen sich gerade so ihr Grinsen, während Abu Omar seine ebenso nichtssagenden wie eindeutig einstudierten Dementis abgab.

Die trockenen Verhandlungen über Kontrolle und Führung verliefen im Sande, nachdem die Amerikaner gleich als Einstieg einen vierzehnseitigen Vorvertrag vorgelegt hatten, der ihnen die volle Entscheidungsgewalt garantierte. Jake sagte man, Stuart wolle zu einem derart heiklen Zeitpunkt keinen Streit riskieren, und die Rechtsabteilung würde sich hinter den Kulissen darum kümmern. Dazu kam es aber wohl nicht; der Vertrag wurde nie unterzeichnet. Als Jake Frank und Jimmy danach fragte, fanden die das nur lustig. «Scheiße, hätte dich gar nicht für so 'nen Amtsschimmel gehalten», sagte Frank, und die beiden lachten. Das Thema kam nie wieder zur Sprache.

Nach vier Wochen zog Abu Omar in die Wohnung, die er sich mit seinen vier Kameraden teilte. Laut Abu Omar waren die anderen Asylbewerber aus Nordafrika, doch in den Akten waren sie nicht zu finden. Die Wohnung befand sich in einem schwierig zu überwachenden Hochhaus. Die vier, die sich Abu Omar als Salman, Jamal, Abid und Hassan vorgestellt hatten, sollten seine Komplizen bei dem geplanten Anschlag sein. Ebenso offensichtlich war, dass Jake, Frank und Jimmy voll und ganz von Abu Omar abhingen, wenn sie etwas über den noch völlig unbekannten Plan erfahren wollten.

Über die ersten drei Monate gab es kaum etwas zu vermelden, außer dass die fünf gemeinsam beteten und morgens lange ausschliefen, während ein langer, heißer, träger Sommer sich in den September streckte. Abu Omar hatte die anderen immer noch nicht hinreichend beschrieben, um sie auf der Straße identifizieren und beschatten zu können. Angeblich lebten sie wie er von Sozialhilfe, aber wie, wann und wo sie die bekamen, konnte er nicht sagen. Jake schlug vor, eine Gelegenheit zu schaffen, um ihre Sachen zu durchsuchen.

«Wenn die anderen weg sind», sagte er, «könnten Sie doch einen vorsichtigen Blick riskieren. Die Möglichkeiten sprechen wir gemeinsam durch. Irgendwas müssen die haben. Bankkarte, Sozialversicherungsausweise, Reiseunterlagen, Handyverträge, irgendwas. Egal was.»

«Die sind nie alle gleichzeitig weg», sagte Abu Omar, indem er Jake unter der Kapuze langsam anblinzelte.

«Trauen die Ihnen denn nicht?»

«Doch, natürlich», sagte er beleidigt. «Wir haben zusammen gekämpft.»

«Aber Sie wissen trotzdem nichts über sie?»

«Man muss nichts wissen, wenn man an der Front ist und füreinander kämpft.»

Jimmy nickte weise.

Nach dreizehn Wochen berichtete Abu Omar: «Da ist so ein Typ, von dem sollen wir alles Nötige kriegen, wenn es so weit ist, sagt Jamal. Er nennt ihn seinen ‹Kuli›.»

«Und wer soll das sein?»

«Keine Ahnung.»

Ständig hinkten sie hinterher, so war es eben mit Abu Omar. Erst der verlockende Hinweis, dann die Rennerei, um ihn zu entschlüsseln. Jamals Kuli, wer auch immer das sein sollte. Die zahllosen Treffen an Orten, die völlig plausibel klangen, sich aber doch nie finden ließen. Die Fahrzeuge, von denen Abu Omar weder Farbe noch Marke noch sonst etwas Hilfreiches berichten konnte. «Mann, es war dunkel, wie hätt ich da sehen wollen, was für 'ne Marke das war? Normal groß war's, und die Lichter auf dem Armaturenbrett waren blau. Oder weiß. Autos interessieren mich einfach nicht.»

Klang so etwas jetzt auch bei Rashid an, leise und entfernt oder gar donnernd und bedrohlich? Nein, dachte Jake, aber sicher war er nicht. Auf derlei Sicherheit gab er ohnehin nicht viel, aber wenigstens ein wenig davon würde momentan definitiv nicht schaden.

Franks und Jimmys direkter Vorgesetzter Tom kam zu Besuch, ein großgewachsener Footballspieler aus Texas mit der blauäugigen Gewissheit des Rechtgläubigen. Ob er seine Leute anspornen, ein wenig Geheimdiensttourismus betreiben oder nur Weihnachtsgeschenke in der Bond Street besorgen wollte, war schwer zu sagen. In jedem Fall aber wollte er Jake und George mal auf den Zahn fühlen. Er nannte sich einen guten Freund von Stuart – ob das eine Empfehlung oder eine Warnung sein sollte, blieb ebenfalls im Dunkeln.

«Wie geht's unserem Freund?», fragte er.

«Ganz gut», antwortete George.

«Ganz gut? Mehr nicht?» Die Frage richtete sich an Frank und Jimmy. Die beiden blickten einander an. «Oder ist das das berühmte britische Understatement?»

George lächelte.

«Das wird schon alles», sagte Jake. «Er ist klasse. Wir müssen die Sache nur ins Rollen bringen. Mehr ist es wahrscheinlich nicht.»

«Der Typ ist einmalig», erklärte Tom. «Man sieht's ihm nicht an, aber er hat Eier in der Hose. Wie alle Engländer. Ihr müsst nur den richtigen Ton mit ihm anschlagen. Frank weiß Bescheid.» Frank nickte. «Wenn ihr den trefft, findet sich der Rest von selber.»

«Einmalig sind die alle. Per Definition», sagte George.

«Genau so sieht's aus, George.»

«Es wird berichtet, der IS identifiziere Informanten unter den ausländischen Kämpfern, die aus unklaren Gründen von der Front verschwinden», merkte Jake an. «Müssen wir uns da Sorgen machen?»

«Ja, das hab ich auch gesehen», antwortete Tom. «Guter Punkt, Jake. Hört man immer wieder. Die lancieren das selber. Wir haben gut aufgepasst. Unser Freund ist nicht auf den Kopf gefallen. Überhaupt, was heißt schon unklar? Da unten herrscht Chaos. Bei denen ist alles unklar. Er war höchstens 'ne Woche weg. Frank?»

«Das lief so», erklärte Frank. «Er wurde im Kampf gefangen genommen. Keiner hat's mitbekommen, niemand hat ihn in Gefangenschaft gesehen. Todsicher. Wir haben ihn befragt und als potenziell nützlich eingestuft. Er wollte unbedingt für uns arbeiten. Hatte die Schnauze voll. Jimmy und ich haben ihn ausgecheckt, er hat uns gefallen. Also dachten wir, lassen wir's mal drauf ankommen. Manche bringen's, andere nicht. Der hat's gebracht. Wir haben ihm 'ne Wunde zum Vorzeigen verpasst, und 'ne gute Ausrede. Lief bestens. Die hätten ihn auf der Stelle hingerichtet, wenn sie ihm nicht getraut hätten. Wir wissen schon, was wir tun. Habt ihr damit ein Problem?»

«Nein, nein», beschwichtigte Jake. «Aber das ist gut zu wissen.»

Man reservierte einen Tisch im Two Rivers, dem Zwei-Sterne-Restaurant des Fünf-Sterne-Hotels, in dem Tom abgestiegen war, und verabredete sich zum Aperitif um sieben.

«Folgendermaßen wird das ablaufen: Frank und Jimmy werden nicht dabei sein», erläuterte George vorher im Büro. «Die stoßen später dazu. Er will dich erst mal fünfundzwanzig Minuten allein beschnuppern. Ich werde mich auch verspäten, damit es sich richtig für ihn lohnt. Kommst du zurecht mit dem großen Weißen Hai?»

«Denke schon.»

Bei einem Wodka Tonic sagte Jake dann: «Schön hier, aber wir hätten auch durch die Curry-Schuppen ziehen können. Könnten wir noch immer, wenn Sie mögen.»

«Das wär spitze», antwortete Tom. «Aber meine Freunde da drüben würden das bestimmt anders sehen.» Er hob eine

Braue in Richtung der an der Tür positionierten Leibwächter, deren bloße Anwesenheit geradezu hinausposaunte, wie wichtig ihr Auftraggeber war. «Angeblich hab ich sozusagen eine Zielscheibe auf der Stirn», lachte er. «Hat wohl was mit Sorge vor irgendwelchen Terrorbrüdern zu tun. Jetzt aber zur Sache, bevor Frank und Jimmy eintrudeln.»

Jake sah ihn an.

«Mit dieser Spionagenummer kennt ihr Briten euch echt aus. Habt ihr das nicht sogar erfunden? Frank und Jimmy sind spitze, aber auch ein bisschen … direkt. Nicht so abgefeimt wie ihr. Nicht so hinterlistig.»

«Ich bin kein bisschen hinterlistig», erwiderte Jake ernst.

Tom grinste. «Klar doch. Und das sagen Sie, ohne mit der Wimper zu zucken. Großartig. Diese Jungs dagegen reden immer so, wie ihnen der Schnabel gewachsen ist. Aber das Wichtigste ist, sie sind meine Jungs, und ich pass auf sie auf.»

«Okay.»

«Diese Nummer soll klappen. Unbedingt. Wir haben uns bei unserem Freund echt reingehängt, und ich finde toll, dass wir da kooperieren. Sendet das richtige Signal nach oben. Der Einsatz ist hoch. Auf beiden Seiten des Atlantiks. Sie verstehen mich, oder? Was meinen Sie, wie das laufen wird?»

«Kommt drauf an. Wir gehen davon aus, dass er früher oder später an einem Anschlag teilnehmen soll, ja?»

«Jede Wette!»

«Und unser Ziel ist, diesen Anschlag zu verhindern und die anderen Beteiligten vor Gericht zu bringen. Alle, denen wir was nachweisen können?»

«Genau, wir wollen ihre Ärsche vor Gericht schleifen.»

«Außerdem wollen wir so viel wie möglich über die Drahtzieher herausfinden, um auch gegen die vorgehen zu können.»

«Yup.»

«Dann müssen Sie sich ernsthafte Gedanken über Beweise machen. Außer Sie wollen, dass Frank und Jimmy aussagen?»

«Auf keinen Fall!»

«Bei uns gilt jede verfügbare und relevante Information als Beweis. Die Tage, in denen wir da was deichseln und hinter den Kulissen bleiben konnten, sind vorbei. Lange vor meiner Zeit war das vielleicht noch so. Wahrscheinlich nie. Am Ende geht's um Relevanz, und man muss nicht erst einen teuren Anwalt engagieren, um zu wissen, dass Sie und Ihre Kollegen etwas Relevantes beitragen könnten. Möglicherweise etwas Wesentliches. Ich gehe fest davon aus, selbst auch aussagen zu müssen.»

«Verstehe», sagte Tom und verstummte einen Augenblick. Dann grinste er. «Wissen Sie, genau das hat George auch gesagt. Wollen Sie unsere Jungs etwa überreden, aus dem Fall auszusteigen, Jake?» Er lachte.

«Wie gesagt, Tom, jede Hinterlist ist mir fremd. Warum sollte ich das wollen?»

«Sehr gut. Echt spitze. Ihr habt's echt drauf.»

Jake zuckte die Achseln. «Ich hab's versucht. Davon abgesehen mache ich mir Sorgen um unseren Freund. Dieser Bärtige zum Beispiel. Gibt es den wirklich? Vielleicht hat er sich den aus irgendeinem Grund bloß ausgedacht.»

«Aus welchem?»

«Ich weiß es nicht. Ich werde für Skepsis und Misstrauen bezahlt. Ich glaube gar nichts, bis ich es bestätigt habe.»

«Vernünftig.»

«Ich versuche nur, alles richtig zu machen.»

Tom nahm einen Schluck von seinem Drink und lehnte sich zurück ins schwarze Leder. «Ich mag Sie, Jake», sagte er. «Wo kommen Sie eigentlich her?»

Garantiert hatten Tom und seine Leute Jakes Biographie fein säuberlich durchkämmt. «Ich bin in Neuseeland geboren. Englische Mutter, neuseeländischer Vater.»

«Wow, super. Die All Blacks? Rugby? Tolles Spiel!»

«Ich mag's auch, ja.»

«Und dieser Haka. Die Maori-Typen.»

«Genau.»

«Und da sind Sie aufgewachsen?»

«Mit sechs kam ich nach England.»

«Wieso? Eine Scheidung?»

«Nein. Wir kamen alle zusammen her. Zwei Gründe: Geld und Familie. Meine Eltern konnten hier mehr verdienen, und die Eltern meiner Mutter waren krank.»

«Was hat Ihr Dad gemacht?»

«Was er heute noch macht. Er ist Busfahrer.»

«Verstehe.» Tom hatte seine Pflicht erfüllt und Jakes Antworten mit den Archivdaten abgeglichen. Die amerikanische Version von Hinterlist. «Ah, da kommen die anderen!»

Langsam kam etwas Bewegung in den Fall. Auf rätselhafte Weise wurden die «Fünf Freunde» auf ihre Tat vorbereitet. Möglicherweise war der Kuli doch kein Kuli, sondern hatte mehr zu sagen. «Bart. Traditionell gekleidet. Salwar Kamiz», berichtete Abu Omar. Man ging albenweise Fotos mit ihm durch, doch er konnte niemanden als den Kuli identifizieren.

Zu diesem Zeitpunkt kündigten Frank und Jimmy ganz

plötzlich an, sie würde an den Treffen in Zukunft nicht mehr teilnehmen. Auch wenn sie es nicht sagten und Jake nicht nachfragte, war wohl doch die Angst vor britischen Gerichten in den beiden aufgekeimt.

«Hey, wir haben vollstes Vertrauen zu dir», sagte Jimmy lakonisch. «Wir meinen bloß, so kurz vor der Ziellinie sind vier Leute doch 'n bisschen viel. Wir besprechen uns einfach nach den Treffen.»

Nahm Jakes Desillusionierung hier ihren Anfang? Nein, noch lange nicht, aber Anfang, Mitte, Ende: Wen kümmerte das schon? Er war dabei, ein anderer Mensch zu werden, und er mochte diesen Menschen nicht.

Die von vier Kameras im Safehouse aufgenommenen Videos der Treffen wurden verschlüsselt in einen sicheren Raum in der amerikanischen Botschaft gesendet, wo Frank und Jimmy sie sich bei einem Eimer Popcorn und literweise Cola zu Gemüte führen konnten. Danach wurde besprochen, was passiert war und wie es weitergehen sollte.

Einmal hieß es, die Männer wollten nach London fahren und dort einen Anschlag auf den öffentlichen Nahverkehr verüben. Aus unerfindlichen Gründen war diese Idee jedoch schon zwei Wochen später wieder gestorben. Abu Omar machte vage Andeutungen über logistische Schwierigkeiten und merkte an, dass es da unten sowieso schon jede Menge anderer Dschihadis gebe.

Die Analysten versuchten fieberhaft, aus den Geschehnissen ein konsistentes Bild zu flicken. Lag irgendein strategischer Sinn darin, wie gemächlich Abu Omar und die anderen ihrer heiligen Berufung nachgingen? Oder steckte schlicht und einfach gar kein großer Plan hinter alldem: Hatte man diese Männer einfach ausgeschickt, um zu tun, was immer eben ging, wann immer sie Lust darauf bekamen? Doch da war ja noch dieser andere Mann, der bärtige Kuttenträger, der ebenso gut Kuli wie Anführer sein konnte.

Die in Meetings und schriftlichen Abhandlungen geführte Debatte, die versuchte, den dürftigen verfügbaren Informationen möglichst viel halbwegs Bedeutsames abzugewinnen und den Ansatz einer verständlichen Geschichte daraus zu stricken, kam zu keinerlei Ergebnis. An manchen dieser Meetings nahmen die Amerikaner teil, an anderen nicht. Ihrer Ansicht nach würde diese Sache eben dauern, und inzwischen sollten alle einfach locker bleiben.

«Was lange währt, wird endlich gut», sagte Frank bei einem Meeting und kam damit überhaupt nicht gut an.

«Ihr Amis seid ja auch nicht in Gefahr», erwiderte ein weniger parkettsicherer Analyst der Polizei. «Wir sollten die Reißleine ziehen.»

Das war das Stichwort für eine – vor den transatlantischen Partnern geheim gehaltene – Querele zwischen Stuart und der Polizei. Ende Oktober wurde in London eine Besprechung abgehalten, bei der die amerikanische Sichtweise die Oberhand behielt. «Wir haben hier die Chance, die zu treffen, wo es weh tut, sie richtig zu verunsichern, eine Riesensache in Ihrem Land zu verhindern, diesen Leuten einen gewaltigen Schuss vor den Bug zu verpassen und ihnen zu zeigen, dass sie nicht ungestraft in unseren freiheitlichen Demokratien agieren können», verkündete der extra angereiste Tom, während Jake ein Gähnen unterdrückte. «Der Präsident wäre sehr unzufrieden, wenn wir die verpassen. Aber das liegt natürlich ganz bei Ihnen.»

Dann endlich reifte die Sache so weit heran, dass es so aussah, als würde sich tatsächlich etwas zuspitzen. Aus dem Attentat in London war ein Sprengstoffanschlag auf einen Transportknoten hier in der Stadt geworden. Damit konnte nichts anderes gemeint sein als entweder der Hauptbahnhof, der Busbahnhof oder die zentrale Haltestelle für Bus und Tram.

Eines Tages wurde Salman gesehen, wie er allein das Hochhaus verließ, und man identifizierte ihn als seit vier Jahren in der Stadt ansässigen Algerier, der definitiv nie irgendwo gekämpft hatte. Frank und Jimmy setzten sich gegen Jake damit durch, Abu Omar vorerst nicht mit diesem Widerspruch zu konfrontieren. Sie fanden, man solle Abu Omar nicht unnötig mit leichtfertigen Zweifeln an seinen Motiven beunruhigen. Wer weiß, am Ende würde er sonst noch aussteigen. Jetzt, wo Salman identifiziert war, ließen auch die anderen sich rasch ausfindig machen: alles in England geborene Kinder von Einwanderern. Abid war im Alter von vier Jahren mit seinen Eltern in die Stadt gezogen, Jamal war 2014 aus Glasgow gekommen, Hassan hatte vor neunzehn Jahren in der hiesigen Geburtsklinik das Licht der Welt erblickt. Sie alle hatten keinen Kontakt mehr zu ihren Eltern, lebten von Sozialhilfe und gingen – wie Jakes diskrete Nachforschungen ergaben – nicht mehr in die Moschee. Und allem Anschein nach hatte keiner von ihnen England je verlassen.

Es fühlte sich an, als fiele alles auseinander – ungewöhnlich bei einem Fall, der so kurz davorstand, Früchte zu tragen. Anstelle eines Energieschubs griff eine merkwürdige Müdigkeit um sich. Probleme traten bis knapp unter die Oberfläche, ohne je wirklich ausgesprochen zu werden, so enttäuscht waren alle voneinander. Trotzdem: Aus diesem Hamsterrad konnte Jake nicht einfach aussteigen. Frank und Jimmy waren mürrisch geworden, glaubten offenbar, das hinterlistige England habe kurzerhand seine Gesetze so gestaltet, dass ihnen der direkte Umgang mit ihrem V-Mann verwehrt blieb. Abu Omar wiederum wurden seine Händchenhalter entzogen, und er beschwerte sich über die Snacks im Safehouse, die Körperhygiene seiner Komplizen und den «amateurhaften» Umgang mit dem ganzen Unterfangen. Jake drängte sich immer stärker der Eindruck auf, dass er die ganze Sache langsam, aber sicher an die Wand fuhr, ohne irgendwas dagegen tun zu können.

Alles rann ihm durch die Finger: die Zeit, die Kontrolle, der Sinn, sein Optimismus. Mitte November, bei seinem nächsten Treffen mit Abu Omar, sagte er: «Ich wollte noch mal ein paar Sachen durchsprechen, die mir noch nicht ganz klar sind.»

«Ach so?»

«Bevor alles zu hektisch wird.»

Abu Omar blickte ihn gelangweilt an.

«Als Sie Frank und Jimmy zum ersten Mal begegnet sind …»

«Ja?»

«Wie haben die Amerikaner Sie eigentlich geschnappt?»

«Wir waren bei 'nem Angriff. Machten wir Ausländer damals normalerweise gar nicht. Waren eher zur Show da. Und für anderen Kram.»

«Was für anderen Kram?»

«Nix Besonderes. Jedenfalls haben die mich einfach erwischt.»

«Wie?»

«Wie gesagt, so 'n anderer Typ und ich, wir sind um diese Werkstatt rum oder was das noch mal war, und zack, da waren sie.»

«Wer?»

«Ein Trupp GIs. Haben auf uns gewartet. Und da haben sie mich geschnappt.»

«Und der andere? Ist abgehauen?»

«Nein. Sag ich doch, Mann. Die haben ihn abgeknallt. Der war tot, und ich hab kapiert, dass ich aus der Nummer nicht mehr rauskomme. Hab die Hände hochgenommen.»

«Und dann?»

«Die haben mir Handschellen angelegt und mich in so 'ne Art Panzer gesteckt. Ist alles ziemlich verschwommen. Dann haben die mich zu ihrem Stützpunkt gebracht. Den Rest kennen Sie ja.»

«Nicht so richtig. Wer hat zuerst mit Ihnen gesprochen, Frank oder Jimmy?»

«Beide. Haben die doch wohl erzählt, oder?»

«Kann sein. Aber ich würde es gern von Ihnen hören.» Jake dachte daran, wie Frank und Jimmy auf dieses Gespräch reagieren würden. Inzwischen war ihm das fast schon egal.

«Vertrauen Sie mir nicht, oder was? Oder denen?»

«Es geht nicht um Vertrauen. Ich will nur die Lücken füllen. Wie lang waren Sie in Gefangenschaft, bevor die beiden kamen?»

«Paar Tage.»

«Waren da noch andere Gefangene?»

«Nein, ich war alleine in 'ner Zelle.»

«Haben Sie was von anderen Gefangenen mitbekommen?»

«Nein.»

«Wie hat man Sie behandelt?»

«Ach, schon okay.»

«Was heißt das?»

«Dass es schon okay war. Bisschen rumgeschubst haben die mich.»

«Aber niemand hat Sie befragt, bevor Frank und Jimmy kamen?»

«So in der Art.»

«Genau so, oder so in der Art? Welches von beiden?»

«Genau so.»

«Und Sie waren sofort einverstanden, mit den beiden zu kooperieren? Oder haben Sie's selbst vorgeschlagen?»

«Mehr oder weniger. Von beidem was. Hat mir eh nicht gefallen, da. Hab zu viele Leute sterben sehen. Wollte raus.»

«Und das war der Ausweg. Was ist dann passiert?»

«Ich hab denen alles gesagt, was ich wusste, dann haben wir darüber gesprochen, wie's weitergehen sollte.»

«Und zwar wie?»

«Na, dass ich zurücksollte.»

«Hatten Sie Angst?»

«Klar, Mann. Hatte die Hosen gestrichen voll. Aber 'ne Wahl hatte ich ja wohl nicht. Die haben gesagt, so komm ich da raus. Entweder das, oder die hätten mich richtig verknackt, als feindlichen Kämpfer – und wer weiß, was dann los gewesen wär.»

«Und wann sind Sie zurückgegangen?»

«Drei, vier Wochen später. Die Kennenlernphase haben die das genannt. Schätze mal, ich musste mich erst beweisen. Und es gab 'ne Menge Training. Kommunikation, Abläufe, Treffen ...»

«Also nach drei oder vier Wochen gingen Sie zurück?»

«Vielleicht waren's auch fünf.»

«Was haben Sie denen erzählt?»

«Dass ich verwundet wurde. Die Yanks haben mir in den Oberarm geschossen, damit's echt aussieht. Hat scheiße weh getan, aber musste sein, meinten die. Haben voll drauf bestanden.»

«Das war sicher hart.»

«Sie waren nicht dabei, Mann. Hatte schon größere Probleme. Die Yanks haben geschaut, dass sich das nicht entzündet, dann bin ich zurück. Hab mir 'ne Story ausgedacht, von wegen ich hab's nicht zurück durch die feindlichen Linien geschafft. Hab erzählt, ich hätte mich 'n paar Tage versteckt und dann 'n Dorf gefunden, wo so 'ne Familie sich um mich gekümmert hat.»

«War das mit Frank und Jimmy abgesprochen?»

«So halbwegs.»

«Hat man Ihre Geschichte überprüft?»

«Das hätten die mir ja wohl kaum gesagt. Hab erzählt, die Familie war in 'nem Dorf, das die Amerikaner kontrollieren. Da unten geht's drunter und drüber, da findet man keinen. Jedes Kaff wird alle fünf Minuten von jemand anderem erobert. Die Brüder haben's geschluckt, glaub ich.»

«Und dann haben die Sie einfach hierhergeschickt?»

«Mehr oder weniger. Als der Befehl kam, hab ich mich bei Frank und Jimmy gemeldet. Und hier bin ich jetzt.»

«Ihre Mitbewohner …»

«Ja?», fragte Abu Omar.

«Sie sagten, die kommen aus Nordafrika.»

«Genau.»

«Was, wenn ich Ihnen sagen würde, dass drei von denen hier aufgewachsen sind und der vierte hier ist, seit er vier war?»

Abu Omar zuckte die Achseln.

«Einer hat sogar zwei Jahre lang dieselbe Moschee besucht wie Sie.»

«Na und? Da gehen Hunderte hin. Kann ja nicht alle kennen. Warum stressen Sie deshalb auf einmal so rum?»

«Ich will nur alles genau abklopfen. Wir müssen alle hundertprozentig auf Zack sein.»

«Bin ich.»

«Sie waren also mit denen an der Front?»

«Hab ich das gesagt?», fragte Abu Omar misstrauisch.

«Ich glaube schon.»

Er wartete. Abu Omar schwieg.

Jake fuhr fort. «Soweit wir wissen, hat keiner von denen je das Land verlassen.»

«Hab ich nicht bloß gesagt, dass die an die Front wollten?»

Diesmal schwieg Jake.

«Mann, Sie bringen da was durcheinander.»

Jake lächelte. «Erzählen Sie mir noch mal von dem Mann mit dem Bart.»

«Was soll ich da noch sagen? Sie wissen doch schon alles.»

«Dann höre ich's eben noch mal.»

«Beim ersten Mal haben wir ihn in 'ner Wohnung im neunten Stock getroffen.»

«Wohnt er da?»

«Mann, ich sag doch, ich weiß es nicht. Glaub nicht.»

«Haben Sie ihn mal woanders gesehen? Mit jemand anderem?»

«Hätt ich doch erzählt.»

«Wie arrangiert er die Treffen?»

«Ruft uns einfach auf 'nem Handy an, das bei uns in der Wohnung liegt.»

«Wie ist die Nummer?»

«Weiß ich nicht.»

«Haben Sie mal versucht, sie rauszukriegen? Auf dem Handy, wie ich's gesagt habe?»

«Zu gefährlich, wenn die anderen da sind. Das riskier ich nicht.»

«Beschreiben Sie ihn.»

«Er sitzt in der Ecke. Auf'm Boden, im Schneidersitz. Wir dürfen nicht zu nah ran.»

«Hat er einen Akzent?»

«Na, von hier halt.»

«Wie groß ist er?»

«Er sitzt immer, sag ich doch. Steht nie auf.»

«Wie alt?»

«Kein Plan. Zwischen uns steht immer so 'ne Lampe. Man kann ihn kaum sehen. Er lässt richtig raushängen, dass er der Boss ist.»

«Und er gibt Ihnen Anweisungen?»

«Genau. Er sagt, wo's langgeht. Weiß Bescheid. Kennt die Stadt. Mann, mir reicht's jetzt. Ich muss zurück. Das haben wir doch schon x-mal durchgekaut.»

Jake seufzte. «Gut, machen wir für heute Schluss.» Kopf. Wand. Hat doch alles keinen Sinn mehr.

War das der Punkt, an dem die Zweifel rückblickend zu übermächtig hätten werden sollen? Als sich gezeigt hatte, dass Abu Omar hinsichtlich all seiner Komplizen schiefgewickelt war oder – schlimmer noch – gelogen hatte? Jetzt, wo Jake darauf wartete, dass die Flure sich leerten und er unbemerkt verschwinden konnte, schien alles sonnenklar. Damals war es das allerdings nicht gewesen. Niemand sonst hatte den Glauben an Abu Omar verloren, außer vielleicht George, der jedoch gegenüber jeder Quelle auf Erden, mit der sein Team zu tun bekam, eine heftige, abwehrende Skepsis an den Tag legte. Sicher, Abu Omar war hin und wieder unzuverlässig, ausweichend, neben der Spur gewesen. Aber welcher Agent war das nicht?

Zweifel funktioniert nun mal nicht so. Er ist keine sich langsam neigende Waage. Entweder man zweifelt, oder man tut es nicht. Und Jake hatte den Wald vor lauter Bäumen nicht gesehen.

Ganz plötzlich war es schließlich so weit gewesen. Das war oft so, dachte Jake. Ewiges Nichtstun, dann stürzte alles gleichzeitig auf einen ein. Auch das Gefühl, noch nicht bereit zu sein – nur die halbe Wahrheit zu kennen und sich auch noch über die zu täuschen –, war ihm vertraut, obwohl es diesmal stärker war. In Gedanken hatte er noch einmal jedes einzelne Gespräch mit Abu Omar durchgespielt, sparte sich aber eine Antwort auf die zunehmend bissigeren Botschaften von Frank und Jimmy per Textmitteilung oder Mailbox. Man konnte meinen, sie wollten gar nicht wirklich mit ihm sprechen, sondern nur ihr Gift versprühen, getarnt als zuckersüße, ermutigende Nachrichten, großzügig ausgeschmückt mit «Wie läuft's, *buddy*» und «Wir stehn voll hinter dir, *pal*». Er konzentrierte sich einfach darauf, die Sache durchzuziehen, so gut er konnte – gegen die Zeit und gegen jede Chance.

Noch heute konnte Jake sich haargenau an den Tag der Generalprobe erinnern. An das letzte Treffen mit Abu Omar, in einem speziell ausgerüsteten Lieferwagen. Abu Omar wirkte angespannt, aber zuversichtlich. Er übergab den Rucksack an den latexbehandschuhten Techniker, der seine Tests durchführte, während Jake noch ein paar letzte, aufmunternde Worte sprach.

«Alles okay?», fragte er.

«Ja, Mann.» Ausnahmsweise sah Abu Omar ihm dabei sogar in die Augen. «Wird schon keiner durchdrehen, oder?»

«Inwiefern?» Jake rang sich ein Grinsen ab.

«Mich aus Versehen abknallen, zum Beispiel?» Abu Omar grinste ebenfalls.

«Nein. Das ist ja sowieso nur eine Probe.»

Der Techniker reichte Jake den Rucksack. «Schwer», stellte er fest.

«Bücher», erklärte der Techniker. «Alles sauber.»

«Seien Sie vorsichtig», sagte Jake zu Abu Omar. «Keine Dummheiten. Einfach an den Plan halten. Ich bin die ganze Zeit bei Ihnen.»

«Ja, sicher», sagte Abu Omar und lachte.

«Na ja, zumindest im Geiste. Heute wird ein Klacks. Der schwierige Teil kommt nächste Woche.»

«Sie passen doch auf mich auf, oder?»

Jake sah ihn an, wollte ihm irgendwie Mut machen. Stattdessen sagte er nur: «Klar doch.»

«Okay. Dann mal los.»

Und Abu Omar öffnete die Ladetür.

10

Die Amerikaner reisten umgehend ab. Keine Überraschung. Wie von Zauberhand waren sie auf den Vier-Uhr-Flug nach D. C. am selben Tag gebucht, und niemand kam auch nur auf die Idee, sie aufzuhalten. Wie denn, die haben ja Diplomatenpässe, hätte andernfalls irgendwer gesagt. Noch eine Krise, das würde uns jetzt gerade noch fehlen, hätte ein anderer angemerkt. Allerdings, hätte ein Dritter – wahrscheinlich Stuart – eingestimmt. Doch dieser Wortwechsel fand niemals statt, weil ja niemand auch nur auf die Idee kam. Andere Sorgen. Keine halbe Stunde nach der Explosion hatte Jake versucht, Frank und Jimmy auf ihren Handys zu erreichen, um sein Entsetzen mit ihnen zu teilen, aber die Anschlüsse existierten nicht mehr.

Er selbst wurde sofort vom Dienst suspendiert und nach Hause geschickt. Intern erzählte man, er habe sich ein paar Wochen Urlaub genommen – wann er wiederkäme, sei noch unklar. George bat ihn telefonisch, sich in einer Polizeiwache zur Befragung einzufinden. Ein neuer Einsatzleiter war damit beauftragt worden, den Vorfall aufzuklären. George wartete draußen im Auto.

«Diesmal gibt's eine öffentliche Untersuchung, da kannst du Gift drauf nehmen. Ich hab mit Stuart gesprochen, der hat abgewiegelt. ‹Unsinn, George, wie kommst du darauf?› Aber was soll er auch sonst sagen? Das ist seit Jahren fällig. Heutzutage gibt's doch für jeden Furz einen Ausschuss. Die großen Häuptlinge werden versuchen, es zu verhindern, aber irgendwo muss die Scheiße nun mal kleben bleiben. Die Regierung kann uns nicht ausstehen, und einer muss die Kröte schlucken. Die Polizei bestimmt nicht. Uns mag sowieso keiner, kann uns egal sein. Schnall dich an. Das wird schmutzig. Und es wird schnell gehen.» Eine Woche später wurde das Untersuchungsverfahren angekündigt.

Am folgenden Dienstag bestellte man Jake nach London, zum Gespräch mit Stuart und einem Justiziar.

«Das Verfahren führt ein ehemaliger High-Court-Richter mit allen Befugnissen. Das heißt, Zeugen können gegebenenfalls verpflichtend vorgeladen werden, Aussagen werden unter Eid gemacht, und man kann wegen Missachtung des Gerichts oder Meineid belangt werden. Ihre Identität wird aber ausreichend geschützt.»

«Ich muss aussagen?»

Der Justiziar sah ihn an wie einen Vollidioten. «Was denken Sie denn? Sie müssen alle Fragen wahrheitsgemäß beantworten. Außer in gewissen Bereichen, die die nationale Sicherheit berühren. Treffpunkte, Methoden, Namen von Quellen und so weiter. Das klären wir noch mit der Untersuchungsanwältin. Machen Sie sich keine Sorgen, danach wird man Sie nicht fragen. Falls doch, greift die Untersuchungsanwältin ein. Wird kein Problem.»

«Die Amerikaner …», sagte Stuart.

«Ja?», fragte Jake.

«Wir haben das ausführlich mit den Vertretern der Regierung diskutiert und sind zum Schluss gekommen, dass die Beteiligung der Amerikaner für das Verfahren irrelevant ist. Es wird also niemand wissen, dass wir mit ihnen zu tun hatten. Verstanden?»

«Aber die Amerikaner haben uns Abu Omar und die ganze Nummer zugeschanzt. Heißt das, wir werden es mit der Wahrheit nicht so genau nehmen?»

Stuart seufzte. «Erde an Jake! Willkommen in der Realität. Hier geht es um das richtige Gleichgewicht zwischen Gerechtigkeit und –»

«Wahrheit? Was, wenn die direkt danach fragen?»

«Werden sie nicht.»

«Wenn doch, werde ich nicht lügen.»

«Natürlich nicht. Aber das Thema wird nicht zur Sprache kommen. Vertrauen Sie mir. Keine Sorge.»

«Eins noch», meldete sich der Justiziar zu Wort.

«Ja?»

«Leider werde ich als Vertreter der Behörde nicht gleichzeitig auch Sie vertreten können.»

«Aber ich bin doch Mitarbeiter.»

«Ist bloß eine Feinheit, Jake», beschwichtigte Stuart. «Juristischer Schnickschnack.»

«Das Problem ist Folgendes», erklärte der Anwalt. «Es sind Umstände denkbar, unter denen unsere Interessen sich widersprechen könnten. Zum Beispiel falls die Behörde die Ansicht vertreten sollte, dass Sie sich nicht an die Vorschriften gehalten oder Ihre Aufgabe nicht angemessen erfüllt haben …»

«Sehen Sie, genau das meine ich», unterbrach Stuart mit schiefem Grinsen. «Das wird nie passieren, aber die Rechtsabteilung besteht drauf.»

«... oder falls Sie behaupten sollten, die Behörde hätte Sie irgendwie unzulässig unter Druck gesetzt oder Ihr persönliches Wohlergehen nicht hinreichend im Blick gehabt. Sie verstehen also, unsere Interessen könnten divergieren. Deshalb raten wir Ihnen, sich unabhängigen Rechtsbeistand zu suchen. Wir geben Ihnen gerne eine Liste hervorragender Anwälte mit der nötigen Sicherheitsstufe.»

Weihnachtseinkäufe. Samir liebte Weihnachten über alles. Hatte es geliebt: Mr Masoud hatte sich noch immer nicht an die Vergangenheitsform gewöhnt. Immer hatte Samir es übertrieben, Geld ausgegeben, das er gar nicht gehabt hatte, war begeistert von den Bäumen und den Lichtern gewesen. Hatte noch den letzten Winkel des Hauses geschmückt. Und Aisha war nicht anders gewesen. Nur Mr Masoud hatte sich quergestellt. Die Verschwendung. Der Kommerz. Und die Gottlosigkeit. Seine Frau machte sich über seine üble Laune immer lustig: «Du alter Griesgram», sagte sie.

Noch schlimmer war, dass Samir an jenem Tag Aisha in der Schule krankgemeldet hatte, damit sie mit ihm in London was Hübsches für Mummy kaufen und die Spielwaren im Schaufenster von Hamleys und die Lichter in der Regent Street sehen konnte. Ein paar Tage nach dem Anschlag hatte Samirs Frau Mr Masoud gebeten, in der Schule anzurufen und zu erzählen, was wirklich passiert war. Eine der vielen schrecklichen Aufgaben, die der Tod einem aufbürdet.

Hin und wieder wurde Mr Masoud gefragt – meistens von Weißen –, ob er je wieder zurück in Pakistan gewesen sei. Wieder zurück. Bei seiner Antwort blieb er stets höflich. Nein, nie, sagte er immer. Ganz selten – und äußerst vorsichtig, damit man ihn nicht für pedantisch hielt – erwiderte er: «Zurückgehen» könnte ich auch gar nicht, weil ich mein ganzes Leben noch nie dort war.

Mitte der Sechziger waren seine Eltern nach England gekommen, etwa ein Jahr vor seiner Geburt. Er war also nicht mal auf dem Subkontinent gezeugt worden, wie er privat mit seiner Frau gern scherzte. Sie hatten sich eine Existenz in der Stadt aufgebaut, mit dem kleinen Laden in einem überwiegend weißen Arbeiterviertel, das sich im Laufe der Siebziger und Achtziger zu einer Art asiatischer Enklave entwickelte. Gewissenlose weiße Vermieter ließen die Reihenhäuser aus der Zeit Edwards VII. verfallen und verlangten gleichzeitig horrende Mieten. Inzwischen lebten im Viertel hauptsächlich junge Berufstätige, die, wie Mr Masoud zufrieden bemerkte, viel besser miteinander und mit sich selbst auskamen als seine eigene Generation. Unterschiedliche Hautfarben und Religionen interessierten sie nicht weiter. Auch das Geschäft hatte mit der Zeit gehen müssen, und Mr Masoud war das gelungen. Inzwischen gehörten ihm noch zwei weitere Läden in der Nähe, und alle waren zu hellen, sauberen, kleinen, von früh bis spät geöffneten Supermärkten umgebaut worden, in denen man Tiefkühlkost, Zigaretten, Gemüse, Zahnpaste, Zeitungen und Zeitschriften, Whisky und Wein kaufen konnte. Mr Masoud war stolz auf die moderne, professionelle Ausstattung und das Warenangebot. Paki shops waren das längst nicht mehr.

Als seine Eltern Anfang der Achtziger zurückgegangen waren, war er ein bockiger Teenager gewesen. Er hatte partout nicht mitgehen wollen. Ein Hitzkopf war er damals gewesen, der sich mehr für Rockmusik interessierte als für seine Wurzeln. Heute bereute er das, wusste aber nicht, wie er jetzt noch nach Balochistan reisen sollte. Abgesehen von entfernten Verwandten, denen er noch nie begegnet war, hatte er dort niemanden. Alle, die er kannte, waren selbst nach England gekommen. Würde ein Besuch da nicht bedeuten, sich überheblich dafür auf die Schulter zu klopfen, dass er und die Seinen diese primitive, aussichtslose Welt erfolgreich hinter sich gelassen hatten? Oder peinliche Fragen über sein dekadentes, gottloses Leben im Westen provozieren, Fragen, die ohnehin schon an ihm nagten? Wie sollte er das Leben seiner Verwandten aus deren eigener Perspektive verstehen?

Seine Frau war mehrfach in Pakistan gewesen, allerdings vor ihrer Hochzeit 1986. Seine Eltern waren mit den ihren bekannt gewesen, doch die Ehe war nicht arrangiert. Sie war eine gute Partie: eine attraktive Akademikerin aus gutem Hause. Er aber auch, das musste er schon zugeben: ein umtriebiger junger Geschäftsmann auf dem Weg nach oben. Sie hatte ihre Karriere der Ehe geopfert, wurde erst viele Jahre später Büroleiterin einer Hausarztpraxis in der Nähe.

Vor Samirs Geburt hatte sie des Öfteren vorgeschlagen, die Verwandtschaft in Pakistan zu besuchen. Er hatte sich stets geweigert: zu viel zu tun. Dabei hätte er sogar lieber ihre Familie bei Islamabad besucht als seine eigene in Quetta.

Jedenfalls: die Amerikaner. Überall die Finger drin. Warum mussten unsere Politiker denen auch ständig hinterherdackeln wie verliebte Schuljungs? Am Montag würde das Verfahren weitergehen, dann würden sie mehr erfahren. Zumindest wenn die Obrigkeit die Sache übers Wochenende nicht noch abwürgte. Der Vorsitzende hatte echte Unabhängigkeit versprochen, mal sehen.

Schweigend verließen sie mit den übrigen Angehörigen den Saal.

Auf dem Weg aus dem düsteren Gebäude in die Düsternis vor der Tür knöpfte Mr Masoud seinen Mantel zu. Es war grau, aber wenigstens regnete es noch nicht. Arm in Arm gingen seine Frau und er die Treppe vor dem Rathaus hinab, dann rechts durch die Napier Street zum Parkhaus. Sie gingen zügig; vor dem Rathaus herrschte irgendein Tumult, Polizisten in neongelben Jacken hielten Demonstranten hinter Metallgittern in Schach. Geschrei, erhobene Fäuste, wütende Gesichter. Mr Masoud und seine Frau gingen noch schneller, als die Menge lauter wurde.

Im Nebenzimmer trank Jake Wasser aus einer Plastikflasche.

«Freies Wochenende?», fragte Chris, einer der Fahrer.

«Schön wär's», antwortete Jake mit schiefem Grinsen. «Wollen wir?»

«Keine Eile.»

«Schon gut. Rumsitzen hilft auch nicht weiter. Nur nicht unterkriegen lassen.» Er schulterte den Kleidersack mit seinem Anzug, und sie gingen hinab in die Tiefgarage. Phil, der zweite Fahrer, ging voraus, um sicherzustellen, dass sie freie Bahn hatten. Dann setzte er sich ans Steuer des Minibusses. Chris nahm neben ihm Platz, Jake stieg hinten ein, wo die Scheiben getönt waren.

«Draußen wird demonstriert», sagte Phil. «Die Radaubrüder von Britain First, wie's aussieht. Wir fahren hintenrum.» Geschickt lenkte er den Minibus um die Säulen und die Rampe hinauf. Der Wachmann betätigte den Knopf fürs Garagentor, das träge klappernd den Blick auf die Straße und den grauen

Himmel darüber freigab. Phil fuhr langsam hindurch, und das Tor senkte sich wieder, mit stählerner Endgültigkeit. An der Straße blickte Phil nach rechts und links und wollte gerade nach rechts in Richtung des inneren Rings abbiegen, da sagte er plötzlich: «Oh-oh.»

Zu ihrer Linken rannten fünf junge Männer durch die Seitenstraße. Sie waren hinter jemandem her, der zunächst hinter einer Laterne verborgen war. Dann konnte Jake die beiden sehen: zwei elegant gekleidete Gestalten, die Arm in Arm auf den Minibus zueilten, wobei sie sich immer wieder ängstlich nach ihren Verfolgern umdrehten.

«Mist», sagte Chris. «Das hat uns grade noch gefehlt. Stoß zurück.»

Phil bog rasch auf die Straße ein und legte den Rückwärtsgang ein. Mit kreischendem Getriebe setzte er zurück, eine Hand am Lenkrad und halb nach hinten gedreht, um durch die Heckscheibe zu sehen.

«Das reicht», sagte Chris, und Phil bremste abrupt.

«Warten Sie hier», wies Jake Phil an.

«Wir sollen Sie beschützen», erwiderte Phil.

«Bleiben Sie am Steuer!», beharrte Jake und schob die Seitentür auf.

Als Chris und Jake ausstiegen, hatten die Männer die beiden Gestalten schon zu Boden geworfen und traten auf sie ein. Einer, Ende zwanzig, Doppelkinn, Bürstenschnitt, blickte Chris und Jake aus trüben, harten Augen an: «Was wird'n das jetzt, ey? Wer seid ihr denn? Rettungskomitee oder was?»

Chris sparte sich eine Antwort – der Mann lag im Handumdrehen mit blutiger Nase auf dem Rücken. Jake packte den nächsten, brachte ihn mit einem gutplatzierten, kräftigen

Tritt gegen die Beine zu Boden. Dann drehte er dem Mann den rechten Arm hinter den Rücken, bis er vor Schmerz aufstöhnte, drückte sein Gesicht auf den Asphalt. Die Frage war jetzt nur, ob er ihm die Schulter auskugeln sollte oder nicht. Er entschied sich dagegen – so schwer es ihm auch fiel, nicht einfach weiterzudrücken, bis der Arm krachend nachgab, hemmungslos auf ihn einzuprügeln, dem Rausch aus Blut und Adrenalin nachzugeben und all seine Wut an diesem Pechvogel auszulassen. Die anderen Männer – eigentlich eher Jungs – wichen bereits vor Chris zurück, ein Auge auf ihren langgestreckten Kameraden gerichtet, der blinzelnd zu begreifen versuchte, was passiert war.

Die Jungs rannten los. Ihnen entgegen kamen ihre Freunde, die den Trubel gerade erst bemerkt hatten.

Chris half dem alten Ehepaar auf die Beine und schob sie hastig in den Minibus. Bevor Jake seinen Gegner losließ, befahl er ihm ganz ruhig: «Bleib liegen, bis wir weg sind. Sonst ziehe ich andere Saiten auf.» Dann stand er auf und kletterte am nach hinten sichernden Chris vorbei ebenfalls in den Bus.

Chris stieg wieder vorne ein, und Phil fuhr zügig an. «Die habt ihr ja schön aufgemischt», sagte er. «Und jetzt? Erst zur Polizei oder ins Krankenhaus?»

Jake saß Mr und Mrs Masoud gegenüber. Der Mann zitterte unkontrolliert, sein Gesicht war zerschrammt. Mit einem scharf gebügelten Taschentuch wischte er sich Schweiß, Schmutz und Tränen ab. Dann sah er Jake an und blinzelte überrascht. Jake nickte. Mrs Masoud antwortete Phil in erstaunlich gefasstem Ton: «Weder noch. Wir wollen keine Umstände machen.»

11

Sie saßen im gemütlichen Wohnzimmer der Masouds. Der Minibus stand hinter dem Haus, und Chris erklärte draußen auf dem Flur per Handy in ruhigem, doch eindeutig entschuldigendem Ton, was vorgefallen war.

«Bitte. Wir wollen nicht, dass die Polizei davon erfährt», hatte Mrs Masoud bei ihrer Ankunft wiederholt.

«Ich versuche, das diskret zu regeln», versprach Chris.

Mrs Masoud machte süßen Tee und verschwand dann mit ihrem Mann nach oben, um die schmutzigen, zerknitterten Sachen auszuziehen.

Als die beiden wieder nach unten kamen, fragte Jake: «Geht es Ihnen gut?»

«Das muss es», antwortete Mr Masoud. Das Sprechen fiel ihm schwer. «Montag geht das Verfahren weiter.»

«Natürlich», sagte Jake. «Aber diese Leute …»

«Ja?»

«Schrecklich ist das.»

Eine Pause.

«Sie waren das also», sagte Mr Masoud leise.

«Ja», antwortete Jake.

«Der Mann hinter dem Sichtschutz.»

«Es tut mir leid.»

«Was tut Ihnen leid?» Er wirkte ehrlich verwirrt.

«Alles.»

«Ah, ach so.» Mr Masoud musterte ihn lange. «Warum tun Sie das, was Sie da tun?»

«Ich, ähm …»

«Das soll kein Vorwurf sein. Ich bin nur neugierig. Ein seltsamer Beruf.»

«Mit der Zeit vergisst man das. Findet ihn ganz normal. Die Perspektive ändert sich. Von innen sieht alles ganz vernünftig aus.» Jake betrachtete seine Tasse. «Ich wollte etwas bewirken. Was Nützliches tun. Und die Spannung, die reizte mich auch. Die Geheimnisse. Aber die eigentliche Antwort ist weniger romantisch. Nach der Uni bin ich etwas herumgereist, dann habe ich mich für alles Mögliche beworben. Das war damals die beste Option. Aber …»

«Ja?»

«Das ist jetzt nicht so wichtig. Nicht nach dem, was Ihnen gerade passiert ist.»

«Doch, das interessiert mich. Ist es denn so, wie Sie es sich vorgestellt haben?»

«Nein. Die Spannung ist eigentlich nur Angst, in kleinen Dosen, eingerahmt von Routine. Man freut sich, wenn man etwas gut macht. Geheimnisse können deprimierend sein. Man erfährt desillusionierende Dinge über die Welt, über Leute, die man immer respektiert hat. Entweder wird man belogen, oder man darf nichts aus dem machen, was man erfahren hat. Ich wollte etwas Sinnvolles tun …» Er verstummte. «Wie geht es Ihrer Familie? Wie kommen Sie zurecht?»

«Gar nicht», sagte Mrs Masoud. «Aber das ist ja kein Wunder.»

«Es tut mir wirklich sehr leid.»

«Danke.»

«Und das Verfahren … Hilft Ihnen das?»

«Nein, eigentlich nicht.»

«Wir hatten uns das anders vorgestellt», erklärte Mr Masoud. «Wir dachten, das brächte uns der Wahrheit näher. Wir dachten, wir würden eine Antwort finden.»

«Vielleicht gibt es einfach keine», sagte Mrs Masoud. «Vielleicht ist sogar das die Antwort.»

«Sie sind bestimmt sehr wütend.»

«Ja», antwortete sie. «Vor allem traurig, aber auch wütend.»

«Dann wollen Sie sicher, dass die Verantwortlichen identifiziert werden.»

«Die Verantwortlichen sind mit den anderen im Bahnhof gestorben. Fühlen Sie sich denn verantwortlich?»

«Ja.»

«Das sollten Sie auch. Sie und Ihre Kollegen, Sie sollten so etwas nicht zulassen, vor allem wenn Sie vorher wissen, was passiert.»

«Wenn wir das gewusst hätten …», hob Jake an.

Mr Masoud warf ihm einen durchdringenden, schwer einzuordnenden Blick zu. Vermutlich Verachtung. Er sagte: «Wir wünschen uns eine Lösung. Eine Erklärung.»

Wer nicht, dachte Jake. Doch wie sehr man sie auch suchte, im Verfahren oder anderswo, für diese Sache gab es einfach keine. «Ich wünschte, ich könnte etwas für Sie tun.»

Mr Masoud seufzte. «Aber Sie können nicht.»

«Nein.»

«Bitte entschuldigen Sie mich», sagte Mr Masoud. «Ich bin sehr müde. Ich muss mich ausruhen.»

«Natürlich.»

Mr Masoud ging hinaus. Im ersten Stock schlug eine Tür, dann legte sich wieder Grabesstille über das Haus.

«Mein Mann ist sehr wütend», erklärte Mrs Masoud.

«So wütend wirkt er gar nicht», erwiderte Jake.

«Er zeigt es nicht. So gutmütig er nach außen hin auch sein mag, er hat strenge Moralvorstellungen und urteilt schnell. Früher war das tief in ihm vergraben. Heute würde er Sie umbringen, wenn er könnte. Nur zwei Dinge hindern ihn daran: seine körperliche Schwäche und sein Anstand. Vielleicht auch nur der Anstand.»

«Er hat jedes Recht, so zu empfinden.»

«Mag sein, aber er liegt trotzdem falsch. Wahrscheinlich weiß er das auch. Aber ein Gefühl verschwindet nicht einfach, weil es falsch ist. Und dass es falsch ist, Sie zu hassen, ist letztlich auch nur meine Meinung. Offenbar aber auch die seines Mentors in der Moschee.»

«Sie empfinden nicht so wie er?»

«Nein. Ich weiß nicht recht, was ich empfinde. Hass oder Wut jedenfalls nicht. Ich kann es nicht benennen.»

«Ich sollte gehen», sagte Jake, fuhr aber fort: «Bei dem Verfahren kann man schlecht Gefühle zeigen. Ich kann Ihnen nicht sagen, wie leid mir tut, was passiert ist.»

«Haben Sie denn etwas falsch gemacht?»

«Ja, definitiv. Meine Anwälte wollen nicht, dass ich das sage, aber ja.»

«Und was? Wissen Sie das?»

«Nicht genau, nein. Ganz allgemein aber schon. Ich habe zu viel als gegeben vorausgesetzt. Habe mich auf Annahmen verlassen. Das widerspricht meiner Ausbildung. Ich war nicht hartnäckig genug. Aber das ist die typische Ausrede des Schwachen. Ich hätte besser auf meinen Instinkt hören sollen, so erkläre ich mir das selbst. Vielleicht bin ich bloß nicht stark genug.»

«Wäre das so schlimm?»

«Was?»

«Schwäche, Angst, Fehler. Etwas falsch machen.»

«Sie glauben, ich verdiene Vergebung?»

Sie blickte nachdenklich und streng. «Ganz und gar nicht. Würde es Ihnen denn helfen, wenn ich Ihnen vergäbe? Das glaube ich nicht. Sie machen sich selbst so viele Vorwürfe, dass meine oder die meines Mannes gar nicht mehr ins Gewicht fallen. Wir sind alle schwach, ohne jede Ausnahme; der Unterschied ist nur, dass Ihre Schwäche offenbar wurde. Damit müssen Sie jetzt fertigwerden – oder auch nicht. So ist es eben. Klingt das zu hart?»

«Nicht härter als angemessen.»

«Dachte ich mir. Ich habe das Verfahren genau verfolgt. Nicht recht verstanden habe ich, ob man weiß, wie der Sprengsatz dem jungen Mann übergeben und ausgelöst wurde.»

«Wir nehmen an, dass er ihn von jemand auf der öffentlichen Toilette bekommen hat.»

«Aber von diesem Jemand fand sich keine Spur?»

«Nein. Wer es auch war, er muss die Stadt kennen wie seine Westentasche. Keine der Kameras, mit denen wir unseren Mann überwacht haben, hat diese andere Person gefilmt, weder davor noch danach. Am auf dem Klo zurückgelassenen Rucksack fand sich keine DNA. Die Person ist offenbar aus dem Nichts aufgetaucht und hat sich wieder in Luft aufgelöst.»

«Oder der Rucksack wurde schon vorher hinterlegt.»

«Ja. Wir sind alle Varianten durchgegangen, aber keine ist wahrscheinlicher als die anderen.»

«Und die Explosion?»

«Auch eine gute Frage. War es Abu Omar? Wurde der Sprengsatz per Handy ferngezündet? Gab es einen Zeitzünder? Oder war es ein Unfall?»

«Ich hätte gedacht, Ihre Wissenschaftler finden so was im Handumdrehen raus.»

«Ich auch. Aber Sie haben's beim Verfahren ja selbst gehört: die Sprengkraft. Es gibt keine wahrscheinlichen, logischen Erklärungen. Auch das mit den Komplizen: Warum waren die dort, wenn das Ding hochgehen sollte? An Ihrer Stelle wäre ich nicht so rational und sachlich, glaube ich.»

«Oh, ich habe auch Gefühle, keine Sorge.»

«Ich wollte nicht –»

«Aber ich bin auch ein logisch denkender Mensch. Ich suche nach Erklärungen. In der Religion werde ich sie nicht finden, weder in meiner, Ihrer noch der von sonst irgendwem. Ich suche sie in den Tatsachen, auch wenn mir klar ist, dass man sie dort längst gefunden hätte, wenn es eine gäbe. Wir leben in einem Zeitalter der Unvernunft. Vielleicht war das auch immer schon so. Vielleicht ist Rationalität nur unsere Weise, die irrationalen Risse in der Welt zu übertünchen, damit wir den Hass nicht sehen, der daraus hervorströmt. Dieses Zeitalter des Hasses. Diese Schläger, die auf uns losgegangen sind: Sind die denn anders als die Männer, die Samir und Aisha getötet haben? Derselbe düstere Zorn. Wird dieses Verfahren uns erklären, wieso jemand so etwas tut?»

Sie hielt inne, ohne eine Antwort zu erwarten.

«Nein», fuhr sie fort. «Es ist nur dazu da, dass wir uns besser fühlen. Damit wir uns einreden können, der Gerechtigkeit würde Genüge getan. Nichts davon bringt uns Aisha oder Samir zurück.»

«Es tut mir leid», sagte er erneut.

«Tja», erwiderte sie. «Das nützt auch nicht viel. Sie müssen sehr vorsichtig sein, wissen Sie.»

«Ja.»

«Entschuldigung, aber ich fürchte, Ihnen ist womöglich nicht ganz klar, was da los ist. Die Wut hat uns alle im Griff. Bei allem, was wir tun. Das sieht man auch an diesen jungen Idioten, die meinem Mann und mir weh tun wollten. Die wussten nicht, dass unser Sohn und unsere Enkelin bei dem Anschlag ums Leben gekommen sind, und hätten sie's gewusst, wäre es ihnen wahrscheinlich auch egal gewesen. Uns konnten sie die Schuld geben, uns konnten sie hassen, an uns konnten sie Rache üben. Ich war vom ersten Tag an bei diesem Untersuchungsverfahren. Anfangs dachte ich noch, es gehe dabei um Gerechtigkeit. Darum, herauszufinden, was genau da schiefging, um echte Schuld und die Vermeidung solcher Fehler in der Zukunft. Um Objektivität.»

«Aber?»

«Wenn Sie das auch glauben, sind Sie dümmer, als ich dachte. In Wahrheit geht es um etwas völlig anderes: um Politik. Darum, dass die Verantwortlichen sich absichern und Sündenböcke unter den kleinen Rädchen im System finden. Sie zum Beispiel. Dabei finde ich gar nicht unbedingt, dass man die Verantwortlichen auch zur Verantwortung ziehen sollte. Vielleicht war das alles ebenso furchtbar wie unvermeidlich. Da will ich mir vorerst kein Urteil erlauben, aber Klarheit erhoffe ich mir so oder so nicht mehr. Darum geht es einfach nicht. Teilweise geht es schlicht um Ruhm und Rampenlicht. Unserem Gockel von Anwalt geht es um nichts anderes, obwohl er sich bestimmt erfolgreich einredet, das sei nicht wahr. Und auch der Vorsitzende ist dagegen nicht immun. Vor allem aber geht es um Vergeltung. Glauben Sie mir, ich habe diese Leute gesehen, die anderen Angehörigen. Die sind voller Hass. Verständlicherweise. Meinen Mann und mich beäugen sie missbilligend, ein bisschen wie diese dummen Jungs vorhin. Was die für Gerechtigkeit halten, kommt mir vor wie Rachedurst.»

«Die können nichts dafür. Nicht alle sind so stark wie Sie.»

«Stark ...» Sie lachte bitter. «Aber ja, sie können wohl wirklich nichts dafür. Was ihnen angetan wurde, ist unendlich ungerecht. Gegen diese Wut kann man nicht ankämpfen, sie ist wie ein Tsunami. Genau deshalb müssen Sie sehr vorsichtig sein. Egal, ob Sie wirklich was falsch eingeschätzt oder sich falsch verhalten haben, ob Sie nur einen Augenblick unaufmerksam waren, ob Sie alles richtig gemacht haben, aber jemand anderes eine falsche Entscheidung traf, ob der Fehler im System liegt oder alles eine tragische Mischung aus Fehlern und Zufällen war. Das alles spielt in diesem Verfahren trotz aller vorgeblichen Nüchternheit am Ende keine Rolle. Es wird ein Blutopfer gebraucht, zumindest in der Version der sogenannten zivilisierten Gesellschaft. Sofern Sie es nicht schaffen, sich öffentlich selbst als Geschädigter darzustellen, wird das für Sie nicht gut ausgehen.»

«Das werde ich bestimmt nicht tun.»

«Das habe ich auch nicht erwartet. Tröstende Worte habe ich für Sie nicht übrig. Wie es aussieht, haben Ihre Fehler zu der Katastrophe beigetragen. Aber Sie sind nicht der Hauptverantwortliche und haben wahrscheinlich Ihr Bestes gegeben. Dass Sie leiden, ist nur recht und billig. Aber Sie sind auch ein Opfer, und Sie sollten Ihre Fehler nicht noch größer machen, indem Sie alle Schuld auf sich laden und sich einreden, diese Leute hätten recht. Das haben sie nicht. Das ist schrecklich für uns alle, und niemand sollte sich den Luxus leisten, sich darin zu suhlen.»

Jake betrachtete seine im Schoß gefalteten Hände. «Ich muss los», sagte er.

Sie ignorierte ihn. «Suchen Sie noch nach den Hintermännern?»

«Ja.»

«Hier sind bestimmt irgendwo Leute, die diese Jungs manipulieren», sagte sie überzeugt.

«Es geht erstaunlich viel über das Internet.»

«Ja, sicher», erwiderte sie ungeduldig. «Aber irgendwo gibt es einen menschlichen Kontakt. Das hat die Untersuchung ja wohl gezeigt. Suchen Sie hier in der Stadt?»

«Darüber darf ich nicht –»

«Nein, natürlich.» Streng sah sie ihn an. «Ich frage mich, ob Sie überhaupt noch etwas Sinnvolles tun. Ob die schon gewonnen haben, weil Sie nur noch schockstarr herumsitzen.»

«Ich kann Ihnen versichern –»

«Ja, sicher können Sie mir versichern. Was Ihre Versicherungen mir nützen, steht allerdings auf einem anderen Blatt. Was ich sagen will, ist: Diese Leute führen sicher ganz normale Leben hier in der Stadt. Völlig harmlos. Die sind bestimmt keine Hassprediger, die in der Moschee und an Straßenecken herumkrakeelen. Dafür sind die zu raffiniert. Sehr feine Antennen brauchen Sie da.»

«Ich hoffe, die haben wir.»

«Danach sieht es nicht gerade aus. Sind Sie denn schon weitergekommen, um diesen anderen Mann zu identifizieren?»

«Dazu darf ich nichts sagen.»

«Natürlich. Ich denke mal darüber nach. Kann ich Sie erreichen, wenn mir irgendwas einfällt?»

«Sie müssen aber auch vorsichtig sein. Man kennt Sie in der Gemeinde. Jetzt erst recht. Es darf nicht der Eindruck entstehen, dass Sie den Behörden zuarbeiten.»

«Ich bin sowieso vorsichtig. Das bin ich gewohnt. Jede studierte, berufstätige, unabhängige Muslimin meines Alters ist das. Ich nehme an, falls mir was einfällt, können wir Ihre James-Bond-Spielchen spielen?»

«Ich denke schon, ja.»

«Na gut. Geben Sie mir Ihre Nummer?»

Als sie gingen, wurde es draußen bereits dunkel, und vom Ostwind aus der Heide herbeigetragener Regen prasselte auf sie nieder.

«Ein Schlamassel ist das schon, aber ich glaube, wir haben's im Griff», sagte Chris. «Die Typen sagen offenbar gar nichts. Der Polizei haben sie erzählt, sie hätten sich untereinander in die Wolle gekriegt. Dünne Geschichte, und es gibt Kamerabilder, die das Gegenteil beweisen, aber die Polizei besteht nicht darauf, dem nachzugehen. Aber wenn die beiden Anzeige erstatten, nutzt das alles nichts.»

Jake dachte an Mrs Masouds Entschlossenheit. «Ich glaube nicht, dass sie das tun werden», sagte er.

Mit einem Mal fühlte er sich völlig ausgelaugt. Diese Ruhe der beiden, trotz all des Hasses, den Mr Masoud vielleicht verbarg. Erbarmungslos.

12

FREITAG

Es ging los. Wenn man aufmerksam genug war – und Jon Brough war das –, konnte man es in den Tagen, manchmal sogar Wochen vorher förmlich riechen. Irgendwas im Umgang der leitenden Beamten mit ihren Untergebenen, die Anspannung, die pedantische Detailgenauigkeit, der Drang, jeden noch so kleinen Ausrüstungsgegenstand sauber, einsatzbereit und aufgeladen an seinem Platz zu wissen. Schon unter Normalbedingungen war das so; weniger als Perfektion war nie genug. Im Kampf gegen den Feind gab es keine 80-Prozent-Lösung. In Zeiten wie diesen war jedoch mehr als Perfektion gefragt, egal, wie unmöglich das eigentlich war. Nervöse Unruhe griff um sich, während alle wieder und wieder ihre Ausrüstung prüften. Krankenakten wurden durchgesehen und pingelig berichtigt, die Fahrzeuge im Fuhrpark wurden zweimal täglich gesaugt und blank poliert. Einem Zivilisten wäre der Unterschied nicht aufgefallen, doch wer ausgebildet war, ständig alle Sinne auf Empfang zu stellen, merkte es sofort.

Jon hatte längst kapiert, dass etwas im Gang war. Jemand

hatte was herausgefunden. Die Typen waren identifiziert worden und wollten irgendwo hier in der Stadt was Schlimmes anstellen. Die Behörden hatten irgendwie spitzgekriegt, was geplant war und wann es steigen sollte. Eher früher als später würde das Team auf der Straße sein und den Sack zumachen. Zumindest sollte es so laufen. Doch seit dem Anschlag auf den Bahnhof war nichts mehr sicher.

Seine Ahnung wurde durch die höfliche Anfrage per Textnachricht bestätigt, ob er heute vielleicht etwas früher zum Dienst erscheinen könne – innerhalb der nächsten Stunde, genau genommen, statt erst um 13:00 Uhr. Für Jon und seine Kollegen kam so etwas einem Notruf gleich, für den alles andere – Familienkrisen, Zahnarzttermine, leckende Dächer, Urlaubspläne – augenblicklich ignoriert und für die Dauer des Einsatzes vergessen werden musste. Deshalb mied Jon Brough auch all die Komplikationen, die sich aus zwischenmenschlichen Verpflichtungen ergaben. Eines Tages hätte er gerne einen Hund, einen großen, den er auf seine langen Wanderungen mitnehmen könnte; eines Tages hätte er gern Liebe in seinem Leben, simple, stinknormale Liebe (er war ein einfaches Gemüt, das wusste er); eines Tages wünschte er sich Kinder. Aber dafür war noch viel Zeit: Bald würden seine Reflexe nachlassen, seine Sehkraft abbauen, und er wäre raus. Er würde es von sich aus melden, noch ehe es die Ärzte tun könnten und man ihn zum Plausch mit dem Chef riefe. Das war eine Frage des Stolzes. Vorerst war seine einzige dauerhafte Beziehung die zu seiner Mutter, die in einem Bungalow in der Vorstadt wohnte. Sie wusste, dass sie klar an zweiter Stelle stand, und sie nahm es hin.

Er rasierte sich gründlich und packte das Rasierzeug ein.

Falls irgendwann alles zu schnell gehen sollte, würde er es vielleicht brauchen. Auch drei Unterhosen packte er ein. Zwar hatte er sowohl Rasierzeug als auch Unterwäsche in seinem Spind, doch eine Reserve für die Reserve konnte nicht schaden. Das war alles – nein, noch ein Deo! Dann war er auch schon draußen und im Auto, die Wohnungstür hinter sich zweimal abgeschlossen.

Wenigstens war das hier nicht Helmand. Immer die Vorhut irgendeiner anderen Vorhut. Rasierzeug oder Deo waren dort nicht nötig – und was saubere Unterhosen anging, davon hätte man einen ganzen Umzugswagen voll gebraucht, so oft wie man dort glaubte, man mache sich gleich in die Hose. Die Arbeit war strapaziöser, gefährlicher, elementarer, aber auch leichter gewesen. Keine großen Entscheidungen: rein, Job erledigen, mit etwas Dusel wieder raus. Die eine oder andere Mission dauerte auch mal drei, vier Wochen, aber das ließ sich aushalten. Tagsüber heiß, nachts kalt, Staub, Angst, eingeschweißte Rationen, in Plastikfolie scheißen und das Ergebnis mit nach Hause tragen, damit keine Spuren zurückblieben. Man war im Einsatz, und das, so sagten viele, war das Einzige, was zählte.

Als harten Kerl hatte Jon sich nie gesehen. Von der Uni war er mit einem zweitklassigen Abschluss in Englisch und dem Wunsch, etwas Gutes zu tun, abgegangen. Irgendwie hatte es ihn damit zur Army verschlagen. Offizier hatte er dezidiert nicht werden wollen – er wollte sich die Hände schmutzig machen. Er rechnete hauptsächlich mit Entwicklungsarbeit in Afrika und dergleichen. Kein Problem. Keine Allüren. Nach der Disziplin lechzte er geradezu. Er war gut; sehr gut sogar, wenn man seinen Noten trauen durfte, und das durfte man offenbar. Eines Tages saß er einem blonden, scharfäugigen Offizier und einem klugscheißenden Unteroffizier aus Liverpool bei einem Eignungsgespräch gegenüber. Sie mochten ihn, er sie, der Rest war Geschichte.

Wenn man kein Gewissen hat, fällt einem das Töten leicht. Das waren die Leute, die der SAS sofort ablehnte. Eine gewisse Abgebrühtheit musste man jedoch schon mitbringen, und allzu viele Fragen über richtig oder falsch durfte man sich auch nicht stellen. Über Ethik mussten sich andere den Kopf zerbrechen: Man selbst musste sachlich und präzise seinen Job erledigen. Was so gut wie immer hieß, *jemanden* zu erledigen. Wenn der SAS gerufen wurde, waren die Optionen für Kuschelkurs oder diplomatische Lösungen längst ausgeschöpft. Man musste sich darauf verlassen, dass auch die moralischen Fragen schon geklärt waren. Musste ohne Zögern oder Ausflüchte seine Befehle ausführen. Aber mit Gewissenlosigkeit hatte das nichts zu tun. Jemanden zu töten, darf nicht leicht sein; all die Fragen und der Zweifel, vorher und danach, sind nur recht und billig. Mordlustige Schweine, von denen es in der Army mehr als genug gab, hatten im Regiment nichts verloren.

Das Zivilleben war völlig anders. Er war aus moralischen Gründen ausgestiegen. Zwar hielt er das Soldatenleben nicht für unmoralisch, aber er dachte und entschied doch lieber selbst. Hatte er geglaubt. Doch die Wahl zu haben, machte alles komplizierter. In diesem Job hier gab es Tausende Entscheidungen zu fällen, von denen die wenigsten im strengen Sinne mit der Sache zu tun hatten. Merkwürdig auch, das auf den Straßen seiner Heimatstadt zu tun, inmitten bekannter Gesichter. Er war von dieser Stadt durchdrungen, sie war er und er war sie: der nördliche Einschlag, hinter harten Mienen verborgene Gefühle, die gelegentliche Sentimentalität. Der Humor, die Feinheit des Ausdrucks. Die Stadt, die düster über ihm aufragte. Die Gespenster alter Industrie, in Form von Straßennamen wie Foundry Street oder zu Nouveau-Chic-Geschäften umgebauten Lagerhäusern. Die hellen, lauten, chaotischen Pubs, in deren Ecken er gern still zu Abend aß. Alles war lebendiger, und er steckte viel tiefer drin als in diesen Käffern am Arsch der Welt. Ja, wenn der Einsatz losging, war er bereits «drin», und danach konnte er auch nicht einfach raus.

All diese Entscheidungen liefen unweigerlich auf eine einzige, auf einen einzigen Moment hinaus: Anruf oder kein Anruf? Würde ein lautes «Hände hoch, Polizei!» den Verdächtigen nur provozieren? War er bewaffnet? Und wenn ja, wie? War er Links- oder Rechtshänder? Hatte er einen Auslöser in der Hand? Bestand Gefahr für unschuldige Passanten? Und die wichtigste Frage: Was würde dieser Mensch tun? Was ließ sich in den Augen darüber ablesen, was in ihm vorging und – im Bruchteil einer Sekunde – in eine Entscheidung und in eine Handlung übersetzt werden würde: aufgeben oder auslösen. Letzteres musste umgehend verhindert werden, mit dem klassischen Doppelschuss in die Stirn, der genauso kalt und brutal war, wie es sich anhörte.

Er wurde eingelassen, parkte seinen Wagen und ging in die Umkleide. Ohne Hast zog er sich um. Ruhe bewahren war wichtig. Später würde er noch genug Adrenalin ausschütten. Oder es passierte gar nichts. So oder so hätte es keinen Sinn, ohne Not den Puls hochzutreiben.

Nie hätte er gedacht, dass die Aufregung ihn einmal so

süchtig machen könnte. Er hatte sich immer für eher ruhig gehalten – nicht gerade passiv, aber doch entspannt. Vielleicht hatte dieses Leben ihn verändert, oder diese Seite hatte immer schon in ihm geschlummert. Nach der Army war er zur Polizei gegangen und innerhalb von drei Jahren zum Detective aufgestiegen. Eine Luftveränderung, hatte er geglaubt, eine, die dem Kopfmenschen in ihm entgegenkam und ihm Gelegenheit gab, zu kombinieren und die logischen, freien Entscheidungen zu treffen, die ihm gefehlt hatten. Falsch gedacht. Der zermürbende Alltag bestand darin, hoffnungslose Taugenichtse zu schnappen, die selbst in winzigen, stumpfsinnigen Teufelskreisen aus Kriminalität, Sucht, Festnahmen und neuerlichen Übertretungen gefangen waren – Opfer der Umstände und der Gesellschaft. Sie hatten keine Ahnung, wie sie ihre Drogen verkaufen, ihre Einbrüche durchziehen, ihre Partner misshandeln oder ihre perversen Sexualdelikte begehen sollten, ohne sich erwischen zu lassen. Selbstverständlich war Erwischen noch lange nicht dasselbe wie eine erfolgreiche Anklage. Aber selbst die war ihm nie als intellektuelle Herausforderung, als geistiger Wettstreit zwischen ihm und dem Verbrecher erschienen. Meistens ging es um Glück oder Pech, um klug oder unklug investierte Ressourcen und hing von überarbeiteten, oft unfähigen oder unmotivierten Kollegen ab. Und von der Staatsanwaltschaft. An die wollte er lieber gar nicht erst denken.

Das hier war anders. In gewisser Weise war er wieder da, wo er sich auskannte: die Wichtigkeit der Ausrüstung, der ölige Geruch der Schusswaffen, die schneidige schwarze Uniform – inklusive Stiefel und Gürtel –, in deren Taschen alles seinen festen Platz hatte, und dazu ein Credo lautloser

Effizienz. Eine Welt, in der alle Rädchen notgedrungen perfekt ineinandergriffen. Ein Umfeld, in dem er regelmäßig in hektische Situationen an die Grenze der körperlichen und geistigen Leistungsfähigkeit geriet, aber mit Fug und Recht behaupten konnte, dass er etwas Gutes tat. Moralische Grauzonen gab es hier nicht – sie hatten einfach keinen Platz.

Uniformiert in Hosen, Stiefeln und tarnfarbenen T-Shirts, versammelten sie sich im Besprechungsraum. Der Inspektor trat ein, zusammen mit einer jungen Analystin aus der Anti-Terror-Einheit, dem Chief Superintendent, der sie leitete, und einem seiner Chefinspektoren.

«Okay, Leute», sagte der Inspektor. «Es geht los. Operation Palmerston.»

Für die Codenamen der Einsätze bediente man sich aktuell aus einer Liste ehemaliger Premierminister. Die unpassenden Namen wie Petty, die verwirrenden wie North und die zu häufig vorkommenden wie Pitts würde man vermutlich auslassen. Jon fragte sich, wie lange sie das wohl durchhalten würden. Vermutlich bis zu Churchill. Bestimmt nicht bis zu Thatcher oder Blair.

«Das ist ein beweiskräftiges Briefing und wird aufgezeichnet. Bitte schreiben Sie nicht mit. Hinterher erhalten Sie alle eine schriftliche Zusammenfassung der wichtigsten Punkte, die Sie zu Einsatzzwecken bitte auswendig lernen. Uns liegen nachrichtendienstliche Informationen vor – Jodie von der Anti-Terror-Einheit wird Ihnen gleich berichten, was Sie wissen müssen. Die Informationen stammen aus sensiblen Quellen, sodass möglicherweise nicht alle Ihre Fragen vollständig beantwortet werden können. Das dient dem Quellenschutz.

Richten Sie Ihre Fragen bitte an mich, sobald Jodie fertig ist. Jodie, wenn ich dann bitten darf.»

Die blasse junge Frau mit Brille trat ans Pult und las nasal und monoton aus ihren Unterlagen vor.

«Informationen aus diversen Quellen deuten darauf hin, dass eine Gruppe aus Hanby für kommende Woche einen terroristischen Anschlag vorbereitet. Die Quellenlage ist, wie gesagt, komplex. Die für die Intention der Gruppe relevante Quelle ist als B1 eingestuft. Laut unserer Informationen plant die Gruppe für Mittwochabend einen Anschlag am ThreeD-Fußballstadion, nach dem Ende des dort stattfindenden Spiels. Die biographischen Daten der vier mutmaßlichen Terroristen finden Sie in Ihren Unterlagen. Wir wissen nichts Genaues über die Art des geplanten Anschlags, nur dass die Attentäter sich nach dem Spiel einzeln an vier verschiedenen, uns bislang unbekannten Punkten in der Nähe des Stadions einfinden werden. Ich darf noch einmal daran erinnern, dass diese Information als B1 eingestuft und nicht durch andere Quellen bestätigt ist. Man geht davon aus, dass es sich um einen Selbstmordanschlag handeln könnte, aber gesichert ist das nicht. Wir verfügen derzeit über keine Informationen hinsichtlich der Bewaffnung der Gruppe, die Berichte deuten jedoch darauf hin, dass Waffen und Ausrüstung Anfang nächster Woche bereitgestellt werden. Dasselbe gilt für Fahrzeuge, die die Attentäter selbst stehlen werden. Wir gehen davon aus, dass man uns darüber rechtzeitig informiert. Die Fahrzeuge sollen laut Informationen fußläufig zum Stadion abgestellt werden, um Einsatzkräfte zu binden, die darin Sprengvorrichtungen vermuten. Laut Bericht sollen die Fahrzeuge mit Attrappen ausgestattet werden, aber keine echten Sprengsätze enthalten. Außerdem plant die Gruppe am Sonntag nach der Partie gegen Liverpool einen Probelauf.»

Ein Raunen ging durch den Saal. Jodie blickte beunruhigt auf.

«Laut Informationen wurden die Mitglieder der Gruppe ausdrücklich angewiesen, dabei keine Waffen oder sonstigen belastenden Gegenstände mitzuführen. Fahrzeuge werden ebenfalls nicht eingesetzt.»

Sie faltete ihre Unterlagen zusammen und blickte ins Publikum.

«Danke, Jodie», sagte der Inspektor und wartete, bis sie durch die Tür war. «Jetzt bitte Chief Inspector Mackrell, der diesen Einsatz leiten wird.»

«Sie haben gehört, was der Geheimdienst zu sagen hat. Unsere Aufgabe besteht wie immer vor allem darin, die öffentliche Sicherheit zu garantieren, und zweitens, jede Form von Straftat zu entdecken, zu verhindern und ordentlich zur Anklage zu bringen.»

«'tschuldigung, Boss», rief jemand quer durch den Raum. Jon konnte den Mann nicht sehen, aber bestimmt war es John Pearce, der Unruhestifter vom Dienst.

«Ja, bitte», sagte der Inspektor, und alle wappneten sich für die unvermeidliche Frage.

«'tschuldigen Sie den Ausdruck, aber wird das wieder genauso 'ne Scheiße wie beim letzten Mal? Reißt's diesmal uns in Stücke, so wie unsere Kollegen?»

Der Inspektor schwieg einen Moment. «Ich nehme mal an, Sie wollen keine Politikerantwort hören», sagte er dann. «Die Wahrheit ist, wir wissen es nicht. Wenn wir es wüssten, würden wir Sie nicht hinschicken.»

«Ja, klar, aber die Infos kommen ja wohl von den Schlapphüten, und in der Schusslinie stehen nicht die, sondern wir. Wir bleiben im Dunkeln und kriegen Scheiße zu fressen wie Champignons.»

«Was soll ich sagen? Ich habe die Berichte gesehen. Genaueres darf ich nicht sagen, aber sie sind glaubwürdig. Sie müssen mir da einfach vertrauen – oder auch nicht. Ich darf Sie aber erinnern, dass Sie alle einer disziplinierten Truppe angehören. Wir können gerne über alles reden, aber letztlich halte ich das für solide, und wir haben eine Aufgabe. Okay?»

«Klar, Boss, ich wollte ja bloß sa–»

«Das haben Sie ja jetzt. Wie Sie alle wissen, wird auch der MI5 Leute vor Ort haben. Und ich muss Sie ja wohl nicht daran erinnern, dass die am Bahnhof ebenfalls sieben Leute verloren haben. Noch was, oder können wir weitermachen?»

Niemand meldete sich. Jetzt würden sie zur eigentlichen Planung kommen. Sobald der Einsatzleiter mit der obligatorischen Kabinenansprache fertig wäre, würden sie über Interoperabilität, Funkfrequenzen, Rufzeichen und Codewörter sprechen, gefolgt von einer Karte und Zeitplänen auf der großen Leinwand und einem Blick auf die Lebensdaten der vier Verdächtigen. Dann würden sie ihr Vorgehen auf der Trainingsanlage vor der Stadt einüben, in einem durch Wald und Stacheldraht vor neugierigen Blicken verborgenen Nachbau des tatsächlichen Einsatzgebiets. Auf der Schießbahn würden sie ihre Waffen checken, sich dann den nötigen medizinischen und psychologischen Tests und Drogenscreenings unterziehen und schließlich ausrücken.

Rashid fragte sich, was die anderen eigentlich derart begeisterte. Ganz im Ernst. Diese Filme packten ihn noch immer, die anklagenden Monologe und die ernsten Diskussionen hinterher. In ihm tobte immer noch das wütende Verlangen, das seinen Leuten angetane Unrecht wiedergutzumachen. Dass er dieser Sache so unverzagt in den Rücken fiel, änderte nichts an seiner Wut, die eher noch wuchs, da er sie nicht genau benennen oder messen konnte.

Seine Leute. Wer waren die eigentlich? Sicher nicht die, für die er gekämpft hatte. Oder besser: für die er Grausamkeiten begangen hatte, die ihn mit tiefer Scham erfüllten und von denen er Jake und Leila niemals erzählen konnte. Sicher, er schämte sich auch etwas dafür, jetzt mit diesen beiden zusammenzuarbeiten – mit dem Staat, letzten Endes, auch wenn er das nicht so sah. Er schämte sich vor seinen Eltern wegen seiner Brutalität dort unten. Einzelheiten kannten die zwar nicht, doch er sah oft die Enttäuschung in den Augen seiner Mutter. Er hatte sie enttäuscht, seinen Vater enttäuscht – obwohl der das nicht mehr mitbekam –, und deshalb fühlte er sich schlecht. Absurderweise schämte er sich auch vor seiner Heimatstadt, die ihm ein ganz passables Leben geschenkt hatte. Wenn ihn zu dieser Stadt doch immerhin eine Art Hassliebe verband, warum sollte er sich dann an einem vernichtenden Mordanschlag gegen ihre fehlgeleiteten, aber doch unschuldigen Bürger beteiligen? Irgendwie musste er die Dinge wenigstens einigermaßen zurechtrücken. Deshalb sprach er mit Jake und Leila.

Die beiden waren in Ordnung, egal wofür sie standen. Natürlich verheimlichten sie ihm das eine oder andere, aber er vertraute ihnen dennoch, besonders Jake. Jake hatte ihn gefunden, etwas in ihm gesehen, sich um ihn gekümmert. Als Gegenleistung hatte er den geforderten Verrat begangen, die Antworten auf all die endlosen Fragen nach der Front geliefert. Wen hatte er getroffen? Wo hatte er gekämpft? Was hatte er getan? An welchen Tagen? Natürlich hätten ehrliche Antworten der Beziehung nur geschadet, und er brauchte Jake. Also hatte er ihn rundheraus belogen. Das konnte er gut, wie er jetzt merkte. Im Moment war diese Gabe lebenswichtig.

Leila mochte er auch. Sie beide waren sich nicht unähnlich und ungefähr im selben Alter. Instinktiv verstanden sie, welches Leben der jeweils andere geführt hatte, konnten es nachfühlen, mit allen Traumata und Spannungen. Dass sie aus Manchester stammte, war nicht so schlimm. Als sie ihm das gesagt hatte, hatte ihr Blick ergänzt: «Und, ein Problem damit?» Er mochte diesen Blick, zog sie seither manchmal damit auf, dass sie von der dunklen Seite der Penninen kam.

Das Freitagsgebet hatten sie zugunsten ihres Treffens ausfallen lassen. Diese lauwarme, kastrierte Version ihres Glaubens zu schwänzen, um sich bei ihren Vorbereitungen mit seiner blutroten Wirklichkeit auseinanderzusetzen, war alles in allem wohl keine allzu große Sünde. Nachdem sie sich ausgeloggt und den Computer weggeräumt hatten, widmeten sie sich ihren weltlichen Sorgen.

«Ich hab ein paar Autos ausgecheckt», sagte Abdullah. «Neun Stück, also haben wir Ersatz, falls welche davon am Dienstag nicht da sind. Ihr müsst dann aber alle mithelfen.» Von einem Zettel las er vor, welches Auto man nachts wo finden konnte, dann zeichneten sie gemeinsam auf einem neuen Blatt einen Plan.

«Hast dich ja ganz schön reingehängt.» Adnan grinste.

«Na ja, ist doch wichtig, oder?», antwortete Abdullah schüchtern.

«Wollen wir für Mittwoch nicht 'nen Kleinlaster mieten?», schlug Bilal vor. «Bei all den Leuten …»

«Keine schlechte Idee», sagte Adnan. «Aber wir müssten wissen, was der Scheich davon hält.»

Rashid schwieg; Jake hatte ihm eingebläut, bei der Planung nicht die Initiative zu ergreifen.

«Ach, wird schon klargehen», fuhr Adnan fort. «Hast du noch den Führerschein mit deinem englischen Namen?»

«Ja», sagte Abdullah.

«Perfekt. Was meinst du, Bruder?» Adnan wandte sich an Rashid.

«Vielleicht fragen wir doch besser erst den Scheich. Der spricht doch noch mal mit uns, oder?»

Abdullah war im Baumarkt gewesen, in dem riesigen neuen Einkaufszentrum am Ostrand der Stadt. Er zeigte den anderen die Liste mit den Werkzeugen, Kisten und sonstigen Materialien, die er dort gekauft hatte, sowie einige Skizzen davon, wie er sich die Bombenattrappen vorstellte, die er für die Rücksitze der gestohlenen Autos bauen würde. Die anderen brummten zustimmend.

«Aber was ist mit dem richtigen Zeug? Wann fangen wir an?», fragte Abdullah. «Wann kriegen wir, was wir brauchen?»

«Wie würde der Scheich sagen?», antwortete Rashid. «Habt Geduld. Alles zu seiner Zeit. Nur noch vier Tage, also Ruhe bewahren. Sonntag ist auch schon wichtig.»

13

Vor dem Nachmittagstermin war gerade noch Zeit für ein Meeting in der Mittagspause. Telefonisch bat er Dave Philpott, es zu arrangieren.

Atemlos trat Zaki durch die Tür.

«In Eile, Zaki?», fragte Jake.

«Immer. Sie kennen mich doch. Kein festes Gehalt, keine bequemen Pensionsansprüche. Muss selber sehen, wo ich bleibe. Nicht so wie Sie.» Zaki grinste. «Nur Spaß. Für Sie habe ich immer Zeit, Mr Winter. Müssen nur anrufen.»

«Sehr nett. Tut mir leid, dass ich stören muss. Dauert bestimmt nicht lange. Waren Sie beim Morgengebet?»

«Selbstverständlich.»

«Und wie ist die Stimmung? In der Gemeinde?»

«Ach, ganz gut. Den Umständen entsprechend.»

«Welchen Umständen entsprechend?»

«Na, all der Trubel, alles, was grade so los ist. Moslem sein in England ist heutzutage kein Honigschlecken, das kann ich Ihnen sagen.»

Honigschlecken, dachte Jake. Wo hat Zaki das denn aufgeschnappt? «Kann ich mir denken», sagte er. «Sicher sehr beunruhigend.»

«Mit diesen Tieren haben wir nichts gemeinsam.»

«Ich weiß. Und die meisten anderen wissen es auch. Die meisten wollen bloß, dass alle miteinander auskommen. Nur eine kleine Minderheit macht Ärger.»

«Die Zeitungen. Ich meine … haben Sie die heute gesehen?»

«Das versuche ich zu vermeiden. Die lenken nur vom wahren Leben ab.»

«Stimmt. Aber die meisten lesen sie. Und das Zeug im Internet. Social Media und so. Die Gemeinde ist besorgt.»

«Wir tun viel für mehr Zusammenhalt», sagte Dave.

«Ich weiß.»

«Was können wir noch tun? Wenn Sie es uns sagen, versuche ich, es einzuspeisen.»

«Langsam. Mein Name soll nicht bekannt werden.»

«Wird er nicht», beharrte Dave. «Ich passe schon auf.»

«Ich nehme an, ein Teil des Problems ist dieses Untersuchungsverfahren?», erkundigte sich Jake.

«Ja», bestätigte Zaki. «Die Leute finden, wir Muslime kommen dabei schlecht weg. Erst recht nach dieser Demo. Und sie haben das Gefühl, Ihre Agenten sitzen überall und spionieren uns nach. Die Leute werden misstrauisch. Langsam denke ich …»

«Kein Grund zur Sorge, Zaki. Wir passen auf Sie auf, und Sie können außerdem auch bestens auf sich selbst aufpassen», sagte Jake. «Oder?»

«Sicher doch. Wir sind ein Team. Hand in Hand.»

«Genau. Wir sind uns einig, dass die Lage angespannt ist, sowohl unter Muslimen als auch im Rest des Landes. Darum müssen wir auch alles, absolut alles über alles wissen, was vorgeht. Egal, wie absurd es Ihnen scheint. In irgendeinem Kontext könnte es von Bedeutung sein. Also, was ist los, Zaki?»

«Wie jetzt?»

«Ist doch eine ganz einfache Frage», sagte Jake ruhig.

«Ich hab nichts gemacht», ereiferte sich Zaki. «Egal, was irgendwer behauptet, ich hab nix angestellt.»

«Und wer soll so was behaupten?»

«Keine Ahnung. Irgendwelche Schandmäuler.»

«Und was sollen die über Sie erzählen?»

«Ach, Sie wissen doch.» Er blickte Jake und Dave fragend an. Die verzogen keine Miene. «Was ich früher gemacht habe. Aber ich hab draus gelernt. Da lass ich die Finger von.»

«Ja, das sagten Sie schon», beschwichtigte Jake. «Ich dachte mehr daran, was Sie vielleicht auf der Straße gehört haben. In angespannten Zeiten kommen Hitzköpfe schnell auf dumme Ideen. Haben Sie irgendwas mitbekommen?»

«Wieso? Haben Sie von irgendwas Wind gekriegt? Ist was geplant?»

«Nicht, dass ich wüsste. Wir müssen bloß überall unsere Augen haben. Immer. Also?»

«Ja?»

«Denken Sie nach, Zaki. Gibt es vielleicht irgendwen oder irgendwas, der oder das Sie stutzig macht?»

Zaki schien einen Augenblick nachzudenken. «Mir fällt nichts –»

«Gut überlegen, Zaki. Wir brauchen jetzt wirklich Ihre Hilfe.»

«Nein, nichts Ungewöhnliches.»

«Okay. Schon gut. Wie Sie sagten, manchmal schlagen die Wellen eben hoch. Melden Sie sich einfach, falls Sie etwas hören. Wir können uns jederzeit treffen.»

«Klar.»

«Ach, und, Zaki?»

«Ja?»

«Keine Experimente, ja? Falls ich Sie kurzfristig erreichen muss, um ein paar Namen durchzusprechen …»

«Ich bin da. Sie kennen mich doch. Rund um die Uhr erreichbar.»

«Danke.»

Zaki war fort. Dave Philpott hatte ihn zur Tür gebracht und kam zurück. «Bisschen viel Druck, oder, Jake? Du glaubst doch nicht, dass er wirklich was weiß?» Dave schätzte ihr Geschäft und seine Rolle darin realistisch ein – und auch die Rolle Zakis.

«Man weiß nie. Aber eigentlich nicht. Zaki ist ein Windbeutel. Ich wollte ihm nur wegen dem anderen Zeug ein bisschen einheizen.»

«Wegen dem Heroin?»

«Er soll wissen, dass wir Bescheid wissen. Dass uns keine Wahl bleibt, wenn er das nicht lässt.»

«Also ist gerade nicht irgendwo was am Kochen?»

«Nicht, dass ich wüsste.» Jake sah Dave direkt in die Augen. Sein Kollege musste das nicht wissen.

Er begann, an seiner Einschätzung zu zweifeln. War Zaki wirklich nur eine Nervensäge, abstoßend, aber letztlich harmlos? Oder war er, der seine Finger überall drin hatte, in Wahrheit etwas ganz anderes, setzte auf alle Pferde gleichzeitig? Würde das hier Zakis Untergang besiegeln? Würde einer seiner Komplizen schließlich die Geduld verlieren? Tja, das war nicht Jakes Problem.

Sie tranken Tee im Wohnzimmer. Sie bot ihm Shortbread an, das er ablehnte.

«Freitags arbeite ich nicht», erklärte sie, «und mein Mann kommt frühestens um drei nach Hause. Nach dem Freitagsgebet trifft er immer Freunde. Seit das passiert ist, bleibt er länger dort. Er sucht nach Erklärungen in der Religion. Ich kann ihm da nicht helfen. Dafür bin ich zu direkt. Er spricht mit einem Prediger.»

«Ach ja?»

«Ein junger Mann namens Tawfiiq. Netter Kerl, aus Somalia. Den Älteren traut mein Mann nicht. Korrupt sind die, sagt er. Tawfiiq dagegen strahlt Unschuld aus, findet er.»

«Und Sie?»

«Ich traue keinem von denen.»

«Verstehe.»

«Er soll nicht erfahren, dass ich mit Ihnen spreche, das verstehen Sie sicher.»

«Ich bin diskret. Das ist das Mindeste, was man von jemandem in meiner Branche erwarten kann.»

«Ja. Danke. Zumindest sind Sie schon mal nicht in einem großen Auto vorgefahren. Dafür bin ich dankbar.»

Er hatte einen halben Kilometer entfernt geparkt, auf dem Parkplatz eines Waschsalons. «Ist es auch wirklich kein Problem für Sie, allein mit mir zu sprechen?»

«Junger Mann, meine Schwierigkeiten, mit Ihnen zu sprechen, haben nichts mit Religion zu tun. Sorgen würde mir eher machen, wenn Sie mich für eine Informantin hielten.»

«Davon gehe ich nicht aus», sagte er. «Sie etwa?»

«So nennen Sie doch die Leute, die mit Ihnen reden, oder? Informanten?»

«Kommt drauf an. Normalerweise nicht. Den Begriff benutzt eher die Polizei.»

«Aha, und wie dann? Im Allgemeinen interessiert mich Ihre Welt ja gar nicht. Aber ich stelle mir vor, Sie tun ständig die gefährlichsten Dinge, rekrutieren Staatsoberhäupter, Spione. Intrigen und Glamour. Roulette und Sechs-Sterne-Hotels.»

Er sah sie geduldig an. «Nein. So sieht mein Leben ganz und gar nicht aus. Intrigen gibt es aber, zugegeben.»

«Also eher zwielichtig. Im Schmutz nach Informationen wühlen, mit Hilfe von Gesindel wie Abu Omar.»

«Ganz so würde ich es nicht ausdrücken», sagte er milde.

«Wie dann?»

«Wieso wollten Sie mich sprechen, Mrs Masoud?»

«Sie wirken eigentlich recht vernünftig. Ein ganz normaler junger Mann. Nichts Außergewöhnliches.»

«Sie sind nicht die Erste, die das sagt.»

«Und lagen die anderen alle falsch?»

«Nein, überhaupt nicht. Genau das möchte ich sein, ein ganz normaler Mensch.»

«Mit einem sonderbaren Job.»

«Ich enttäusche Sie ungern, Mrs Masoud, aber so sonderbar ist der gar nicht.»

«Ich bin neugierig, wissen Sie. Bislang habe ich darüber noch nie nachgedacht, aber Sie bewegen sich doch sicher ständig in einem moralischen Labyrinth.»

«So dramatisch würde ich das nicht sehen», antwortete er. «Viele Menschen müssen bei der Arbeit ethische Entscheidungen treffen. Ärzte, zum Beispiel.»

«Ihr Beruf ist allerdings die Täuschung. Ihre gesamte Karriere beruht auf Ihrer Fähigkeit, Dinge zu verbergen.»

Er lächelte. «Das kommt schon vor, ja.»

«Täuschen Sie mich auch gerade?»

Er dachte darüber nach. «Nein. Eigentlich muss ich das auch nur selten. Und dann ist es notwendige Täuschung.»

«Notwendige Täuschung. Ein interessantes Konzept.»

«Im Grunde nichts Besonderes. Viele Menschen täuschen beruflich oder privat viel mehr als ich, und aus unwichtigeren Gründen.»

«Und aus welchen Gründen täuschen Sie? Aus Patriotismus? Für Ihr Land?»

«Ich sehe das einfacher. Weniger pathetisch vielleicht. Irgendwer muss das eben tun, sonst steigt das Risiko, dass schlimme Dinge passieren. Sehr schlimme Dinge, wie der Anschlag, bei dem Ihr Sohn ums Leben kam.»

Sie warf ihm einen eiskalten Blick zu.

«Tut mir leid», sagte er.

«Schon gut», erwiderte sie. «Scheuklappen hatte ich noch nie.»

«Ich meine nur, dass ich meine Arbeit weder mit hochtrabenden Philosophien noch der Nationalhymne verknüpfe. Ich glaube, das tut kaum jemand.»

«Dann ist sie also nicht moralisch schwammig? Oder politisch?»

«Vielleicht doch. Vielleicht bin ich da zu naiv. Mir ist klar, dass in meiner Arbeit manchmal die Grenzen verschwimmen, nicht nur die moralischen. Aber das betrifft meistens nur Einzelne. Ich muss selbst entscheiden, ob es zumutbar ist, von jemandem etwas Bestimmtes zu verlangen. Und wenn je einer von mir etwas verlangt, das ich für falsch halte, werde ich mich weigern.»

«Das ist bislang noch niemals vorgekommen?»

«Nein.»

«Aber vielleicht kennen Sie ja nur die größeren Zusammenhänge nicht. Womöglich tragen Sie zu furchtbaren Dingen bei, ohne es zu wissen. Ziemlich sicher sogar.»

«Stimmt. Die Welt ist groß und kompliziert. Ich halte meine Arbeit für wichtig, und die Probleme der ganzen Welt kann ich nicht mal in meiner Vorstellung lösen. Ich nehme einfach jeden Tag, wie er kommt. Ehrlich gesagt halte ich nicht viel von moralischen Generalurteilen. Die sind abgedroschen und behaupten ihre Gültigkeit, obwohl es dafür – meiner Meinung nach – kaum eine stabile Grundlage gibt. Oder besser gesagt: Ich kann damit nichts anfangen. Die Realität besteht aus einer Vielzahl schwieriger Entscheidungen und Abwägungen.»

«Also wird man amoralisch.»

«Nein, moralisch bin ich schon, würde ich sagen, aber in einem Rahmen, den ich begreifen und beeinflussen kann. Ein Stück weit habe ich die großen Fragen auch im Blick – wer nicht? –, aber ich weiß zu wenig, um mir ein abschließendes Urteil zu bilden. Aus meiner Position heraus fällt es mir sehr schwer, mit Gewissheit zu sagen, ob irgendeine Entscheidung der Regierung richtig oder falsch ist. In der Sicherheitspolitik, aber auch in allen anderen Bereichen.»

«Aber als Bürger haben wir doch wohl das Recht, etwas dazu zu sagen? Ja, wir haben sogar die Pflicht, uns dafür zu interessieren, ob unsere Regierung richtig handelt.»

«Selbstverständlich. Nur ist es für Sie und mich praktisch unmöglich, das abschließend zu beurteilen.»

«Wegen der Geheimhaltung.»

«Nein. Einfach weil da zu viele komplexe Details und

Nuancen ineinandergreifen, als wir noch überschauen können. Ich kann nie die ganze Geschichte begreifen, nicht mal bei den Dingen, die mit meinem Beruf zusammenhängen. Und wenn man nicht selbst entscheiden muss, kann man leicht danebenstehen und bissige Kommentare abgeben. Wir müssen das nicht alles mühsam abwägen und irgendwann hü oder hott sagen. Wir können uns auf unseren Vorurteilen ausruhen. Also halte ich mich an das, was ich weiß und beeinflussen kann. Hätte ich den Eindruck, dass mich das zu einer Marionette macht, zu einer Schachfigur in einem großen Spiel, das nur zum Vergnügen anderer gespielt wird, wäre ich sehr traurig. Aber so sehe ich das nicht.»

«Oder Sie machen mir etwas vor.»

«Warum sollte ich?»

«Ich weiß es nicht. Vielleicht ist Ihnen das Lügen einfach in Fleisch und Blut übergegangen. Vielleicht lügen Sie schon so lange, dass Sie es gar nicht mehr bemerken. Oder Sie sind so ein ganz Schlauer, der dermaßen geschickt den Unschuldigen mimt, dass niemand auch nur auf die Idee käme, er würde getäuscht.»

«Und wie beweise ich das Gegenteil?»

«Halten Sie das für nötig? Ich bin doch sowieso Wachs in Ihren Händen. Die naive Ehefrau eines muslimischen Geschäftsmanns. Auch ich muss eine Rolle spielen.»

«Naiv sind Sie bestimmt nicht, Mrs Masoud.»

«Richtig. Ich bin gebildeter und klüger als mein Mann. Ich durchschaue die Spinnereien religiöser Eiferer, ob sie gewalttätig sind oder auch nicht. Ich bin eine gestandene Frau. Ich bin Mutter, habe drei Kinder großgezogen. Mein Mann ist angesehen in der Gemeinde. Man erwartet gewisse Dinge von mir, und meistens stört es mich nicht weiter, mich den Konventionen zu beugen. Ich leite eine gutgehende Praxis. Ständig muss ich Ärzte herumkommandieren, damit sie überhaupt was hinbekommen. Die brave Ehefrau spiele ich nebenbei gerne ab und zu. Ich verspüre keinen Drang, gegen lästige Erwartungen anzukämpfen. Mein Mann weiß gut genug, wie die Dinge wirklich laufen. Jetzt, als trauernde Mutter und Großmutter, verlangt niemand von mir, dass ich höflich und respektvoll bin. Ich bleibe es aber trotzdem, bis ich mich zum Gegenteil entschließe. Sie sind ganz schön defensiv, was Ihre Tätigkeit angeht.»

«Ach ja? Hm. Eigentlich habe ich nicht das Gefühl, sie verteidigen zu müssen. Sie haben recht, oft ist es ein schmutziges Geschäft, und wir machen auch Fehler. Nur: Es ist ziemlich leicht, vom hohen Ross auf das herabzuschauen, was ich tue. Ich fürchte, von solcher Gewissheit halte ich nicht viel. Sie kommt mir so … bequem vor.»

«Verstehe.»

«Mrs Masoud, warum haben Sie mich hergebeten?»

Sie überhörte ihn geflissentlich. «Ich glaube, Sie sind wie ich, Mr Winter. Sie legen großen Wert auf Rationalität.»

«Stimmt. Die Grundfeste unserer Gesellschaft, meinen Sie nicht?»

«Vielleicht.» Sie sah ihn an. «Ich wollte mit Ihnen über Ihre Arbeit sprechen. In speziellerer Hinsicht.»

«Ja?»

«Ich bin keine Informantin.»

«Nein, sind Sie nicht.»

«Von mir bekommen Sie keine schmutzigen Gerüchte zugesteckt.»

«Das habe ich auch nicht erwartet.»

«Auch keine Namen oder Orte. Vielleicht, wenn ich ganz sicher wäre. Ich weiß es nicht. Aber ich verdächtige ja nicht mal irgendwen. In dieser Hinsicht kann ich also nichts für Sie tun.» Sie sah ihn an. «Halte ich Sie auf?»

«Überhaupt nicht», sagte er.

«Oh, bestimmt tue ich das. Sicher freuen Sie sich schon aufs Wochenende. Wollen vor dem Feierabend Ihren Schreibtisch aufräumen und nicht mehr an die Arbeit denken. Ich kenne das Gefühl.»

Er lächelte dünn. «Ertappt.»

«Ich beeile mich. Diese Leute haben mit Islam nicht viel zu tun.»

«Das entspricht nicht ganz meiner Erfahrung.»

«Ich meine das nicht wörtlich», erwiderte sie leicht frustriert. «Sicher, die beten, zitieren den Koran, haben Abu Sajaf gelesen. Und ja, sie glauben, sie führen Allahs Wille aus. Sind fromm. Der Islam ist alles für sie. Und doch ist er nicht die Wurzel.»

«Würde ich das sagen, würde man mir vorwerfen, ich sei herablassend. Und es ist nicht wahr. Der Islam spielt da sehr wohl eine Rolle.»

«Oh, natürlich! Er steckt in jedem Gedanken und jeder Geste. Er ist viel mehr als nur Vorwand oder Hintergrund. Aber diese Jungs – oder andere wie sie – würden all das auch ohne den Islam tun. Dieses Zeitalter des – wie nennt man das noch? – globalen Individualismus kommt mir vor wie der Anfang vom Ende der Welt.»

«Die Alternative wäre, individuelles Streben zu unterdrücken. Davon halte ich auch nicht viel.»

«Ich auch nicht. Aber dieses Streben endet für die meisten Menschen in Verzweiflung, und für manche in Wut. Jedem, der seine Träume verwirklicht, stehen Tausende entgegen, denen das nicht gelingt. Natürlich nützt Ihnen das im Augenblick wenig. Was Ihnen momentan die größten Sorgen macht, ist dieser Bärtige. Zumindest entnehme ich das Ihren Aussagen und denen der Polizei bei dem Verfahren.»

Er schwieg.

«Sie wissen wenig über ihn. Er – nehmen wir mal an, dass es ein Mann ist – taucht plötzlich auf und verschwindet dann genauso schnell wieder. Offenbar hat er diese Männer angeleitet. Bestimmt fürchten Sie, dass er im Augenblick wieder etwas vorbereitet. Natürlich könnte er auch irgendwo anders hier im Land sein, oder er ist ins Ausland gereist – zurückgekehrt vielleicht sogar.»

Jake schwieg noch immer. Sie schien das nicht zu stören – jedenfalls ließ sie sich davon nicht aufhalten.

«Es ist wohl anzunehmen, dass er hier in der Gegend jemanden kennt, richtig?»

Er ließ sich nicht das Geringste anmerken.

«Wenn ja, ist er womöglich noch hier und fängt mit einer neuen Gruppe leichtgläubiger Menschen alles von vorne an. Er könnte in Verbindung zu diesen Leuten im Nahen Osten stehen, hier leben und deren Anweisungen ausführen. Dann müsste er mit denen irgendwie kommunizieren. Ihre Leute durchforsten sicher schon all ihre Informationsquellen und Datenbanken. Aber in dieser Hinsicht muss ich Ihnen wohl kaum erzählen, wie Sie Ihre Arbeit machen sollen, hm? Jedenfalls ...»

Wieder hielt sie inne. Jake war nicht sicher, ob sie nur ihre

Gedanken ordnete oder ihm Gelegenheit zu sprechen geben wollte. So oder so sagte er auch diesmal nichts.

«… diese Leute sind nicht wie die, mit denen Sie sonst zu tun hatten. Das sind nicht die russischen Spione, mit denen Sie früher Ihre Spielchen gespielt haben.»

«Ich glaube, die heutigen Opfer der Russen würden das anders sehen. In dieser Welt leben wir schon seit Jahren nicht mehr», entgegnete er freundlich.

«Wenn es nach mir geht, soll weder Putin unsere Zukunft bestimmen noch die Anhänger des Kalifats. Aber ich verstehe, was Sie meinen. Gedanken mache ich mir allerdings über Ihre Vorgehensweise in der Sache. Unserem eigenen Denken können wir nicht entkommen, richtig? Dazu will ich Ihnen also gar nicht erst raten. Folgendes halte ich jedoch für Ihr Problem: Diese Leute glauben an Zerstörung, an Angst und Willkür, die unsere Gesellschaft in Wut und Panik kollabieren lassen. Sie arbeiten nicht auf etwas hin, sondern nur weg von dem, was wir haben. Diese jungen Männer, die sich dafür opfern, bedeuten ihnen gar nichts. Die können bei ihren Anschlägen ums Leben kommen oder im Gefängnis vergammeln; für ihre sogenannten Anführer spielt das keine Rolle. Wütende junge Menschen gibt es wie Sand am Meer. Da sind wir machtlos. Ich fürchte, Sie begreifen den Ernst der Lage noch nicht ganz.»

Er holte tief Luft, widerstand der Versuchung, sie zu bitten, ihm etwas zu erzählen, das er nicht schon wusste. Dann ließ er sie fortfahren.

«In gewisser Hinsicht müssen Sie Logik und Vernunft beiseitelassen. Diese rätselhafte Gestalt mag Ihnen wichtig vorkommen, aber ich bin mir da nicht so sicher. Vielleicht glauben

Sie, er sei eine Schlüsselfigur in der gesamten Struktur – aber was, wenn es gar keine Struktur gibt? Wahrscheinlicher ist, dass er ganz unabhängig agiert. Kein Einzeltäter zwar, aber ein selbsternannter Anführer, der leichtgläubige junge Männer ausnützt. Womöglich treibt ihn sogar eher persönlicher Hass als eine Ideologie. Vielleicht ist er gläubig, vielleicht auch nicht. Möglicherweise spielt Religion für ihn nicht die geringste Rolle. Vielleicht ist er klug und charismatisch, vielleicht ist er korrupt oder bescheiden. Vielleicht trägt er eine Kutte und protzt mit seinem Bart, vielleicht auch nicht. Natürlich muss er Verbindungen zu denen haben, die angeblich das Kalifat errichten wollen, aber vielleicht keine sehr engen. Denkbar, dass er nur ein nützlicher Kontakt ist, dem man neue Selbstmordkrieger schicken kann. Setzen Sie nichts als gegeben voraus, nicht mal, dass er ein Mann ist, obwohl ich mir was anderes kaum vorstellen kann, nach allem, was ich gehört und gelesen habe. Ich vermute, Sie sind an dieser Person dichter dran, als Sie glauben. Ja, ich würde Ihnen raten: Hören Sie mehr auf Ihr Herz als auf Ihren Verstand.»

«Soll das heißen, ich soll mich nach dem unwahrscheinlichsten Verdächtigen umsehen?»

«Nicht unbedingt. Wenn – falls – Sie diese Person finden, wird es Ihnen wie Schuppen von den Augen fallen.»

«Irgendeine Idee?» Sie musste doch einfach etwas wissen – oder wenigstens erahnen –, das zu erkennen er nicht in der Lage war.

«Wie gesagt, ich bin keine Informantin. Ich werde bestimmt keine Gerüchte verbreiten.»

«Hm, gut, danke. Aber wenn Sie keine konkreten Hinweise für mich haben …»

«Das *sind* konkrete Hinweise. Den abschätzigen Ton können Sie sich sparen. Das alles ist bestimmt viel einfacher, als Sie offenbar glauben. Das Böse erkennt man, wenn man es vor der Nase hat. Das tun wir beide. Man sieht ein paar Leute an und sagt sofort: Mit dem da stimmt was nicht. Diese jungen Männer waren nicht böse, nur dumm und unreif. Das Böse erkennt man.»

«Ich wollte nicht abschätzig klingen. Ich bin ganz Ihrer Meinung, aber das hilft mir nicht herauszufinden, was ich wissen muss. Ich bin nur …»

«Sie sind ein recht kontur- und einfallsloser Mensch, nicht wahr? Das meine ich nicht böse. Ich habe Mitleid mit Ihnen. Um Ihre Arbeit zu tun, müssen Sie sich diesem Land doch irgendwie zugehörig fühlen, so wie ich. Aber wie soll das gehen, wo Sie so wenige Bindungen haben, so entwurzelt und allein sind?»

Jake lachte nervös, blickte zu Boden. «Das ist nicht fair. Sie kennen mich ja kaum.»

«Aber ich habe Menschenkenntnis. Von Ihnen habe ich genug gesehen, um mir zumindest ein gewisses Bild zu machen. Wenn es falsch ist, muss ich mich entschuldigen.»

Er blickte wieder auf.

«Die Geflüchteten bei uns in der Praxis», fuhr sie fort. «Furchtbare Geschichten. Unvorstellbares haben die erlebt. Und doch bringen sie so viel Freude, Energie und inneren Reichtum mit. Wir sollten viel mehr von ihnen aufnehmen.»

«Das sehe ich auch so.»

«Die wenigen Frauen aus Raqqa, Aleppo, Mossul, Tripolis oder dem Jemen, die ich kennengelernt habe, kamen unter größten Strapazen hierher. Die meisten illegal, jede einzelne erpresst und missbraucht. Wenn sie Glück hatten, sind ihre Kinder dabei, wenigstens ein paar davon. Die Männer sind meistens tot. Diese Frauen strahlen eine tiefe Würde aus und ein stärkeres Zugehörigkeitsgefühl als Sie.»

«Vielleicht müssen sie einfach dazugehören.»

«Und Sie nicht?»

Er gab keine Antwort.

«Ich habe Sie schon mal gewarnt: Seien Sie vorsichtig. Sie sind kein Märtyrertyp. Sie brauchen einen Plan.»

«Ich habe immer einen Plan, Mrs Masoud.»

«Seien Sie doch so nett und behandeln Sie mich nicht so von oben herab, Mr Winter.»

Auch darauf gab er keine Antwort. «Auf Wiedersehen, Mrs Masoud», sagte er stattdessen und lächelte dazu schüchtern.

14

Leila sah zu, wie Rashid auf die Straße trat. Die Laternen beleuchteten die Szene wie Bühnenscheinwerfer, sodass sie seinem charakteristisch schlaksigen Gang noch eine ganze Weile nachsehen konnte. Kapuze unten, alles in Ordnung. Jake waren die Abläufe rund um die Treffen – Routen, Timing, Statussignale, Notfallpläne und Abbruchmaßnahmen – zur zweiten Natur geworden, und ihr würde es eines Tages ebenso ergehen. Noch war sie aber jedes Mal nervös, auch nach all diesen Monaten. Jake meinte, ganz würde man das nie los, und das sei auch gut so. Das hier war der erste Teil einer längeren Stafette. Sie würde ihn beobachten, und wenn die Luft rein war, würde Jake ihn in dem toten Winkel gleich hinter der Kurve in der Corporation Street aufsammeln. Ein eventueller Verfolger müsste feststellen, dass er Rashid nicht mehr einholen konnte.

Nein, Rashid war wirklich nicht so anders als sie. Eltern ohne Geld, Status oder sonstige nennenswerte Privilegien; trotzdem dazu erzogen, sich etwas zu erarbeiten, statt sich zu ereifern. Und sich anzupassen. Ehrgeiz wollten die Politiker sehen, und davon hatten sowohl Rashids als auch ihre Eltern mehr als genug. Bildung, Bildung, Bildung, dieses Credo hatten sie begierig aufgesogen.

Wie der elf Jahre jüngere Rashid gelebt hatte, konnte sie sich lebhaft vorstellen. Sie erinnerte sich noch gut an ihre Zeit an der Mädchen-Highschool in Manchester, an die Freude ihrer Eltern über ihre Noten und an ihre Hoffnungen in sie. Durch ihre Hochzeit mit einem Nicht-Muslim, ihr Kind und den Beruf, den ihre Eltern anfangs für eine Sackgasse, für einen besseren Bürojob hielten, hatte sie diese Träume zunichtegemacht. Das war ihre Rebellion, ganz anders als Rashids Ausflug in den Extremismus. Jeder hatte eben seine eigene Weise, seine Eltern zu enttäuschen und zu verraten.

Jetzt aber: Konzentration!

Kapuze oben, Schultern hochgezogen. Eilig hastete er die Straße entlang. Offenbar fühlte er sich verfolgt.

Sie drehte sich um, zur Straßenecke hinter ihm, doch da war nichts zu sehen. Keine Menschenseele weit und breit. Rashids planmäßige Route würde ihn nach links durch eine kleine Gasse direkt zu Jakes Wagen führen. Dieser Teil der Stadt war voll von solchen Schleichwegen. Wenn Rashid sich an die Absprachen hielt und sich immer noch verfolgt fühlte, würde er an der Gasse einfach vorbeigehen und anderthalb Stunden warten, bis Plan B in Kraft trat. Hoffentlich erinnerte er sich noch an seine Tarngeschichte.

Reglos blieb sie im Wagen sitzen, spähte von der Rückbank aus durch den Spalt unter der Kopfstütze des Fahrersitzes. Das hatten sie x-mal geübt, und es war höchst unwahrscheinlich, dass irgendwer sie dort entdeckte. Trotzdem fühlte sie sich wie auf dem Präsentierteller. Ein Schauder lief ihr über den Rücken. Jake anzurufen, wäre zu riskant. Ihr Handydisplay wäre viel zu hell.

Da. Rashids Gefühl hatte ihn nicht getrogen. Eine schlanke Gestalt bog zügig um die Ecke. Ein Mann, offenbar jung, in Jeans und Daunenjacke. Rashid war schon halb die Straße runter, außer Sicht. Auch der Mann war bald verschwunden, und sie griff nach dem Handy.

Rashid ging schneller. Dann verlangsamte er seinen Schritt wieder, denn Leila hatte ihn angewiesen, sich bis zum letzten Augenblick normal zu verhalten. Aber wann genau sollte der sein? Was, wenn er ihn verpasste? Ruhig atmen solle er, hatte Leila beim Training gesagt. Nachdenken. Nicht überreagieren.

Obwohl er den fast unwiderstehlichen Drang dazu verspürte, durfte er sich nicht umdrehen. Was war noch gleich seine Ausrede dafür, sich in diesem Teil der Stadt aufzuhalten, außerhalb seiner üblichen Gefilde? Ach ja. Er wollte Hühnchen essen gehen, in dem Halal-Imbiss in der Edgeley Road. Bisschen ab vom Schuss, aber das Hühnchen war echt lecker. Jake hatte ihm aufgetragen, irgendwann wirklich hinzugehen, damit er den Laden korrekt beschreiben konnte und man ihn dort erkennen würde. Das Hühnchen war wirklich gut. Sieben Uhr. Glaubwürdige Uhrzeit. Hatten die Freitagabend auch geöffnet? Ja, das hatte er doch nachgeprüft. Oder? Ja, hatte er. Und falls doch nicht, hätten Jake und Leila das bestimmt getan.

Jetzt spürte er ihn nicht mehr, diesen Schatten, den er ohnehin eher gefühlt als gesehen hatte. Aber das reichte nicht, hatten sie gesagt. Du musst sicher sein, wir müssen sicher sein. Wir passen auf dich auf, keine Sorge. Aber wenn du ein komisches Gefühl hast, brich ab. Geh an der Gasse einfach vorbei. Kein Problem. Dann eben Plan B. Denk an deine Tarngeschichte. Falls wir selbst ein komisches Gefühl haben, wird das Auto einfach nicht da sein. Oder falls uns keine Zeit zum Rückzug bleibt, steht es noch da, aber beide Sonnenblenden sind runtergeklappt.

Die Gasse war nur noch ein kleines Stück entfernt.

Leila sammelte sich und schlüpfte aus dem Auto. Ein kurzer Blick die lange Straße hinab, zu den beiden Männern. Der Verfolger holte langsam zu Rashid auf, rannte jedoch nicht. Er gab sich keine Mühe, unentdeckt zu bleiben. Sie machte kehrt und sprintete die Parallelstraße entlang, berechnete im Kopf die Entfernung, ging ihre Möglichkeiten durch.

In der Schule war sie eine gute Mittelstreckenläuferin gewesen. Sie war in Form, ging regelmäßig ins Fitnessstudio. Mit Leichtigkeit machte sie Boden gut, kombinierte währenddessen, in welche der Gassen zwischen den heruntergekommenen Reihenhäusern sie einbiegen müsste, um ungefähr bei Rashid und diesem Mann herauszukommen. Zum Glück hatte sie Jeans und flache Schuhe angezogen, dachte sie, während ihr Herz hämmerte, das Wort «Fürsorgepflicht» ihr durch den Kopf hallte und ihre Sohlen auf den Asphalt klatschten.

Doch, da war jemand. Das war keine Einbildung. Und er holte auf. Sonst war zwischen all den faden Reihenhäusern aus rotem Backstein niemand unterwegs, niemand da, an den er sich wenden könnte. Irgendwo anzuklopfen, konnte so oder so ausgehen. Höchstwahrscheinlich würde irgendein rotgesichtiger Rassist ihn anschreien, er solle sich verpissen.

Am liebsten wollte er losrennen, tat es aber nicht. Die hatten das mit ihm geübt, sie würden schon auf ihn aufpassen.

Links von ihm bewegte sich was, kam durch eine der engen Gassen zwischen den Häusern näher. Unwillkürlich drehte er sich um, zwang seinen Blick jedoch sofort wieder nach vorn.

«Rashid! Hey, Rashid, warte doch mal!»

Er blieb stehen.

«Lange nicht gesehen, Mann. Warst in letzter Zeit gar nicht beim Freitagsgebet.»

Er drehte sich um. Es war dieser Somali, dieser dünne, immer lächelnde Kerl, der beim Imam in die Lehre ging. Tawfiiq. Ultragläubig, unerschütterlich, undurchschaubar. Sein Kopf war kahl rasiert, ein flaumiger Bart umrahmte sein Gesicht. Die großen braunen Augen leuchteten. «Hi», sagte er, «wie geht's?»

Rashid wurde bewusst, wie böse er dreinsah, und bemühte sich um einen freundlicheren Blick. «Sorry, Mann», sagte er und rang sich ein verlegenes Lächeln ab. «War in letzter Zeit bisschen abgetaucht. So nennt das meine Mutter immer. Hatte viel zu tun. Arbeit und so.»

«Hast uns gefehlt», erwiderte Tawfiiq. «Du solltest das Gebet nicht zu oft schwänzen», fügte er fröhlich hinzu.

Rashid sah ihm in die Augen. Tawfiiq war ihm sympathisch. Alterslos sah er aus. «Ich weiß. Tut mir leid.»

«Brauchst dich nicht entschuldigen. Schön, dich zu sehen. Wo geht's denn hin?»

«Hühnchen futtern. In dem Laden in der Edgeley. Kennst du den? Willst du mit?»

«Nee, glaub nicht. Würd ich gern, aber ich bin verabredet.»

Leila platzte auf die Straße. Rashid sprach mit dem anderen: groß, aber eher dünn. Beide lächelten, drehten sich nach ihr um. Außer Atem rannte sie auf die Männer zu, sie musste sich blitzschnell zwischen Charme und Gewalt entscheiden. Sie schob die Hand in die Tasche.

«Sorry, könntet ihr mir bitte helfen?», sagte sie.

Rashid blickte sie direkt an. Sie beachtete ihn nicht.

«Klar», sagte der andere. «Was gibt's denn?»

«Ich hab nur 'n bisschen Schiss. Da ist so ein Typ, der verfolgt mich. Kommt vor, damit kann ich schon umgehen. Aber hier ist sonst keiner, und ihr …»

«Macht 'nen normalen Eindruck?», unterbrach der Dünne mit leisem Lächeln. «Wie sieht der Typ denn aus?»

«Weiß, Glatze, ziemlich fett. Um die fünfzig. So die Liga.»

«Wo ist er? Los, wir suchen ihn.»

Rashid glotzte sie immer noch begriffsstutzig an. Hinter dem Dünnen rollte Jakes Wagen auf die Straße und blieb stehen, blendete kurz die Scheinwerfer auf.

«Nein, schon okay», sagte sie. «Dass ihr da seid, schreckt ihn bestimmt schon ab. Ich komm schon klar. Hoffentlich haltet ihr mich nicht für ein hilfloses Weibchen.»

«Nein, natürlich nicht», versicherte der Dünne, auf freundlichen Tonfall bedacht. «Aber wir können dich auch nicht einfach allein lassen. Wo wolltest du denn hin?»

«Ehrlich gesagt hab ich mich verlaufen. Ich suche eigentlich die Bessemer Street.»

«Die ist dahinten», mischte Rashid sich ein.

«Ich bring dich hin», bot der Dünne an.

«Ich komme mit», sagte Rashid.

«Lass ruhig», erwiderte der andere lächelnd. «Iss du mal dein Hühnchen.»

Leila nickte ganz leicht, was Rashid nicht entging. «Na gut. Ganz sicher?»

«Ist echt nicht nötig», sagte Leila, und Rashid ging.

«Ich muss sowieso in die Richtung. Ich heiße Tawfiiq.»

«Ich bin Leila.»

«Du bist nicht von hier?»

«Nein. Nur zu Besuch. Ich wollte zum Supermarkt in der Bessemer Street, Schokolade für meine Freundin kaufen. Die liebt Schokolade.»

Gemeinsam gingen sie los.

«Da hast du dich aber ganz schön verfranzt.»

«Ja, ich kenn mich gar nicht mehr aus. Meine Freundin wohnt in 'nem Hochhaus, irgendwo da drüben.» Sie zeigte vage eine Richtung an. «Glaub ich wenigstens. Ich bin ein hoffnungsloser Fall. White Rose Court heißt das Haus.»

«Ah ja, das kenn ich. Gleich ums Eck von der Moschee.»

«Ja, genau», sagte sie.

«Da arbeite ich. In der Moschee.»

«Bist du Imam?»

«Nicht ganz. Dafür bin ich noch nicht weise und gelehrt genug. Aber eines Tages vielleicht.»

«Wohnst du schon lange hier?»

«Lange genug», antwortete er. «Mir gefällt's hier.»

Der Smalltalk ebbte ab, und der Dünne begann erst einen Block später wieder zu sprechen. «Woher kommst du denn?»

«Aus Birmingham», sagte sie, wie aus der Pistole geschossen.

«Und deine Freundin, geht die in die Moschee? Wir freuen uns immer, wenn auch Frauen kommen.»

«Sie wohnt noch nicht so lange hier. Und ich fürchte, sie ist nicht besonders fromm.»

«Ah», sagte Tawfiiq, und sie schwiegen beide wieder.

«Ich ehrlich gesagt auch nicht», sagte sie dann.

«Ah», sagte er auch dazu. Beim Gehen hatten sie einigen Abstand zueinander gehalten, der nun größer wurde. Er ging ein paar Schritte voraus.

«So, da wären wir», verkündete er schließlich. «Bessemer Street. Da drüben ist der Supermarkt. Mach's gut, Leila.»

«Danke schön. Mach's gut!»

Er bog um die Ecke zur Moschee und war verschwunden. Dreißig Sekunden später hielt Jakes Wagen neben ihr, und sie stieg schnell ein.

«Plan B», sagte Jake.

«Plan B», sagte auch Leila.

«Wer war das?», fragte Jake, kaum dass sie sich gesetzt hatten.

«So ein Typ aus der Moschee», antwortete Rashid.

«Und?», hakte Leila nach.

«Wie, ‹und›? Ein Typ aus der Moschee halt. Somali.»

«Und weiter?»

Rashid zuckte die Achseln. «Will Imam werden, sonst weiß ich nichts. Warum ist das so wichtig?»

Rashid saß auf dem Sofa, ein Glas Wasser in der Hand, und schien bemüht, jeden Blickkontakt mit Jake und Leila zu vermeiden. Jake kniete sich direkt vor ihm auf den Boden, forderte ihn heraus, sich abzuwenden. Er tat es nicht.

«Sie wissen genau, wieso das wichtig ist», sagte Jake. «Er

war da, als Sie unterwegs zum Treffen waren. Vielleicht nur Zufall, höchstwahrscheinlich sogar. Aber es ist wichtig, weil wir uns keinen Fehler erlauben dürfen. Wir wollen auf Sie aufpassen und müssen mit jedem Risiko so gut umgehen, wie wir nur können. Verstanden?»

Rashid entspannte sich und nickte. «Ja, verstanden.»

«Also. Dieser Tawfiiq. Was wissen Sie über ihn?»

Leila hatte bereits einiges am Computer herausgefunden. Tawfiiq Mahdi Mohamed, geboren am 25. Juli 1991 in Mogadischu. Aufenthaltserlaubnis in England seit 2015. Ausbildung zum Imam, von 2011 bis 2014 Studium an einer Madrasa in Medina, dann nach Somalia zurückgekehrt. Spricht fließend Arabisch. Keine negativen Vermerke, keine bekannten Beziehungen zu Dritten mit negativen Vermerken. Allem Anschein nach gemäßigt religiös, entsprechend der Ausrichtung der Moschee. Keine bekannten Auslandsreisen seit Ankunft in England.

«Wie gesagt, er will Imam werden. Hab ihn ab und zu in der Moschee gesehen, bevor ich mich mit den anderen eingelassen hab. Fand ihn ganz okay. Aber seit ich nicht mehr in die Moschee bin, hab ich nichts von ihm gehört.»

«Wusste er, dass Sie im Ausland waren?», fragte Leila.

«Keine Ahnung. Kann ich mir nicht vorstellen. Meine Eltern haben das eher unterm Deckel gehalten. Die wollten nicht, dass irgendwer in der Moschee das mitkriegt.»

«Und er hat nie versucht, Sie zu erreichen? Einfach so, spontan?»

«Könnte er gar nicht. Er hat meine Nummer nicht. Grade hab ich ihn zum ersten Mal seit … keine Ahnung wann gesehen.»

«Und seine Ansichten?»

«Ach, der ist so einer, der immer nur Licht und Liebe predigt. Nicht so hart wie die Älteren. Die können auch mal streng sein, er nie.»

«Haben Sie je über das Thema Dschihad mit ihm gesprochen?»

«Warum hätte ich sollen? Ich wusste ja, wie er drauf ist. Ein netter Kerl. Der ganze Mist interessiert den nicht. Sie wissen, was ich meine, oder?»

«Ja», sagte Leila. «Wir müssen aber vorsichtig sein. Sagen Sie uns Bescheid, falls er sich noch mal meldet. Sofort.»

Rashid zuckte die Achseln. «Wenn Sie meinen. Aber wegen Tawfiiq brauchen Sie sich keine Sorgen machen.»

Während Jake Rashid zurückbrachte, ging Leila noch einmal seinen Bericht durch. Etwas Neues hatte er nicht erzählt, aber dafür waren die versteckten Mikrophone ja da. Die Karte war hilfreich zur Visualisierung und Bestätigung dessen, was sie aus den aufgezeichneten Gesprächen bereits geschlossen hatten. Das Wichtigste war der Kontakt zu ihm, jetzt, wo der Druck stieg, der Kontakt und die Gewissheit, dass er nach wie vor vertrauenswürdig berichtete. Sicher vermutete er schon, dass seine Komplizen und er abgehört wurden, aber wissen konnte er es nicht. Im Übrigen war es beruhigend zu sehen, dass er cool blieb und so kurz vor dem entscheidenden Tag nicht plötzlich Gedächtnislücken entwickelte.

Leise kam Jake wieder herein, und während sie lustlos an ihren Sandwiches herumknabberten, kauten sie auch den Fall noch einmal durch.

«Diese Sache mit diesem Tawfiiq …», hob Jake an.

«Er schien sich nicht gerade den Kopf darüber zu zerbrechen», erwiderte sie.

«Nein. Aber unser Job ist es, uns für ihn den Kopf zu zerbrechen.»

«Wir haben getan, was wir konnten. Jetzt müssen wir's nur noch im Auge behalten.»

«Man kann nie alles tun, was man tun muss», sagte er.

«Alles können wir jedenfalls bestimmt nicht tun.»

«Wem sagst du das? Was ging da bloß schief?»

«Was meinst du?»

«Abu Omar.»

«Aus Erfahrung wird man klug.»

«Sagt man, ja. Oder man ist dazu verdammt, immer wieder dieselben Fehler zu machen. Ich wüsste zu gern, wann genau ich alles falsch verstanden habe. Weiß ich aber nicht. Ich dachte, ich kann das ganz gut, aber ich habe all die Unstimmigkeiten schlicht nicht registriert. Wurde einfach mitgerissen. Vielleicht lag das eben in der Dynamik der Sache. Aber nein, das war nur ich. Ich hätte es verhindern können, aber ich hab's nicht getan.»

Sie schwieg.

«Geht dir sicher ganz schön auf den Zeiger, diese ganze Gewissenserforschung», sagte er.

«Ehrlich gesagt, so langsam schon ein bisschen.»

«Ich mache mir nur Sorgen, dass wir auch diesmal irgendwas übersehen.»

«Glaub ich nicht. Aber, na ja …»

«Shit happens?»

«Das jetzt auch nicht grade. Wir müssen eben einfach unser Bestes geben.»

«Klar. Erzähl das hinterher mal dem Untersuchungsausschuss.»

«Fühlst du dich betrogen?»

«Na sicher, wurde ich ja auch. Die Frage ist nur: von wem? Aber dafür sind wir ja da, stimmt's? Um betrogen zu werden. Und letzten Endes tun wir das doch alle.»

15

SAMSTAG

Früh auf, mit Bussen raus zum Trainingsgelände in der Heide. Großeinsatz, mit Vollbesetzung. Überstundenausgleich vorläufig gestrichen. Die Reihen gefüllt mit einfachen Polizeibeamten. Amtshilfe von den West Midlands und Lancashire angefordert, um mehr Teams bereitzustellen. Nur für den Fall. Ein SAS-Trupp auf Abruf, ebenfalls nur für den Fall. Kasernentüren offen, Ausrüstungstaschen gestapelt. Die Jungs vom Regiment haben zugesehen. Harte Säue. Er war auch mal so einer gewesen, war immer noch hart, und er kannte diese Kerle. Verdammt gut, aber letztlich auch nur Menschen, mit Frauen, Kindern, Ängsten und Komplexen.

Formulare unterschreiben. Dienstgeheimnis und so weiter. Top secret, nur für Eingeweihte, mit Ihrer Unterschrift bestätigen Sie, dass Sie hochsensible Informationen erhalten und Einzelheiten über diesen Einsatz ausschließlich an definitiv autorisierte Personen weitergeben. In Plastikboxen herbeigebrachte Testamente wurden durchgesehen, abgenickt oder geändert. Hochrangige Vorgesetzte fuhren in langen, schwarzen Autos hin und her. Verdoppelte Bewachung an den Toren und am Zaun. NATO-Draht. Alles sorgsam vor dem Blick der Öffentlichkeit verborgen. Flugverbot über dem Areal. Diskret und unauffällig. Ein Team Juristen in einem Büro, MI5 und MI6 in einem anderen, zusammen mit den Abhörprofis vom GCHQ. Die Schlapphut-Connection. Und das war nur ein Nebenschauplatz. Die eigentliche Einsatzzentrale befand sich in der Stadt.

Erst stand ein Briefing an, dann wollte man sie herumführen. Eine vom Geheimdienst kam vorbei, um die Karte auf dem großen Bildschirm zu erklären. War offenbar wirklich wichtig, wenn die extra jemanden schickten, statt die Präsentation den Leuten von der Anti-Terror-Einheit zu überlassen.

«Folgendes ist unseren Informationen nach geplant», sagte sie streng und klickte. Verschiedenfarbige Linien, die für die Verdächtigen standen, trafen sich beim Stadion, dann bekam jede Farbe einen eigenen Abschnitt.

Auch der Boss stand vorne. «Jedem von Ihnen wird ein Verdächtiger zugewiesen», sagte er, «und Sie müssen sich im Team genau mit Ihrem Einsatzbereich vertraut machen.»

«Können wir uns das später auch vor Ort anschauen?», kam die unvermeidliche dumme Frage.

«Natürlich nicht», erwiderte der Boss. «Viel zu riskant. Machen Sie das Beste aus dem Training hier.»

Die Frau ging die einzelnen Verdächtigen mit ihnen durch. Die Profile waren mit den Farben der jeweiligen Bereiche hinterlegt. Nicht schlecht gemacht. «Sie brauchen nicht mitzuschreiben», erklärte sie. «In den Seminarräumen liegen vollständige Dossiers aus.»

Dann der Rundgang. Das riesige Areal – mindestens so

groß wie vier oder fünf Musterungsplätze – hatte man vor fünf, sechs Jahren komplett asphaltiert, um mit Kulissen verschiedene Orte in der Stadt darauf nachbilden zu können. So umfangreich hatte man das bisher allerdings noch nie getan. Die Schreiner und sonstigen Handwerker hatten alles gegeben. Dünne Gebäudefassaden, knapp über Kopfhöhe abgeschnitten. Weißes Klebeband markierte Straßen und Bürgersteige. Kabel hingen aus improvisierten Ampeln. Durch Lücken, wo eigentlich Querstraßen verliefen, sah man die skeletthaften Gestelle anderer «Gebäude» oder einfach Gras und Bäume. Wie auf einem Filmset – zumindest so, wie Jon sich einen vorstellte. Tatsächlich waren sie ja fast so was wie Schauspieler, morgen und am Mittwoch würden sie auf der Bühne stehen. Nur dass ihre Waffen scharf geladen wären.

Das Ganze als «Flickwerk» zu bezeichnen, wäre unfair. Offensichtlich hatte man enormen Aufwand betrieben. Alles war da, das ganze Stadionviertel. Jon Brough und sein Trupp gingen durch die reihenhausgesäumten Straßen und versuchten, ihren Augen zu trauen. Das gelang ihnen spätestens, als sie in die Zufahrtsstraße einbogen und vor sich auf einer riesigen Leinwand das Stadion selbst aufragen sahen. Es war verblüffend: als würde man in die Zukunft katapultiert und spiele eine Rolle in einer Reality-Show. Alle dieselbe allerdings. Schlagartig verstummten das Getuschel und die Witzeleien. Zeit fürs Mittagessen.

Der Strom war aus und die Tür schon offen gewesen, als Bilal angekommen war. Zumindest behauptete er das, als Adnan eintraf. Bilal hatte vor der Tür auf ihn gewartet.

«Warst du drin?», fragte Adnan.

«Ja. Nur kurz im Flur, wollte das Licht anmachen. Ging aber nicht. Kein Strom.»

Rashid kam ebenfalls an. «Was ist los?»

«Stromausfall», sagte Bilal.

«Und angeblich war die Tür auf», ergänzte Adnan.

«War sie», beharrte Bilal.

«Aha», sagte Rashid. «Und jetzt?»

Keiner sagte etwas. Abdullah kam, und sie erzählten es ihm.

«Nichts zu machen», sagte Adnan. «Wir sind zu weit, um jetzt noch aufzugeben. Wir müssen rein.»

Abdullah und Rashid stimmten zu, Bilal war skeptisch. «Und wenn das ’ne Falle ist?», fragte er.

«Dann sind wir sowieso angeschissen», sagte Abdullah, und keiner störte sich an seiner Ausdrucksweise.

«Ich gehe rein», sagte Rashid entschlossen. «Ihr wartet hier. Ich hole euch. Wenn ich nicht rauskomme, haut ab. Geht nach Hause. Tut, als wäre nichts gewesen.»

Niemand hielt ihn zurück.

Er schlich durch die Tür und blieb im Flur stehen, lauschte, wartete, bis seine Augen sich an die Dunkelheit gewöhnten. Die Tür am Ende des Flurs, die zu ihrem Raum, stand auf. Ohne allzu lange nachzudenken, durchmaß er so leise es ging den Flur. Durch den Spalt fiel Licht. Langsam schob er die Tür auf und trat ein.

«Bleib stehen», sagte die vertraute, ruhige Stimme. «Ich habe mich schon gefragt, wann einer von euch endlich den Mut aufbringt. Gut gemacht. Hol die anderen, dann kommen wir zur Sache.»

Zurück am Eingang, nickte Rashid in Richtung des Zimmers. «Kommt rein. Er ist da.»

Niemand musste fragen, wer.

Sie traten ein und nahmen auf den im Zimmer aufgereihten Stühlen Platz. Er saß in seiner Kutte auf dem Boden, wie immer hinter einer Lampe. Diese Stiefel, dachte Rashid. Lachhaft für einen Mann Gottes.

«Also», sagte der Scheich. «Da wären wir.»

«Was ist mit dem Strom?», fragte Abdullah.

«Das muss euch nicht kümmern», sagte der Mann. «Diesen Raum hier braucht ihr jetzt nicht mehr. Das, meine Freunde, ist unser letztes Treffen, bevor ihr euer Schicksal erfüllt. Hier kommt ihr nicht mehr her. Ist alles geplant?»

«Ja», sagte Adnan. «Sollen wir es dir zeigen?»

«Seid ihr zufrieden damit?»

«Ja», sagt Rashid.

«Dann muss ich es nicht sehen. Ihr seid ja gewissenhafte Männer.»

«Wir dachten –», hob Abdullah an.

«Ja?»

«Wir dachten, wir könnten einen Kleinlaster mieten. So wie in –»

«In Ordnung.» Es schien ihn nicht zu interessieren. «Wenn ihr wollt, gern. Gute Idee. Und die Autos?»

«Alles geklärt», versicherte Bilal.

«Gut. Und die übrigen Vorbereitungen?»

«Erledigt», sagte Rashid.

«Schön. Hinter der Tür findet ihr vier Rucksäcke für euren Probelauf. Nächste Woche braucht ihr die auch.»

«Ist das alles?», fragte Rashid.

«Fast. Montag und Dienstag trefft ihr euch für letzte Vorbereitungen. Macht das unter euch aus. Aber seid auf der

Hut. Passt auf, dass die Sicherheitskräfte nichts mitkriegen. Kommt nicht wieder hierher. Auf keinen Fall. Mittwoch geht keiner von euch zur Arbeit. Nehmt euch frei, meldet euch krank, was immer nötig ist. Wartet, bis ich euch kontaktiere. Das ist unser letztes gemeinsames Treffen, aber am Mittwoch muss ich jeden von euch einzeln sehen, um ihm zu geben, was er für seinen heiligen Auftrag benötigt. Ich melde mich über die App. Danach dürft ihr euch nicht mehr treffen.»

«Und wenn unsere Pläne nicht zu den Waffen passen?», fragte Abdullah.

«Keine Sorge. Das werden sie schon. Wartet am Mittwoch geduldig, bis ich mich melde. Es wird nicht lange dauern. Bleibt ruhig. Jetzt geht nach Hause. Benehmt euch ganz normal. Macht morgen eure Arbeit, und wir sprechen uns am Mittwoch.»

Den Großteil des Nachmittags saßen sie vor den in einem fensterlosen Zimmer bereitgestellten Laptops und planten mit der Kartensoftware ihre Routen durch die Straßen. Ab und zu steckte eine der einem bestimmten Verdächtigen zugeteilten Gruppen die Köpfe zusammen, um die Taktik durchzusprechen, aber meistens war es still. Jons Dreierteam hatte man den Verdächtigen Romeo zugewiesen, der eigentlich Rashid hieß. Auf dem Foto wirkte er so unschuldig, aber das taten sie alle, selbst die Attentäter auf den Märkten in Kabul. Einem Foto würde er bestimmt nicht vertrauen.

Um vier Uhr traf der Bus mit dem Überwachungsteam vom MI5 ein, dann, auf der anderen Seite des Geländes, die Busse mit den anderen Rollenspielern. Einige würden unschuldige Passanten mimen, vier von ihnen die Attentäter.

Wo kriegten die nur all diese Leute her, fragte Jon sich, und wie hielten sie das geheim? Es war Zeit, sich mit den Leuten vom MI5 abzusprechen und die Aufstellung für den ersten Durchgang zu klären.

Gegen halb sechs wurde es dunkel, und sie bezogen Stellung auf den nachgebauten Straßen. Dieser Romeo ähnelte durchaus dem echten; Jons Gruppe sollte das Szenario als dritte durchspielen. Die Waffen unter ihren Jacken verborgen, rückten Jon, seine beiden Kameraden und ihr Fahrer vor, im Windschatten des Beschattungsteams aus Polizei und MI5, das sich ungehindert dem Stadion näherte. Dann noch einmal, diesmal mit Zugriff kurz vor der Zufahrtsstraße. Per Funk identifizierten die Überwacher den Verdächtigen. Der Zugriff erfolgte reibungslos: Die drei bewaffneten Beamten umstellten Romeo, Jon befahl ihm, stehen zu bleiben, die beiden anderen gaben Deckung. Kinderspiel. Ein letzter Durchgang, diesmal mit allen vier Verdächtigen, weniger Passanten und koordiniertem Zugriff aller Teams. Dann zurück zur Kantine, wo aus langen Stahlbehältern dampfend heiße Lasagne ausgegeben wurde.

Beim Essen dachte er daran, was wäre, wenn: schießen, um zu töten, um die Umstehenden zu schützen. Solange das gerechtfertigt war, störte es ihn nicht. Wenn es drauf ankam, verließ er sich auf das System und seine Urteilskraft. Töten oder nicht? Einschätzen von Risiko, Intention und Zeitfenster. Und dann die kalte Sprache des Doppelschusses: zwei Kugeln in die Stirn. Streng genommen hatten sie keinen klassischen Doppelschuss trainiert. Hauptsache, man musste für den zweiten nicht groß nachzielen. Zweimal feuern, so schnell wie möglich. Oft wurden es natürlich mehr Schüsse – manchmal noch sechs oder sieben, nachdem die Zielperson längst ausgeschaltet war, nur um sicherzugehen. An diesem Punkt schossen normalerweise auch die Kollegen schon. Nur kein Risiko eingehen. Der Doppelschuss sollte für sofortiges Einstellen der Hirnfunktionen sorgen und das Risiko minimieren, dass irgendwelche Zünder ausgelöst werden konnten. Das Hirn musste noch vor dem Herzen unschädlich gemacht werden.

«Keine Abhörfeeds», sagt Leila zu Jake.

«Wie bitte?»

«Die Geräte funktionieren nicht. Im ganzen Block war Stromausfall.»

«Und es gab keinen Notstrom? Keine Batterien?»

«Offenbar nicht. Ist jetzt sowieso egal. Der Drops ist gelutscht. Wir haben keine Ahnung, worüber die geredet haben.»

«Hatten wir Beschatter vor Ort?»

«Ein paar. Aber die meisten waren auf dem Trainingsgelände. Als sie ankamen, waren alle längst verschwunden.»

«Und der Raum?»

«Abgeschlossen. Wie immer.»

«Dann hole ich wohl besser mal Rashid.»

«Gut, kommen wir gleich zur Sache», sagte Jake. «Was gibt's Neues?»

«Wir haben uns getroffen. Sie werden's nicht glauben: Er war da.»

«Wer war da? Der Scheich?»

«Genau. In der ganzen Gegend war Stromausfall, die Tür stand auf, und da war er, wie er leibt und lebt. Hat gegrinst wie 'n Honigkuchenpferd. Mit diesen blöden Stiefeln an den Füßen.»

«Im Zimmer war kein Strom?»

«Nein. Er hatte so 'ne Lampe mit Batterie.»

«Haben Sie ihn diesmal besser gesehen?»

«Nein. Hat uns auf Abstand gehalten. Das übliche Theater.»

«Was waren das für Stiefel?», fragte Leila.

«So schicke Dinger. Schlangenleder, würd ich schätzen. Ein Lackaffe Gottes.» Er lachte. «Aber der Plan steht. Mittwoch will er sich melden, um uns alles Nötige zu bringen. Wir sollen da nicht mehr hin. Abdullahs Idee mit dem Kleinlaster fand er gut, Abdullah mietet Montag einen. Der Scheich hat uns Rucksäcke gegeben.» Er hielt Jake und Leila seinen hin, und sie durchsuchten ihn gründlich. Dutzendware aus dem Supermarkt. Sie prüften die Nähte und tasteten nach Geheimfächern. Nichts.

«Können wir den bis morgen behalten?», fragte Leila.

«Klar, aber dann brauch ich ihn.»

«Wir treffen uns morgen sowieso, bevor es losgeht.»

«Okay. Das wird doch alles gutgehen, oder?»

«Darum sprechen wir ja mit Ihnen. Damit alles gutgeht.»

«Hm», machte Rashid.

«Wir müssen einander hundertprozentig vertrauen», sagte Leila.

«Ich vertraue Ihnen», erwiderte er erschrocken. «Sie mir nicht?»

«Doch, das meine ich ja», sagte sie. «Wir vertrauen Ihnen, und wenn es so weit ist, müssen wir daran denken. So überstehen wir das. Wir werden die ganze Zeit bei Ihnen sein und auf Sie aufpassen, auch wenn Sie uns nicht sehen.»

«Okay», sagte Rashid.

«Gut. Bis morgen.»

«Okay.»

Stuart Calloway saß im Wohnzimmer des Innenministers, in dessen Haus in seinem Wahlkreis. Der Privatsekretär sagte: «Die Bürgersprechstunde ist vorbei. Laut Personenschützern sind sie auf dem Rückweg.»

«Bürgersprechstunde? Ich dachte, so was machen Minister gar nicht mehr.»

«Dem Herrn Minister liegt sehr viel daran, wann immer möglich welche abzuhalten. Natürlich hat er einen vollen Terminplan … da springt dann der Wahlkreisvorsitzende ein.»

Das Gespräch wurde vom Geräusch vorfahrender Autos unterbrochen. Die Haustür ging auf, und der Privatsekretär trat in die Diele, wobei er die Tür hinter sich zuzog. Als sie wieder aufging, kam der Innenminister herein und strahlte – so empfand es Stuart – hektische Geschäftigkeit aus.

«Na gut, Stuart, legen Sie los. Aber schnell. Im Gegensatz zu Ihnen habe ich eine Familie.»

Der Privatsekretär linste durch die Tür. «Tee, Mr Calloway?»

«Nein, danke», antwortete der Minister für ihn, «dafür bleibt er nicht lang genug. Richtig, Stuart?»

Stuart grinste blöde.

«Lassen Sie uns dann bitte allein, Angus. Und Sie, Stuart, kommen zur Sache.»

«Herr Innenminister, Sie erinnern sich an den Anti-Terror-Einsatz, von dem ich neulich erzählt habe?»

«Wie könnte ich das vergessen?»

«Er nähert sich der Endphase. Am Mittwoch, genau genommen.»

«Endphase? Ich wusste gar nicht, dass man bei Ihnen tatsächlich so redet. Weiter.»

«Unter uns gesagt: Die Polizei wird etwas … unruhig.»

«Soweit ich das überblicke, hat sie dazu ja auch allen Grund.»

«Das stimmt. Trotzdem sollen Sie wissen, dass wir nach wie vor felsenfest überzeugt von unseren Analysen und unserer Prognose sind. Der Einsatz muss stattfinden. Diese Chance dürfen wir uns nicht entgehen lassen.»

«Und was soll ich da tun?»

«Nichts. Bedenken Sie nur: Wenn das ein Erfolg wird, haben alle was davon. Sehr viel sogar.»

«Auch die Regierung, meinen Sie. Und wenn nicht?»

«Ein vorzeitiger Zugriff liegt im Ermessen der Polizei.»

«Sie bitten mich doch wohl nicht darum, mich da einzuschalten? Das haben wir doch bereits geklärt.»

«Natürlich nicht, aber ein, zwei ermutigende Worte an den Chief Constable könnten bestimmt nicht schaden. Ich dachte allerdings vor allem an die Untersuchung.»

«Die Untersuchung?»

«Ein erfolgreicher Ausgang unseres Einsatzes könnte die Ergebnisse des Ausschusses stark beeinflussen. Ja, man könnte seine Arbeit dann sogar für weniger relevant halten. Eher für … letztlich unerheblich.»

«Nicht für die Angehörigen.»

«Richtig. Aber der Druck könnte doch nachlassen.»

«Langsam habe ich die Nase voll von diesem Thema. Wir können und wollen den Ausschuss nicht beeinflussen.»

Stuart blickte skeptisch. «Natürlich nicht. Aber könnten wir nicht angesichts der heiklen Entwicklung im Hinblick auf die Verwicklung mit den Vereinigten Staaten für die Dauer des Einsatzes eine kurze Vertagung erwirken?»

Der Innenminister sah ihn an. «Es könnte da schon ein paar juristische Fragen zu klären geben. Könnte ein paar Tage dauern. Mittwoch, sagen Sie?»

«Genau, Mittwoch.»

«Wenn das gutgeht, sollten Sie Ihre Schäfchen besser im Trockenen haben. Klarer Schnitt. Lektion gelernt. Neue Verfahren, umfangreiche interne Prüfungen und so weiter. Köpfe sind gerollt et cetera, et cetera.»

«Natürlich, Herr Minister.»

«Wenn man Ihnen nicht ansieht, dass Sie einen Großputz veranstalten, wird den jemand anderes machen müssen. Sagen Sie dann nicht, ich hätte Sie nicht gewarnt. Sonst noch was?»

Nach dem Abendessen gab es weitere Briefings, während sie in der Messe auf die richtige Uhrzeit warteten. Laut neuester Erkenntnisse planten die Attentäter, einen Kleinlaster zu mieten. Das verlieh der Angelegenheit eine neue Dimension, die in der nachgebauten Stadt geprobt werden musste. Neue Ausrüstung müsste beschafft werden. Um 8.45 Uhr gingen sie hinaus in die Nacht.

Die Kulissen wirkten im Dunkeln viel realer. Ihr provisorischer Charakter war ihnen jetzt schwerer anzusehen, und die installierten Straßenlaternen entfalteten zusätzliche Wirkung. So oder so nahmen alle Beteiligten das Umfeld mittlerweile völlig ernst und fokussierten sich auf ihren jeweiligen Anteil an dem Ganzen. Jetzt galt es: Sie probten für das große Finale, und jeder Schritt musste sitzen.

Wie am Schnürchen, dachte er danach. Die Beschattung war Routine, und der Befehl zum Zugriff war gekommen, noch ehe Romeo die Zufahrtsstraße erreicht hatte. Nur zwei mögliche Schlusspunkte wurden simuliert: Festnahme oder Doppelschuss. An die dritte Option war nicht einmal zu denken. In den nächsten drei Tagen blieb noch etwas an der Taktik hinsichtlich des Kleinlasters zu feilen – sollte man die Reifen zerschießen, ihn rammen oder den Motor lahmlegen? Aber auch das würde sich lösen lassen.

Voller Optimismus kehrten sie zurück in ihre Unterkünfte. Heute mal kein Bier, und früh ins Bett. Wenn morgen alles glattlief, würden sie sich womöglich eine kleine Brause gönnen, aber selbst dann würden sie Montag wieder trainieren, und Dienstag ebenfalls, um am Mittwoch einen rundum perfekten Einsatz hinzulegen. Viel schlafen würde heute Nacht bestimmt niemand, aber Jon machte sich trotzdem bettfertig und fragte sich: Was, wenn es morgen schon passiert? So wie beim letzten Mal? Sie waren bereit, mehr wusste er nicht.

ABDULLAH

Er saß in seiner Wohnung und rezitierte laut die Texte, während er sie las. Im Hintergrund lief ein Kriegsfilm.

Er war angekommen. Wirklich angekommen. Diese

Männer waren seine Brüder. Beim Gedanken an sie hätte er fast weinen können: der stolze Adnan, Bilal mit seiner Brille, Rashid, der immer so ernst die Stirn runzelte. Ja, er weinte tatsächlich. Sie hatten ihn als einen der Ihren, als Krieger, angenommen, ihn, den fetten, weißen Außenseiter, den alle immer verarschten. Der Islam hatte ihn aufgenommen, ihn, der seine Sünden bereute und sich im heißen Blut der Ungläubigen davon reinwaschen würde. Der Tod war ein warmer Balsam, die Erfüllung eines Lebens, das aus nichts als Anpassung bestanden hatte. Mit Vollgas würde er den Kleinlaster durch die Menge jagen, mitten hinein, und alle töten, die ihm im Weg standen. Dann würde er aussteigen und mit der zugeteilten Waffe weitertöten – ein Maschinengewehr vielleicht oder gar eine Machete. Gnadenlos würde er töten, aber auch ohne Mordlust. Sosehr er innerlich frohlocken würde, er musste ruhig und besonnen bleiben, wenn er so viele erwischen wollte wie nur möglich.

Schließlich würde er sich selbst das Leben nehmen. Er hoffte nur auf einen Augenblick der Klarheit, auf die flüchtige Gelegenheit, seinen Übertritt voll auszukosten.

BILAL

Er verbrachte den Abend zu Hause mit seinen Eltern vor dem Fernseher. Seit er denken konnte, hatten ihre Samstagabende so ausgesehen, unterbrochen nur von seiner Zeit an der Front, die in der Familie nie erwähnt wurde. «Bleib doch heute mal zu Hause», hatte seine Mutter gesagt. «So wie früher.» Da konnte er schlecht nein sagen.

Sein Vater war tief ins Sofa gesunken, die Wampe hob und senkte sich, während er mit offenem Mund auf den Bildschirm glotzte. Seine Brillengläser reflektierten die hellen Farben und schnellen Bewegungen. Auf einmal ging Bilal auf, dass er selbst, auf dem anderen Sofa, ein genaues Spiegelbild dieser Haltung und Miene abgab.

«Das ist doch scheiße», maulte seine gerade mal fünfzehn Jahre alte Schwester, und niemand sagte etwas zu dem Ausdruck.

Seine Mutter döste neben seinem Vater, ihr schwerer Atem schon kurz vor dem unausweichlichen Schnarchen, über das die anderen sich immer lustig machten.

«Können wir vielleicht mal umschalten?», fragte seine Schwester, und als niemand reagierte, schnappte sie sich die Fernbedienung und tat es selbst.

Bilal glotzte weiter, blöde, unterwürfig, angepasst. Aber nicht mehr lang. Er hatte Zweifel gehabt: all diese Menschen, die er im Namen Allahs getötet hatte. Absurd war das doch, obszön und unwirklich. Und jetzt plante er noch mehr Tod und Leid. Aber konnte es schlimmer werden als das hier, als ein stumpfer Samstagabend vor dem Fernseher? Vielleicht würde er wenigstens im Tod etwas bedeuten.

Sein letzter Samstagabend auf Erden, daraus musste er unbedingt das Beste machen. Vor sich selbst machte er keinen Hehl aus seinem Doppelleben, auch wenn er die beiden Seiten scharf voneinander trennte. Er schämte sich nicht dafür, zwei Menschen in einem Körper zu sein. Die beiden existierten gleichzeitig, im selben Atemzug.

Er zog die schwarze Hose und das schwarze Seidenhemd an, dazu die Schuhe, die er vor dem Duschen noch geputzt hatte. Lange hatte er das Bad besetzt, zum Ärger seiner Mitbewohner. Na und, die würden sich seinetwegen bald schon keinen Kopf mehr machen müssen. Ihm waren sie sowieso egal. Er strich sich noch einmal die Frisur zurecht, dann ging er hinaus, wo das Taxi wartete.

Einmal hatte er sich ein paar Wochen lang als Bollywood-Star ausgegeben. Aber auf Dauer war es doch zu anstrengend gewesen, ständig diesen Akzent nachzumachen und – wenn er eine abschleppte – zu erklären, wieso ein wohlhabender Filmschauspieler in einem so winzigen, verwahrlosten Apartment hauste. Eine bestimmte Sorte weißer Frauen stand aber so oder so auf Typen wie ihn. War es die Exotik, das Spiel mit dem Feuer? Er wusste es auch nicht, aber ein gewisses *je ne sais quoi* hatte er wohl, so viel war sicher.

Er hatte ein Hotelzimmer gebucht. Eine Suite, für 658 Pfund, aber wenn die Kreditkartenabrechnung kam, wäre er schon lange tot. Er holte den Schlüssel an der Rezeption, sah sich die Suite an, schnappte sich einen Johnnie Walker aus der Minibar und machte sich auf zu den Clubs.

Als er bei dem Singletreff einlief, war er gründlich angesoffen, hatte sich aber noch unter Kontrolle, genau das Level, das er mochte. Er tanzte nicht gern und wurde beim Anmachen schnell ungeduldig, deshalb war das hier ideal. Man bekam exakt, wofür man zahlte. Fünfzig Tacken Eintritt, um den Pöbel fernzuhalten. Was zu schnupfen würde er hier bestimmt auch kriegen können.

Sie war blond, gefiel ihm. Groß, hübsches Gesicht, Rehaugen, Stupsnase, volle Wangen. Titten nicht zu groß, keine wandelnde Gummipuppe. Angeblich ein Model, aber das sagten sie alle. Die Bezeichnung verbarg eine Vielzahl an Sünden, und wenn er Sünden sagte, dann meinte er auch Sünden.

«Was machst du so?», fragte sie. Die Musik war nicht zu laut, der Laden hatte Stil, sie brauchten nicht zu schreien.

Er nippte an seinem Gin Tonic. «Ich leite eine Firma.» Nah genug an der Wahrheit.

«Wohnst du in der Gegend?»

«Ja, in der Nähe von der Leeds Road.»

«Sagt mir nichts», log er. «Bin nur kurz hier.»

«Geschäftlich?»

«Sozusagen. Ich vertrete ein paar Fußballspieler. Morgen ist hier ein Spiel. Will diesen Deal zum Saisonende eintüten. Einer meiner Klienten …» Er tippte sich an die Nase, sie wirkte beeindruckt. «Staatsgeheimnis. Du weißt schon», sagte er. Offenbar tat sie das und machte große Augen.

«Zeit zu gehen», sagte er. Sie hatte nichts dagegen.

Später, mitten in der Nacht, schreckte er aus dem Schlaf hoch. Um zwei hatte er sie – Amy oder Emma oder wie sie noch gleich hieß – mit fünfzig Pfund für ein Taxi vor die Tür gesetzt, weil er sich dringend aufs Ohr legen musste. Morgen war ein großer Tag. Er hatte ihr erzählt, er müsse vormittags seinen Klienten treffen, um ein Vertragsangebot zu besprechen. Morgen Abend bin ich aber wieder hier. Vielleicht treffen wir uns in der Lobby, so gegen sieben? Ja, klingt gut. Sie hatte das Spiel durchschaut, aber trotzdem mitgespielt.

Er hatte sich sofort schlafen gelegt, und jetzt das. Hellwach, unglaublich. Am liebsten wäre er sofort los und hätte es durchgezogen, so aufgekratzt war er. Dann, genauso plötzlich, war es wieder weg. All die Energie verschwunden, er fühlte sich erschlagen wie noch nie. Gut, dass bald alles zu Ende war. Zum Greifen nah. Und ausgerechnet bei City. War das zu fassen? Eine passende Bühne für den letzten Akt.

Die anderen mochten zwar seine Brüder sein, waren aber doch ganz anders als er. Bilal war ein verzärteltes Muttersöhnchen, Abdullah kaum mehr als ein fanatischer Schlägertyp. Könnte ebenso gut für Britain First kämpfen wie für das Kalifat; er brauchte einfach ein Ventil für seine Gewalt und seinen Frust. Rashid hätte er in einem anderen Leben vielleicht sogar mögen und zum Freund haben können. Aber dieses kurze, nur noch fünf Tage dauernde Leben war nun mal kein anderes, und er kannte ihn kaum.

So müde, aber für den Probelauf morgen musste er fit sein. Schließlich ging es hier um seine Berufung. In der Minibar fand er noch ein Fläschchen Kahlúa – viel mehr war nicht mehr übrig –, leerte es in einem Zug und legte sich wieder ins Bett. 4:16 Uhr. Er würde ausschlafen, bis man ihn aus dem Zimmer warf.

Rashid war zu Hause, genau wie Bilal. Während sein Vater Radio hörte und seine Mutter die Samstagszeitung las, scrollte er sich durch die neuesten Trump-Skandale auf Facebook und Twitter.

«Machst du das Kreuzworträtsel mit mir?», fragte seine Mutter.

«Okay», sagte er.

Grübelnd saßen sie nebeneinander, brummten sich Antworten und Teillösungen zu. Sein Vater hatte ihm beigebracht, wie man kryptische Kreuzworträtsel knackte. In den Sommerferien am Meer in Whitby hatten sie immer gemeinsam das Rätsel in der Zeitung gelöst, die sein Vater bei seinem Sieben-Uhr-Spaziergang gekauft hatte. Im Magpie Café hatten sie dann bei Fish and Chips, Butterbrot und Tee gesessen und dem Regen zugesehen. Sein Vater liebte das Meer, der Salzgeruch erinnerte ihn an Karatschi, wenigstens entfernt. Rashid war völlig versunken in diese Welt aus Anagrammen, Wortspielen und Rätseln. Früher hatte seine Mutter immer mit seinem Vater gerätselt, doch dass Rashid ihn nun ersetzte, freute sie.

Mit der Rente waren Rashids Großeltern allesamt auf den Subkontinent zurückgekehrt, zurück in die Hitze, in die Gerüche und relative Sicherheit Asiens, verglichen mit dieser Stadt, ihren Kriminellen, den Abgasen und der Kälte. Seine Eltern aber gehörten hierher, und das galt auch für ihn.

Sechs, vielleicht sieben Jahre war es her, seit der Zustand seines Vaters sich so verschlechtert hatte, dass man ihn nicht mehr übergehen konnte. Jetzt machten Rashid und seine Mutter ab und zu das Kreuzworträtsel, während sein Vater sein Dasein hinter dem manchmal manisch verzweifelten, oft aber glücklichen Schleier seiner präsenilen Demenz fristete. Bislang zeigte er kaum Wutausbrüche, aber die konnten noch kommen, hatte man ihnen gesagt. Ein kleiner Trost lag für Rashid darin, dass sein Vater dank seiner Erkrankung kaum etwas von seinem Auslandsaufenthalt und dem Blutbad mitbekommen hatte, an dem er beteiligt gewesen war. Seine Mutter und er hatten nach seiner Rückkehr nie darüber gesprochen. Sie war besorgt, das wusste er. Wie nebenbei erkundigte sie sich, was er vorhatte, wenn er abends ausging, was er mit einem schroffen «Nichts Besonderes» beantwortete. Sie bohrte niemals nach, doch er bemerkte, wie sie ihn ständig ansah. Vielleicht würden sie sich eines Tages richtig aussprechen können. Vorerst aber plauderten sie nur über Kreuzworträtsel und das Wetter und ließen alles andere ungesagt.

Am Mittwoch wäre es ausgestanden, und ein neues, ungetrübteres Leben konnte beginnen.

LEILA

«Was glaubst du, wie es laufen wird?», fragte Leila.

Jake zuckte die Achseln. «Wer weiß. Ich bin alt genug, mir Prognosen zu verkneifen. Beim letzten Mal …» Er rang um Worte, war zum ersten Mal seit mindestens einem Monat den Tränen nahe.

«Entschuldige», sagte sie. «Ich wollte nicht –»

«Schon gut. Wir sollten schlafen gehen. Morgen wird ein langer Tag. Wir müssen kühlen Kopf bewahren. Die Risikobewertung ist hochgestuft worden, noch ein Schritt in Richtung vorzeitigen Abbruch. Wenn Rashid auch nur einen falschen Schritt macht, greifen die sofort zu.»

«Meinst du, das wird er tun?»

«Keine Ahnung. Bei ihm habe ich ein besseres Gefühl als bei ... Also nicht dieselben Zweifel. Aber egal, Gefühle zählen nicht. Wir sind genau da, wo wir hinwollten, jetzt müssen wir unsere Arbeit machen. Wie spät ist es?»

«Viertel nach zwei.»

«Ach du Schande. Ich glaube, wir haben das zur Genüge durchgekaut. Fehlt noch irgendwas?»

«Glaube nicht», sagte Leila.

«Dann geh nach Hause. Du bist mit dem Auto da?»

«Ja.»

«Fahr direkt nach Hause, keine Fisimatenten.»

«Bist du etwa um meine Sicherheit besorgt?»

Er lächelte. «Schreib mir kurz, wenn du drin bist und alles okay ist. Ich schließe hier ab.»

«Bis morgen, Jake.»

«Mhm.»

Geduldig warteten sie die ganze Nacht. Adnans Überwacher hatten es am leichtesten. Sie sprachen mit den Sicherheitsleuten des Hotels und bekamen das Zimmer nebenan. Zu zweit wechselten sie sich ab: Einer patrouillierte auf dem Flur des fünften Stocks, der andere saß im Zimmer und hielt ein Stethoskop an die dünne Trennwand. Das Zimmertelefon wurde abgehört. Unten in der Sicherheitszentrale des Hotels behielten andere Kollegen die Bilder der Überwachungskameras in dem größtenteils stillen Gebäude im Auge. Die Frau wurde, kaum dass sie das Zimmer verlassen hatte, aufgelesen und von der Polizei befragt. Einen Grund, sie festzuhalten, gab es nicht. Die Ärmste war völlig verängstigt, es gab keinerlei belastende Spuren. Ein Detective Constable fuhr sie nach Hause und sollte den ganzen Tag bei ihr bleiben. Sie war dermaßen durch den Wind, dass es ihr nur recht war, nicht allein zu sein.

Die anderen Teams saßen in ihren Autos und Lieferwagen vor den Häusern der übrigen Männer, bei sinkenden Temperaturen und strömendem Regen. Beim großen Spiel morgen würde das Feld ein ganz schöner Morast sein, sagte einer zu seinem Kollegen. Nein, Moment: heute! Um neun würden sie an die Tagschicht übergeben, mussten aber am frühen Nachmittag schon wieder auf der Matte stehen, rechtzeitig für die große Show. Alle Mann an Deck, war die Devise. Immerhin ein paar Stunden Schlaf waren noch drin.

16

SONNTAG

Heute würde endlich etwas unternommen werden, und alle würden sehen, dass etwas unternommen worden war. Früher oder später. Das Gute, was immer es auch war, konnte über das Böse triumphieren. Oder – wieder einmal – scheitern. Vielleicht triumphierte auch das Böse über das Böse.

Was wäre da wohl das kleinstmögliche Übel? Aber für Haarspalterei war keine Zeit. Er wälzte sich hin und her, her und hin. Was war das Richtige? Und was genau hieß ‹richtig›?

Den Wecker hatte er auf fünf gestellt, stand jedoch schon zehn Minuten vorher auf. Er schaltete das Handy aus und ging in die Küche, setzte den Wasserkocher auf, rieb sich die Augen, als könnte das der Welt ein wenig Sinn zurückgeben. Einen Augenblick lang kam es ihm vor, als hätte er alle Zeit der Welt, mindestens den Rest seines Lebens, und er schüttelte den Kopf wie ein Hund, um wach zu werden. Er trank einen Becher Instantkaffee – zwei Löffel Pulver, damit er richtig bitter wurde. Ein Geschmack wie verbranntes Holz.

Er zog seine Laufkleidung an, band die Schuhe mit einem Doppelknoten. Er füllte die Wasserflasche und packte sie in den Rucksack, den er auf seinen morgendlichen Runden immer mitnahm. Täglich joggte er zwar nicht, aber doch sooft es ging. Er schnallte den Rucksack fest, dann setzte er ihn wieder ab – hatte er die Schlüssel eingesteckt? Ja, hatte er.

Als er die Wohnung verließ, lauschte er auf das Klicken des Schlosses, vergewisserte sich, dass der Riegel wirklich eingerastet war. Dann lief er los.

Zaghaft graute der Morgen. Die Straßen waren noch dunkel, über Nacht vom Regen rein gewaschen. Er rannte im grellen Licht der Natriumdampfleuchten, vorbei an den kleinen, schwenkbaren Kästen mit den starr blickenden Zyklopenaugen. Ohne sich zu verausgaben, trabte er locker voran. Gleichmäßiges Tempo, mahnte er sich. Seine übliche Strecke führte entlang der menschenleeren Pferdesteige an den Kanälen, die einem solideren Zeitalter entstammten. Kräuter, Butterblumen und Rispengräser reckten sich unter vor Schmutz schwarzen Steinbrücken durch die ausgetretenen Pflastersteine. Gefährlich konnte es da unten sein, hieß es, wegen der Obdachlosen und der Junkies. Aber die zuckten angesichts des reichen Pinkels in der smaragdgrünen Jogginghose nur amüsiert die Schultern.

Kurz hinter dem fast vier Monate später noch immer vernagelten Bahnhof sprang er die Stufen zum Gewölbe hinab, dem verzweigten Tunnelnetz unter der modernen Stadt, wo Unternehmer jeglicher Couleur ihrem oftmals zwielichtigen Tagwerk nachgingen. Mechaniker bauten in öligen Werkstätten aufgemotzte Stoßdämpfer ein, Gebrauchtwarenhändler verkauften Haushaltsgeräte und Industriemaschinen, andere vertrieben oder kauften nachgebautes IT-Zubehör, Fernseher, Audio-Equipment und sämtliche Elektrogeräte, an denen sich noch was verdienen ließ. In dem Café ganz hinten gab es ein komplettes englisches Frühstück für nicht einmal fünf Pfund. Um 5.45 Uhr an einem Sonntagmorgen war natürlich alles zu. Keine Menschenseele weit und breit.

Von seiner üblichen Strecke wich er heute erheblich ab, streifte hin und her durch die Gewölbe, die sich bis hinaus in die Vorstadt erstreckten. Schließlich erreichte er die Garage und machte sich an seine Vorbereitungen. Mit einem der beiden Schlüssel entriegelte er das Vorhängeschloss, ging aber nicht hinein. Stattdessen bückte er sich und holte tief Luft. Löste seine Schnürsenkel. Öffnete den Rucksack, stellte ihn ab und holte alles Nötige heraus. Er ging ganz methodisch vor, schluckte seine Angst herunter. Dann zog er ein altes, noch nie benutztes Prepaid-Handy hervor und schaltete es ein. Hier draußen hatte er noch schwachen Empfang, in der Garage hätte er gar keinen. Er wählte.

«Ja?», antwortete eine schläfrige Stimme.

«Wir müssen uns treffen», sagte Jake. «Dringend.»

«Ach, kommen Sie. Muss das sein?»

«Ja, muss es. Sofort. Treffpunkt D. Wie lange brauchen Sie?»

«Zehn Minuten etwa.»

«Ich auch. Dann bis in zehn Minuten.»

«Worum geht's denn?»

«Sag ich Ihnen dann.»

Für jeden V-Mann gab es einen speziellen Ort für Notfalltreffen: Treffpunkt D in diesem Fall. Hier. Jake war bereit. Das musste er auch sein. Der Stein war im Rollen. Er sah sich nach einem Versteck für seinen Rucksack um. Hinter einem Pfeiler, das würde reichen. Hier würde frühestens in ein paar Stunden irgendwer vorbeikommen. Hoffte er. Nein, er wusste es: Als gewissenhafter Schlapphut hatte er alles genau ausgekundschaftet.

Das Vorhängeschloss sicherte eine Kette, die durch zwei rechteckige, in die verbeulten Metalltüren geschnittene Öffnungen lief. Auch das hatte er einkalkuliert. Allerdings war es doch recht knifflig, von innen die Kette stramm zu ziehen, das Schloss abzuschließen und es wieder nach draußen zu fummeln, damit es von dort so aussah, als wäre noch gar niemand hier. Die Öffnungen waren kleiner als gedacht. Drei Versuche waren nötig, und einmal kräftig drücken. Fast packte ihn die Panik – die zehn Minuten waren beinah um, die Eieruhr in seinem Kopf tickte rasant auf das große Finale zu. Keine Zeit mehr.

Geschafft. Tief atmete er die erdige Luft ein.

Sicher sein konnte er natürlich nicht, aber eigentlich war klar, dass die «zehn Minuten» nur die übliche Dampfplauderei gewesen waren. Eher würden es zwanzig werden. Weit fahren musste der andere zwar nicht, aber sich noch anziehen und frisch machen. Parken würde er sicherlich hier unten. Jake musste jetzt nur noch abwarten, dass die Minuten verstrichen.

Und tatsächlich, da näherte sich auch schon ein keuchender, klappernder Diesel-Lastesel – nicht sein übliches Transportmittel. Der Motor verstummte, und Jake nutzte den stillen Moment, um die innere Ruhe und äußere Reglosigkeit zu finden, die für das hier nötig waren. So gern er die Hintergründe auch erfahren hätte, es würde kein Gespräch geben, kein Wieso und Weshalb, keine Ausflüchte. Keine unaufrichtige Begrüßung, während der Zweck des Treffens unausgesprochen und bedrohlich in der Luft lag. Und die Frage nach dem Wieso wüsste ohnehin keiner von ihnen zu beantworten. Es war nun mal so.

Beschwingte Schritte kratzten über den Teer, hallten durch die Stille. Schlangenlederstiefel, garantiert. Immerhin pfiff er nicht fröhlich vor sich hin, obwohl auch das Jake nicht gewundert hätte. Metallisches Klimpern vor der Tür, dann wurde die Kette klappernd durch die Öffnung gezogen, unmittelbar vor Jakes Nase.

Direkt hinter der Tür stand er im Dunkeln. Schon kam der andere herein, spähte geradeaus in die Garage. Wenn er jetzt die Tür schloss, gäbe es einen unschönen Zusammenprall gleich hier am Eingang. Jake ging jedoch davon aus, dass er sie für ihn, der ja scheinbar noch nicht da war, offen lassen würde, und damit behielt er recht.

Es war immer wieder faszinierend, Leute zu beobachten, die sich vollkommen allein glaubten. Auch wenn sie einfach nur da waren – sie mussten gar nichts Interessantes tun, um interessant zu sein. Das war sogar das Beste: wenn sie ganz sie selbst waren, weder ihrer selbst zu sehr bewusst noch irgendetwas anderen als ihrer selbst, ihrer eigenen Atmung, ihres eigenen Geruchs. In der rechten Hand hielt er seinen üblichen Cappuccino im Pappbecher. Jake roch den Kaffee. Noch immer spähte der andere ins dunkle Ende des Raumes, wo sie sich treffen sollten.

Dort standen zwei Stühle und eine ausgeschaltete Batterielampe. Das wusste Jake, weil er sie selbst dort aufgestellt hatte. Kein Strom, keine Stromrechnung. Nur die vierteljährliche Barzahlung an den Gauner, dem die meisten dieser Garagen gehörten. Im Voraus. Ein Einmal-Treffpunkt, von dem in der Zentrale niemand wusste, auf eigene Rechnung organisiert durch eine Reihe von Umwegen und Tarnidentitäten. Für eine Phantasiefirma, von der alle Beteiligten wussten, dass sie nicht existierte. Aber keiner stellte Fragen. Schwarz und streng geheim. Eine von Jakes Versicherungen gegen … ja, gegen was eigentlich? Gegen Eventualitäten, die er selbst nicht hätte benennen können, als er das Ganze vor anderthalb Jahren eingefädelt hatte. Dennoch hatte er das unbestimmte Gefühl gehabt, es könne nicht schaden. Doch jetzt war keine Zeit, sich für seine vage Vorahnung zu beglückwünschen.

Zaki Ibrahim würde es nicht bis zu den Stühlen schaffen. Jake bewegte sich schnell und effizient, achtete auf das leiseste Rascheln, das er dabei verursachte. Die Kleidung war nicht gerade zum Schleichen gedacht. Zaki hörte ihn offenbar nicht, schritt zielstrebig voran. Über ihnen rumpelten die ersten Züge am Sonntagmorgen. Jake war sich seiner Sache nicht zu sicher. Zaki war bestenfalls gerissen, schlimmstenfalls eine selbstgefällige, mittelmäßige Verkörperung der Banalität des Bösen. Jake konnte sein Gesicht nicht sehen, und das würde er auch nicht. Kalt lief es ihm über den Rücken. Das war nicht etwa eiskalte Präzision, sondern schierer Angstschweiß. Er unterdrückte ein Schaudern, holte auf. Überraschend plötzlich war er bei ihm.

Keine Worte, kein Erkennen, nicht einmal ein kurzer Blick, um ihn wissenzulassen, dass Jake ihm ach so schlau auf die Schliche gekommen war. Jake hätte all das zwar verstehen wollen, wusste aber auch, dass das ein Fehler wäre. Er würde es nie erfahren. Zaki sollte gar nicht merken, dass überhaupt jemand hier war, bis – vielleicht – zu der Millisekunde, in der es längst zu spät war.

Jake hob die Waffe, sein Overall knisterte. Er atmete durch die Maske aus. Dann hielt er Zaki die Mündung an den Nacken, direkt über der Wirbelsäule, und drückte ab. Ein Knall hallte durch den gewölbten Raum, diese kleine Kathedrale, und der Rückstoß fuhr Jake in die Hand. Die aus Zakis Kopf spritzende Hirnmasse war im Dunkeln nicht zu sehen, doch Jake spürte einen leichten, warmen Regen. Vielleicht ja nur der Kaffee.

Alles auf null. Kein Zappeln. Saft abgedreht. Teils, damit es echter aussah, teils, um sicherzugehen, packte er Zaki, schoss noch einmal und ließ ihn wieder fallen.

Einen Augenblick verspürte Jake nicht etwa Abscheu oder Schwermut, sondern den Drang, sich die Waffe selbst unters Kinn zu halten und abzudrücken. Das wäre doch irgendwie passend gewesen. Aber er musste an den Rest des Tages denken, und an Abu Omar.

An Rashid, verbesserte er sich erschrocken.

Er ließ die Pistole fallen. Sie stammte von einem Kriminellen, der am Rande einer anderen Ermittlung eine Rolle gespielt hatte. Die Seriennummer war gründlich abgefeilt worden. Vermutlich war die Waffe schon bei anderen Verbrechen zum Einsatz gekommen, doch jetzt würde sie niemand mehr benutzen. Vor zwei Jahren hatte er sie in Glasgow gekauft. Wieder eine dieser Versicherungen gegen unangenehme Eventualitäten. Vorahnung war es sicher nicht gewesen.

Das Ding hier liegen zu lassen, würde die Geschichte vom von wütenden Heroinschmugglern angeheuerten Profikiller stützen, die sich die Polizei hoffentlich als Arbeitshypothese zurechtlegen würde. Trotz Zaki Ibrahims Rolle als zweitrangiger V-Mann gab es keinen Anlass, ihn mit Terrorismus in Verbindung zu bringen. Zumindest bis die Polizei den weißen Ford Transit da draußen durchsuchte.

Ein paar Minuten blieben ihm noch auf seiner vorgeblichen Joggingrunde entlang der Kanäle, bevor er zur eventuellen späteren Entlastung wieder im Blickfeld der Überwachungskameras auftauchen musste. Er linste aus der Garage: Alles war, wie es sein sollte. Dann kramte er die Schlüssel aus Zakis Tasche, um doch noch schnell einen Blick in den Lieferwagen zu werfen. Er wusste es, aber richtig real würde es erst sein, wenn er es mit eigenen Augen sah.

Das Führerhaus war leer. An der Ladetür hing ein schweres Schloss, neben einem Schild, auf dem stand: IN DIESEM FAHRZEUG WERDEN NACHTS KEINE WERKZEUGE GELAGERT. Drinnen lagen vier kleine Rucksäcke, genau wie der, den Rashid ihnen gezeigt hatte. Er wagte nicht, sie anzufassen – vielleicht hatte Zaki eine Zündfalle eingebaut. Sähe ihm ähnlich, eine versteckte Sprengladung einzubauen, die er kurz vor der Übergabe an die Jungs entfernen würde. Es war schon tollkühn genug von Jake, überhaupt in den Lieferwagen zu schauen. Vorsichtig zog er eine Plastiktüte auf. Vier ramponierte Handys waren darin. Auf dem staubigen Boden lagen eine schwarze Kutte, ein falscher Rauschebart – na klar – und eine Tube Theaterkleber. Ging wohl alles ein wenig zu schnell für den armen Zaki, dachte Jake. Er hätte eigentlich erwartet, dass der Mistkerl sein Kostüm ordentlicher verstaute. Vielleicht hatte Jake ihn vorhin bei den Vorbereitungen überrumpelt.

In dieser Verkleidung musste er fast komisch gewirkt haben. Kein Wunder, dass er die Männer auf Abstand gehalten hatte. Kein Wunder, dass sie ihn, einer dumpfen Ahnung folgend, scherzhaft den Scheich genannt hatten.

Er hätte es schon früher kapieren müssen. Mrs Masoud hatte es gespürt, garantiert. Zumindest irgendwas hatte sie gemerkt, war sich aber entweder nicht sicher genug oder zu ängstlich gewesen, um es auszusprechen. Und Zaki hatte sich bestimmt die ganze Zeit ins Fäustchen gelacht.

Ein Spiel, das musste es für Zaki gewesen sein. Ein Spiel mit Jake. Mit der ganzen Welt. Egal, ob er Heroin vertickte oder Anschläge plante. Der Kick, Leute wie Jake und Dave Philpott an der Nase herumzuführen, ihnen immer mehrere Schritte voraus zu sein. Rache für all die Unbill, die die Welt Zaki Ibrahim zugefügt hatte. Jake würde es nie wirklich erfahren.

Zakis Netzwerk. Er musste mindestens einige Verbindungen gehabt haben, die ihm die zu opfernden Männer vermittelten. Es musste Pläne gegeben haben. Vielleicht eine Organisationsstruktur hier in der Stadt. Doch das ging Jake nichts mehr an, es lag jenseits des Schleiers der Müdigkeit, der sich jetzt über ihn legte. Früher oder später würden seine Kollegen das aufdröseln müssen, Daten und Metadaten auswerten und internationale Nachforschungen anstellen. Jake hatte sein Limit erreicht.

Er zügelte jede weitere Neugier, steckte den Schlüssel zurück in Zakis Tasche, schloss die Garage ab und holte seinen Rucksack aus dem Versteck, zusammen mit der Tüte, die er dort abgelegt hatte. Nacheinander streifte er die hellblauen Überschuhe, die Plastikhaube und die Maske ab, dann den weißen Maleranzug aus beschichtetem Papier, und stopfte alles behutsam in die Tüte. Er zog die Latexhandschuhe aus, wendete sie, schlug einen in den anderen und knotete ihn zu, wobei die frische Luft den Schweiß auf seinen Händen kühlte. Dann warf er auch die Handschuhe in die Tüte und verknotete diese ebenfalls. Aus dem Rucksack fischte er eine zweite Tüte, stopfte die erste hinein und knotete auch die zweite zu. Das Päckchen steckte er in den Rucksack und nahm dann einen großen Schluck aus seiner Wasserflasche. Morgen, spätestens übermorgen würde er die Tüte loswerden müssen. Selbst wenn man Zakis Leiche entdeckte und den Transit durchsuchte, war es unwahrscheinlich, dass die Polizei bei ihm anklopfte, doch er musste Vorsicht walten lassen.

Er rannte weiter. Das Timing war praktisch perfekt.

Wie er den Rest des Tages überstehen sollte, wusste er noch nicht. Er war erschlagen, zerknirscht, traurig. Die Versuchung, sich krankzumelden, war nahezu übermächtig. Vielleicht sollte er ihr nachgeben. Doch Rashid brauchte ihn, und Leila womöglich auch. Alle brauchten ihn.

Kurz vor seiner Wohnung bemerkte er einen großen schwarzen Volvo an der Ecke. Jemand saß auf dem Fahrersitz. Kein ungewöhnlicher Anblick in diesem Viertel, wo wohlhabende Manager sich an der Wirtschaftskraft der Stadt satt aßen. Aber am Sonntag? Das war doch merkwürdig.

Zurück in der Wohnung, schnappte er sich das Handy von der Küchentheke und schaltete es ein. Sofort ertönte ein ganzer Chor von Klingeltönen, und Benachrichtigungen blitzten auf dem Display auf. Wie befohlen rief er die Zentrale an und wurde augenblicklich zu Stuart Calloway durchgestellt.

«Wo haben Sie gesteckt, verdammt noch mal?», fragte Stuart.

«Ich war joggen», antwortete er. «Dafür war zuletzt kaum Zeit.»

«Sie sollen doch rund um die Uhr erreichbar sein.»

«Verklagen Sie mich doch. Ich brauchte etwas Zeit zum Nachdenken. Leila ist ja auch noch da.»

«Ausgerechnet heute tauchen Sie ab?»

«Höchstens eine Stunde.» Er seufzte – ausreichend resigniert, wie er hoffte. «Tut mir leid. Was gibt's denn?»

«Schwingen Sie Ihren Arsch hierher.»

«Heute?»

«Sofort. Sie werden hier gebraucht.»

«Was ist denn passiert?»

«Gar nichts ist passiert. Ich brauche Sie hier.»

«Aber wie –?»

«Das ist zu Ihrem eigenen Besten. Ihre Kollegin übernimmt.»

«Sie ist spitze. Aber was, wenn es heute schon ernst wird?»

«Die kommt schon klar. George weiß Bescheid. Sie sollen ja gerade herkommen, um den Einsatz nicht zu gefährden. Also schwingen Sie gefälligst die Hufe! Ein Auto wartet schon auf Sie.»

«Ich muss noch duschen.»

«Der Fahrer klingelt bei Ihnen … jetzt.» Stuart legte auf, und es schellte.

In Jakes zweckmäßiger Wohnung gab es keine losen Bodendielen, unter denen er die Tüte hätte verbergen können, keine Schränke mit doppeltem Boden, keine Hohlräume unter dem Dach, keine zugänglichen Wassertanks. Eine der beiden Entscheidungen, die er augenblicklich traf, war also, sie mitzunehmen. Nachdem er geduscht und sich gründlich rasiert hatte, während Stuarts Fahrer Derek geduldig im Wohnzimmer wartete, packte er seine Reisetasche. Er zog einen Anzug an, aber keine Krawatte – den Umständen angemessen, fand er. Im Wohnzimmer blickte Derek gerade auf seine Armbanduhr. Als Jake hereinkam, sah er grimmig zu ihm auf.

17

George kam von der Verbindungsgruppe, um Leila zu briefen.

«Grünes Licht», verkündete er.

«Und Jake?», fragte sie.

«Der ist raus. Befehl von Stuart.»

«Du machst Witze. Jake hat das von Anfang an geleitet. Ohne ihn gäbe es diesen Einsatz gar nicht. Und wir hätten keinen Rashid.»

«Ich weiß.»

«Er hat nichts falsch gemacht. Er war spitze.»

«Ich weiß.»

«Das ist doch bescheuert. Ausgerechnet jetzt.»

«Ich weiß, Leila. Aber da ist nichts zu machen. Wir müssen das jetzt eben so durchziehen.»

«Das ist nicht fair.»

«Stimmt. Und?»

«Hattest du mit der Entscheidung was zu tun?»

«Was glaubst du denn? Natürlich nicht. Hab mich mit Stuart gewaltig in die Haare gekriegt deswegen.»

Das stimmte vermutlich, aber am Ende hatte er bestimmt klein beigegeben. Leila musste an ein Gespräch mit Jake denken. George ist klasse, hatte er gesagt. Integer. Zutiefst moralisch. Ehrerbietigkeit ist ihm ein Fremdwort. Aber am Ende gilt seine Loyalität der Behörde. Dieser Laden ist für ihn viel mehr als nur ein Arbeitsplatz. Eher eine Religion. Außerdem ist er verheiratet, hat vier Kinder und einen Border Collie und muss ein Haus abbezahlen.

«Aber Rashid ...», gab Leila zu bedenken.

«Ja, auch das weiß ich», sagte George. «Aber der macht das nicht. Dass er sofort aussteigt, wenn Jake nicht mehr dabei ist, hat er nur so gesagt. Da hat Stuart recht.»

«Du hast leicht reden.»

«Stimmt. Glaub an dich, Leila. Du packst das. Rashid vertraut dir genauso wie Jake. Siehst du nicht, dass Jake dich darauf die ganze Zeit vorbereitet hat? Und auch Rashid? Das klappt schon.»

«Trotzdem, ausgerechnet jetzt.»

«Ja. Aber so ist es nun mal. Irgendwie müssen wir damit jetzt klarkommen.»

«Völlig verrückt ist das. Was soll ich ihm sagen?»

«Was immer du willst.»

«Kann ich mit Jake sprechen?»

«Nein», sagte er bestimmt. «Anweisung von Stuart. Keiner darf mit ihm reden. Weder du noch ich. Er hat absolute Funkstille verordnet bekommen. Konzentrieren wir uns besser auf unsere Aufgabe. Du musst jemanden kennenlernen. Warte hier.»

Jake wollte auf dem Beifahrersitz Platz nehmen, doch der war bis zum Anschlag nach vorn geschoben. «Stuart hat lange Beine», sagte Derek, doch Jake vermutete eher, dass Derek ein Faible für klare Hierarchien hatte. Also stieg er hinten ein, die Reisetasche neben sich.

Sein Diensthandy klingelte. «Hab nur ein paar Minuten», meldete sich George. «Die VG hat grade getagt, gibt viel zu tun. Außerdem bist du offiziell gar nicht erreichbar. Habe eben Leila die Leviten gelesen. Du bist schon unterwegs?»

«Ja», antwortete Jake. «Sitze im Auto.»

«Okay. Gibt nichts Wichtiges. Ich wollte nur sagen, dass es mir leidtut.»

«Ist schon gut.»

«Nein, gut ist das bestimmt nicht, aber Leila schafft das schon. Wenn sie anruft, geh nicht ran. In der Verbindungsgruppe lief übrigens alles glatt. Alles bereit, alles in bester Butter. Einzelheiten spare ich mir. Stuart steckt wirklich in der Zwickmühle, weißt du?»

«Ja, weiß ich.»

«Aus seiner Sicht kämpft er um die Behörde, während so ziemlich jeder Trottel auf sie einprügelt. Das Kabinett sitzt ihm im Nacken, und wenn du ihn fragst, wurde der neue Boss nur eingesetzt, um uns abzuwickeln. Stuart stellt sich gerne als Messias dar. In Wahrheit sieht er ziemlich schwarz. Genau, was wir gerade brauchen. Er hat wirklich jede Menge um die Ohren. Der neue Boss lauert nur darauf, dass wir 'nen Fehler machen, damit er den Stall ausmisten kann. Selbst hält er sich aus allem raus, damit er hinterher die Hände in Unschuld waschen kann. Und der Innenminister findet, es geht sowieso nur um operative Entscheidungen, mit denen die Regierung nichts am Hut hat.»

«Ich weiß.»

«Außerdem ist Stuart nun mal ehrgeizig. Mir ist er auch nicht sympathischer als dir. Aber das ist wirklich eine verfahrene Situation. Spring ihm also bloß nicht ins Gesicht. Oder tu sonst irgendwas, das du hinterher bereust.»

Jake lachte. «Traust du mir das wirklich zu?»

«Nein. Wie gesagt, ich wollte nur sagen, dass es mir leidtut. In zwei Wochen ist das alles wieder in Ordnung. Und du sitzt wieder fest im Sattel. Muss jetzt los. *Over and out.*»

Jake lehnte sich zurück und blickte eine Weile aus dem Fenster. Sah aus, als würde es ein schöner Tag. Derek war offensichtlich nicht in Plauderlaune, was kaum überraschend war: Er hing dicht im Windschatten des Polizei-Jeeps, der vor ihnen mit Blaulicht einen Weg durch den Verkehr schnitt. Also fischte Jake sein Privathandy aus der Tasche und surfte los. Es gab allerhand zu organisieren.

«Das Auto hat WLAN, wenn Sie wollen», sagte Derek mit einem Blick in den Rückspiegel.

«Geht schon, danke», antwortete Jake. «Ich hab 4G.»

4G auf der M1. Sicher.

«Wie Sie mögen», sagte Derek.

Es ging los. Aus der Einsatzzentrale der Polizei kam die Meldung, die VG habe grünes Licht gegeben, und sie sollten den restlichen Vormittag für Vorbereitungen nutzen. Ganz früh würde man sie von der Trainingsanlage zurück in die Stadt bringen. Dort würden alle noch mal ihre Waffen reinigen und die Ausrüstung checken, einschließlich der Zivilkleidung, die sie heute tragen wollten. Sie hatten darin antreten müssen, um sicherzustellen, dass nicht aus Versehen alle dieselbe Uniform aus Jeans, Turnschuhen und dunklen Jacken trugen. Ein paar Kleinigkeiten wurden noch dazugekauft, damit sie aussahen wie ganz normale Bürger.

Nach der VG-Sitzung hatte der Boss ihn angerufen. «Kommen Sie her. Dauert nicht lang. Sie werden gleich abgeholt.»

Man führte ihn durch den Hintereingang hinein und dann die Treppe hoch zur Geheimdienstabteilung hinter der Sicherheitstür. Jon war schon einmal hier gewesen, aber noch nie in der Zelle innerhalb der Zelle, hinter einer weiteren Tür mit elektronischem Schloss. Da, wo die Spione hausten. Der Boss erwartete ihn in einem kleinen Besprechungsraum, zusammen mit dem Einsatzleiter und zwei Leuten, die er nicht kannte. Den Mann hatte er ein-, zweimal bei großen Meetings gesehen. Die Frau war groß und jung, sah südasiatisch aus, und in ihrem direkten, festen Blick lag eine Entschlossenheit, die ihm sympathisch war.

«Das hier ist George», sagte der Einsatzleiter. «Und das Leila.» Sie schüttelten sich halbwegs freundlich die Hand und taxierten einander mit misstrauischem Lächeln.

Der Mann namens George sagte: «Hallo, freut mich, Sie kennenzulernen», und schlug vor, sich zu setzen.

«George, wollen Sie gleich?», fragte der Einsatzleiter.

«Danke. Sie wissen, dass diesem Fall sensible Geheimdienstinformationen zugrunde liegen?»

«Ja», sagte Jon.

«Würde es Sie überraschen, dass der Großteil unserer Informationen von einem V-Mann stammt?»

«Das hab ich mir fast gedacht.»

«Über den möchte ich mit Ihnen sprechen. Vorher muss ich Sie allerdings bitten, ein Dokument zu unterzeichnen, mit dem Sie bestätigen, dass Sie belehrt wurden und gemäß Dienstanweisung mit diesen Informationen verfahren werden. Ist das ein Problem?»

«Überhaupt nicht.»

George reichte ihm das Formular, und er sah es gründlich durch, bevor er unterschrieb. Es stand sowieso nichts drin, das nicht schon im Strafrecht enthalten wäre.

«Leila ist die für den V-Mann verantwortliche Beamtin», erklärte George.

Sie lächelte höflich, was Jon erwiderte.

«Sie führen ein Team, das auf einen der Verdächtigen in diesem Einsatz angesetzt ist, richtig?», fragte George.

«Ja, auf Romeo.»

«Genau. Romeo ist Leilas V-Mann.»

Zwar hatte er sich schon gedacht, dass einer der Beteiligten ein Informant war – und erst recht, als der Boss ihn hatte antanzen lassen –, aber das kam doch überraschend. Käme es wohl immer, wenn Leila und Co ihre Arbeit richtig machten. «Okay», sagte er nur.

«Wir dachten, Sie sollten das besser wissen, und wollten Ihnen die Chance zu Fragen geben», sagte der Boss.

«Vielen Dank, Sir.»

«Also?»

«Da wäre eigentlich nur eine Sache. Ich weiß nicht, wie ich das höflich formulieren soll, aber: Wird das laufen wie beim letzten Mal? Am Bahnhof?»

«Die einfache Antwort lautet: Ich weiß es nicht. Wir glauben nicht, aber am Ende kommt es auf knappe Entscheidungen heute Nachmittag und am Mittwoch an.»

«Warum nehmen wir sie nicht einfach vorher hoch?»

Der Einsatzleiter unterbrach. «Weil wir bisher nur genug Beweise für eine Anklage wegen relativ geringfügiger Vergehen haben. Wir brauchen mehr.»

«Trotzdem.»

«Stimmt schon. Wir werden am Mittwoch entscheiden, wann der richtige Zeitpunkt zum Einschreiten ist. Davor kommt die VG noch mal zusammen. Vielleicht erfolgt der Zugriff schon vor dem Abend, je nach Risiko. Die Sitzung eben bezog sich nur auf heute Nachmittag.»

«Und an Abbruch denkt niemand?»

«Doch, viele. Eine Menge Leute würden den Sack lieber sofort zumachen. Aber die VG hat anders entschieden. Alle vier Verdächtigen werden rund um die Uhr observiert, und keiner ist derzeit im Besitz irgendwelchen gefährlichen Materials. Zumindest gehen wir davon fast sicher aus. Und beim abschließenden Schusswaffenbriefing wird man Sie anweisen, nach dem Vorbeugeprinzip zu verfahren.»

«Ja, Sir.»

«Gut», sagte George. «Fragen. Wir dachten, bevor wir hier alle sitzen wie bei einem Vorstellungsgespräch, geben wir Ihnen lieber Gelegenheit, sich mit Leila zu unterhalten, um einen Eindruck von Rashid – beziehungsweise Romeo – zu bekommen.»

«Keine beweiskräftigen Mitschriften», mahnte der Boss. «Nur Hintergrundinfos. Könnte vor Gericht relevant werden, aber nichts Schriftliches.»

Die Vorgesetzten verließen den Raum.

«Also», sagte Leila.

«Also», sagte auch er und betrachtete seine auf dem Tisch vor sich gefalteten Hände.

«Was müssen Sie wissen?»

«Wie ist er, der Junge? Er ist doch nur ein Junge, stimmt's?»

«Er sieht jünger aus, als er ist. Er ist zweiundzwanzig. Ein lieber Kerl –»

«Entschuldigung», sagte er. «So war das nicht gemeint. An ihm als Person interessiert mich eigentlich nur eine Sache, auf die wir am Schluss noch kommen können. Wie ist er körperlich?»

«Sie haben ja bestimmt die Überwachungsvideos und -fotos gesehen. Die kommen ganz gut hin. Er ist groß, schlank, ernst. Er geht schlendernd, kommt aber schnell voran. Sieht immer aus, als ob er sich auf irgendetwas konzentriert. Wenn man ihn überrascht, erschrickt er manchmal. Recht nervös, schreckhaft. Und dann starrt er einen einfach an wie das Kaninchen die Schlange.»

«Ist er stark? Muskulös?»

«Nicht besonders, würde ich sagen, aber sicher bin ich nicht. Auf irgendwie linkische Art ist er schon sportlich, aber wenn ich mit ihm kämpfen müsste, würde ich auf mich wetten.» Wieder lächelte sie.

«Rechts- oder Linkshänder?»

«Rechts.»

«Kleidung?»

«Legt er nicht viel Wert drauf. Jeans und Sweatshirt, und diese blaue Jacke, wie in den Videos. Von den Rucksäcken wissen Sie ja.»

«Impulsiv? Leichtsinnig?»

«Das bestimmt nicht. Übrigens wurde er umfassend gebrieft, wie er sich verhalten soll, wenn die Polizei ihn anhält. Hände gut sichtbar nach oben halten und allen Anweisungen Folge leisten.»

«Mhm. Letzte Frage. Wir kriegen den Befehl, und ich stehe

ihm gegenüber. Ziele auf ihn. Rufe ihn an. Er nimmt die Hände hoch und sieht mich an, unschuldig und erschrocken. Ich sehe ihm in die Augen. Kann ich ihm vertrauen?»

«Das kann ich nicht beantworten», sagte sie.

«Ich werde es vielleicht beantworten müssen.»

«Ich kann die Umstände nicht voraussagen. Ich weiß nicht, wie Ihre Schusslinie ist, wie viele unbeteiligte Dritte in der Nähe sind, wie Ihre Befehle lauten, ob er aggressiv wirkt oder ob Sie ganz persönlich seine Miene richtig interpretieren und ihr vertrauen können.»

«Glauben Sie ihm denn?»

«Ich könnte jetzt allen möglichen Mist darüber nachbeten, dass man nie irgendwas glauben, sondern skeptisch und offen für alles bleiben soll. Stimmt ja auch alles. Nicht mal ganz privat kann ich mir einhundertprozentig sicher sein, aber ich wäre nicht hier, wenn ich ihm fundamental misstrauen würde. Wenn Sie wissen wollen, ob er Ihren Anweisungen Folge leistet: Alles in allem glaube ich, ja. Er ist kein Idiot.»

«Aber wenn er mich und ein paar hundert andere ins Jenseits pustet, sind jedenfalls nicht Sie schuld.» Er lächelte, um seinen Worten die Spitze zu nehmen. Oder sie zu schärfen.

«Das fasst es ganz gut zusammen», erwiderte sie. Ohne Lächeln.

Noch bevor sie durch das Haupttor waren, jagte der Polizei-Jeep davon zu seiner nächsten Aufgabe. Das Auto wurde überprüft, dann fuhren sie langsam die Zufahrtsrampe hinab zu Stuarts Parkplatz in der Tiefgarage. Derek hielt Jake die Tür auf.

Jake schulterte seine Tasche. «Ich sag nur schnell Norman hallo. Sofern der immer noch Chef-Autowäscher ist.»

Derek zog die Brauen hoch.

Norman war ein gut sechzigjähriger Witwer mit traurigen Augen – ehemals Militärpolizist, dann Überwachungsbeamter und später Fahrer für die Direktoren, heute verantwortlich für die Wäsche der wichtigsten Autos. Als Jake eine Zeitlang ins Gebäudemanagement versetzt worden war, um «seinen Lebenslauf abzurunden» – ein Reinfall übrigens –, hatte er ihn kennengelernt. Norman wusste ohne seine Frau nicht recht, wohin mit sich, und meldete sich regelmäßig für die Sonntagsschichten. «Guter Tag, um mal klar Schiff zu machen», sagte er immer. «Das ganze unter der Woche liegengebliebene Zeug abzuarbeiten. E-Mails, Rechnungen und so was.» Sie wussten beide, dass er nur die Leere füllte.

Norman saß in dem kleinen, fensterlosen Büro. «Hallihallo!», rief er, als Jake durch die Tür linste. «Tasse Tee?»

«Nein danke, Norm. Hab's eilig. Aber so oft komme ich ja nicht nach London, also wollte ich wenigstens kurz reinschauen. Muss zu Stuart. Bist du später noch hier?»

«Bis fünf wahrscheinlich», sagte Norman.

«Vielleicht erwische ich dich dann noch. Kann ich das hier irgendwo wegwerfen?» Er hielt die Tüte hoch. «Hab unterwegs gefrühstückt.»

«Der Container steht immer noch am selben Fleck wie früher», antwortete Norman, und Jake verabschiedete sich. Bevor er wieder in den Parkbereich bog, schob er den Metalldeckel auf und warf die Tüte hinein. Der Container war für Werkstattabfälle – Ölfilter, dreckige Lappen, blaue Papiertücher, Plastikkanister für Öl, Scheibenreiniger, Autoshampoo und Wachs – und wurde montagmorgens schon ganz früh geleert.

Derek hielt ungeduldig die Eingangstür auf. «Der Aufzug wartet», sagte er knapp. Im Lift wartete Stuarts Privatsekretär; er lächelte Jake an, sprach aber kein Wort.

«Jake», sagte Stuart. «Schön, dass Sie's einrichten konnten. Tee? Kaffee?»

«Nein, danke.»

«Na gut. Greg, ich glaube, wir brauchen Sie hier nicht. Machen Sie doch die Tür hinter sich zu, ja?»

Stuart nahm im Sessel Platz, womit Jake nur das Sofa blieb.

«Ich kann Ihren Missmut verstehen.»

«Hm», machte Jake.

«Bekommt Leila das hin?»

«Auf jeden Fall.»

«Ich hatte jedenfalls recht. Das ist das Beste für alle Beteiligten. Besser, wir halten Sie aus der Schusslinie.»

«Und was soll ich jetzt hier tun?»

«Was Sie wollen. Machen Sie Ihre Spesenabrechnung. Schreiben Sie einen Artikel über die Zukunft der Arbeit mit V-Leuten, wenn Sie Lust haben. Nur nehmen Sie keinen Kontakt zu irgendwem da oben auf.»

«Dann steht jetzt Leila statt mir in der Schusslinie?»

«Das gehört nun mal dazu. Soweit ich weiß, haben Sie und George sie gut ausgebildet. Wir werden sehen.»

Sie blickten einander an.

«Schauen Sie über den Tellerrand, Jake. Es gibt da einen Kontext.»

Den gibt es immer, dachte Jake.

«Dank dem Untersuchungsverfahren kämpfen wir um Glaubwürdigkeit. Dieser Einsatz muss unbedingt glattlaufen. Die Leute wären sicher nicht begeistert, wenn wir das verpfuschen und der verantwortliche Beamte sich als derselbe entpuppt wie bei Abu Omar. Sie verzeihen mir, wenn ich das so runterbreche. Ist noch viel zu tun heute.»

«Wieso haben Sie mich dann nicht schon früher abgezogen? Das Timing ist ja doch ein wenig ungeschickt.»

«Ich wollte längst. George hat sich geweigert. Aber die jüngeren Entwicklungen –»

«Die Enthüllungen beim Verfahren? Die Amerikaner?»

«Unter anderem, ja. Wir mussten umstellen. Seien Sie froh, dass Sie aus der Nummer raus sind …»

Da musste noch etwas kommen. Bei Stuart kam immer noch etwas.

«Übrigens, ich habe überlegt», fuhr er fort, «ob es nicht einen Ausweg aus der ganzen Misere gibt. Aus der Untersuchung und so weiter.» Er fuchtelte vage mit der Hand.

Jake wartete. Stuart sah ihn an, bildete ein Dach mit seinen Fingern.

«Diese Untersuchung ist mehr als lästig. Besonders seit der Geschichte mit den Amerikanern ist sie zur Gefahr geworden. Leute, die normalerweise hinter uns stehen, stacheln den Ausschuss jetzt noch zusätzlich an. Ihnen macht das sicher auch keinen großen Spaß.»

«Eher nicht, nein.»

«Ich habe mit den Anwälten gesprochen. Die meinen, Sie täten sich womöglich den größten Gefallen damit, die Aussage in Zukunft ganz zu verweigern.»

«Auf welcher Grundlage?»

«Auf einer doppelten. Zuerst und vor allem, weil Ihre Aussage ein mögliches Strafverfahren beeinflussen könnte. Falls man Sie tatsächlich anklagt, was Gott verhüte, könnte das Gericht den ganzen Fall wegen Aussagen abweisen, die Sie unter Zwang bei der Untersuchung gemacht haben. Der zweite Grund wäre genau dieser Zwang. Sie könnten mit Recht behaupten, dass die Art und Weise, wie Sie befragt wurden, einer Schikane gleichkommt und Sie seelisch zu sehr belastet. So könnten wir diesen sogenannten Spielraum, von dem der Vorsitzende sprach, zu unserem Vorteil nutzen.»

«Was glauben Sie, wie die Öffentlichkeit das aufnehmen würde?»

«Müssen wir drauf ankommen lassen. Die Kröte schlucken. Besser als die Alternative.»

«Und die Regierung?»

«Steckt in ihrer eigenen Schlinge. Die haben eine justizielle Sache daraus gemacht, jetzt müssen Sie sich an die Regeln halten. Drücken Sie sich die nächsten Tage einfach vor der Untersuchung. Behaupten Sie, Sie seien krank, gestresst, ganz egal. Ihr Anwalt soll mit denen reden. Wir helfen auch.»

«Ich sollte doch extra einen eigenen Anwalt nehmen, weil meine Interessen sich vielleicht nicht mit denen der Behörde decken.»

«Das waren nur juristische Feinheiten, das wissen Sie doch. Wir standen immer hinter Ihnen. Schauen Sie, es ist so gut wie sicher, dass dieses Verfahren nach Mittwoch keinen mehr interessiert. Vom Tisch. Die Regierung heftet sich lieber Erfolge ans Revers.»

«Und will mit schmachvollen Niederlagen nichts zu tun haben.»

«Jetzt seien Sie doch nicht so. Das wird schon alles. Das Kabinett wird sich mit der Untersuchung nicht mehr rumschlagen wollen. Irgendeinen Weg werden die finden.»

«Und die möglichen Anklagepunkte gegen mich, die beim Verfahren angekündigt wurden? Mord? Totschlag? Fahrlässigkeit im Amt?»

«Wollte ich gerade ansprechen. Ich denke, das können wir regeln. Die juristischen Abläufe sind verworren. Aber wenn wir genug Druck machen, klagt die Staatsanwaltschaft Sie wahrscheinlich nur für geringfügige Vergehen an, wenn überhaupt.»

«Was Sie aber natürlich nicht garantieren können.»

«Sie sind lang genug im Geschäft, um zu wissen, dass man nie etwas garantieren kann. Das haben Sie viele Male selbst irgendwem gesagt – wahrscheinlich haben Sie das Skript sogar mitverfasst.»

«Ja. Und der Punkt ist ja wohl, dass man die Staatsanwaltschaft in Wahrheit nicht beeinflussen kann. Höchstens mit juristischen Argumenten. Druck von außen mögen die gar nicht.»

«Ja, ja, sicher. Aber ich würde doch meinen, dass die in besonderen Fällen, wenn es um die nationale Sicherheit –»

«Einer hängt, alle anderen kommen frei. Alle außer mir, versteht sich. Was Sie ‹meinen würden›, klingt mir nicht sehr zuverlässig, Stuart. Aber ich denke darüber nach.» Ruhig sah er Stuart in die Augen.

«Ihr Anwalt weiß, wie er unsere Anwälte erreicht.»

«Sicher. Und heute soll ich einfach tun, worauf ich Lust habe?»

«Bleiben Sie nur in London. Fahren Sie nicht zurück. Kommen Sie um halb sechs rauf in den Einsatzraum, dann dürfte es langsam ernst werden. Ich bin dann auch dort.»

«Ich würde vielleicht ein paar Briefe schreiben.»

«Gut», sagte Stuart und führte Jake zur Tür.

«Allerdings habe ich weder Papier noch Umschläge.»

«Shirley», wandte Stuart sich gereizt an seine Sekretärin, «geben Sie unserem Freund Jake was von dem guten Briefpapier, ja? Ohne Briefkopf. Und Umschläge.»

«Haben Sie auch Marken, Shirley?», fragte Jake.

Er fand ein Zimmer abseits vom Trubel, wo er sich konzentrieren konnte. Für impulsiv hielt er sich nicht. Der Plan hatte die ganze Zeit bestanden, nur sollte er nie ausgeführt werden. Bloß wieder eine seiner Versicherungen. Die brauchte man eben, das war nur vernünftig.

Bis jetzt zumindest. Nach Stuarts Anruf war erst die Idee in ihm aufgekeimt, dann der Entschluss: Es ist so weit. Seine zweite augenblickliche Entscheidung.

Einige Dinge waren zu tun. Erst setzte er ein langes Schreiben an seinen Anwalt auf, in dem er ihn bat, mit den Anwälten des MI5 und mit der Untersuchungsanwältin zu sprechen: Aufgrund unbestimmter gesundheitlicher Schwierigkeiten und damit verbundener Unpässlichkeit würde er morgen nicht am Verfahren teilnehmen können. Nur den Anwalt ließ er wissen, dass die Geschehnisse der letzten Monate und das Verfahren ihn zu stark belasteten, um momentan noch aussagen zu können. Der Anwalt hatte ihn schon früher darauf hingewiesen, dass sich in einem solchen Fall mühelos ein Arzt fände, der die nötigen Atteste ausstellte. Jake interessierte das nicht mehr.

Als Nächstes schrieb er einen kurzen Brief an George, um sich zu entschuldigen. Er sei nicht stark genug, schrieb er und musste sich anstrengen, nicht selbstmitleidig zu klingen. Auch an seine Eltern schrieb er, bat sie um Verständnis und sagte, er hoffe, sie bald wiederzusehen.

An Leila schrieb er: «Schlage dich besser als ich. Ich konnte nicht alle Nüsse knacken. Man hat mich verraten, und am Ende wurde ich selbst zum Verräter. Du kriegst das besser hin als ich. Du bist charakterfester. Hältst mehr aus.» Klischees und Platituden ergossen sich über das Blatt. Mehr hatte er nicht zu bieten.

Dann fügte er doch noch ein Postskriptum hinzu: «Wenn du das hier liest, gab es hoffentlich schon ein glückliches Wiedersehen mit unserem Freund (ist nicht spöttisch oder sarkastisch gemeint), und er hat den Tag gesund und munter überstanden. Falls ja, grüß ihn bitte von mir und sage ihm, es tut mir leid – natürlich passend zu der Ausrede, die du dir ausdenken musstest, um meine Abwesenheit zu erklären. Ich werde oft an ihn denken. Wie auch immer diese Sache ausgeht, ich hoffe, unser Freund – und du natürlich – geht unbeschadet daraus hervor.»

Er hielt inne, blickte auf. Die Abende im Ausbildungszentrum fielen ihm ein, an denen pensionierte Beamte eingeladen wurden, um die Neulinge bei Drinks nach dem Dinner an ihren Erfahrungen teilhaben zu lassen. Diese alten Männer hatten – wenigstens in ihrer Phantasie – in einer anderen Welt gelebt, in der sie ihre Heldentaten geschickt und weltgewandt auf Cocktailpartys und in Business-Class-Lounges vollbrachten, wo stets munter konversiert und spioniert wurde. Doch auch in der heutigen, schmutzigen Welt, in der es ständig um

Leben oder Tod ging, hatte sich der Job kaum verändert. Mehr Angst, mehr Entscheidungen, bei denen das Herz einem bis zum Halse schlug, aber am Ende musste noch immer alles so jongliert und choreographiert werden, dass dabei die Magie entstand, von der alles abhing: die Bindung. Wo er hinging, würden ihn jedoch keine Einladungen erreichen, seine erlauchten Erkenntnisse abends am Kamin weiterzugeben.

Keine Zeit für Tagträume. Auch wenn ihm derzeit eigentlich so gut wie alles wie ein Tagtraum vorkam.

«Liebe Grüße», schrieb er und klebte den Umschlag zu.

In einen anderen Umschlag steckte er seine Dienst-Kreditkarte, zusammen mit der Bitte an die Finanzabteilung, sie zu kündigen. Dann wickelte er ein Gummiband um sein Diensthandy und das Ladegerät, steckte die Mitteilung dazu, dass er es nicht mehr brauche, und legte das ganze Paket in die Hauspost. Am Montag würde man es abholen. Ein Blick auf die Uhr: halb eins – Zeit zu gehen.

Beim Verlassen des Gebäudes gab er der Wache seinen Ausweis. «Könnten Sie den bitte für mich verwahren?», sagte er. «Ich werde ihn in nächster Zeit nicht brauchen.» Ein verwirrter Blick, sonst nichts.

Im Expresszug nach Heathrow schaltete er das neue Handy ein, das fast ein Jahr lang eingeschweißt auf seinen Einsatz gewartet hatte. Die Grundgebühr war stets pünktlich per Bankeinzug bezahlt worden, von dem Konto, das er für den Fall der Fälle vor sechs Jahren in Auckland eröffnet hatte. Zum ersten Mal benutzt hatte er das Handy heute Vormittag auf der Fahrt nach London, um innerlich vor Wut kochend die nötigen Buchungen vorzunehmen.

Man hatte ihm beigebracht, im Ausland immer einen

Fluchtreisepass mitzuführen, gut verborgen, nur für den Fall. Dass er einen in England brauchen könnte, versteckt in dem kleinen, im Boden verankerten Safe in seinem Schlafzimmerschrank, daran hätte er früher nie gedacht. Bis es ihm dann eines Vormittags ganz plötzlich doch eingefallen war, nicht als Reaktion auf irgendein Ereignis, sondern schlicht weil er die Möglichkeit dazu gehabt hatte. Eine zweite Identität war ein Schutz gegen das Unbekannte. Vermutlich ein ganz natürlicher Impuls für jemand aus seinem Metier, dachte er. Vielleicht hatte er auch immer schon gewusst, dass er eines Tages würde fliehen müssen.

Der Fluchtreisepass war eigentlich eine komplette Fluchtidentität, eine Person mit allem Drum und Dran, die in Wahrheit nur Jake selber war – wenigstens früher einmal, in einer längst vergangenen Zeit, in seiner Kindheit an der Bay of Plenty, als er jeden Tag barfuß durch die Sonne zur Schule gegangen war. Der neuseeländische Pass war auf seinen Maori-Namen ausgestellt – der Nachname seines Vaters und sein ursprünglicher Vorname, von denen seine Eltern beim Umzug nach England befürchtet hatten, sie könnten ihm in der Schule zum Gespött machen. Auch das Konto bei der National Bank, die Kreditkarte und der Handyvertrag lauteten auf diesen Namen und waren allesamt auf die Adresse seines Onkels bei Tauranga gemeldet. Seit seinem sechsten Lebensjahr war er jemand völlig anderes gewesen: Jacob Winter. Er hatte den Mädchennamen seiner Mutter angenommen und bezweifelte, dass es in England überhaupt Akten über diesen früheren Menschen gab.

Die Faustregel für den Einsatz von Fluchtreisepässen lautete: Immer so viel Bargeld mitnehmen, wie sich zusammenkratzen ließ, und nach Möglichkeit stets erster Klasse reisen. Allerdings nur, wenn man solide Dokumente vorweisen konnte: Man wollte ja nicht für einen Drogenschmuggler gehalten werden. Im Umgang mit Polizei und Grenzschutz würde das zwar auch nichts nützen, aber alle anderen, mit denen man zu tun bekäme, wären einem doch gewogen. Sie würden es sich zwei- oder gar dreimal überlegen, ehe sie einen Konflikt mit einem wohlhabenden, einflussreichen Reisenden vom Zaun brächen. Man musste nur dreist genug sein.

Ob er etwas bereute? Zu viel, um es aufzuzählen. Scharenweise nagten Dinge an seinem Gewissen, verlangten lautstark nach Aufmerksamkeit, wetteiferten um den ersten Platz. Hatte er alle im Stich gelassen? Und ob. George und Leila würden enttäuscht von ihm sein, gelinde ausgedrückt. Aber das würde vorbeigehen; wie alle Menschen war auch er vergänglich. Nein, er war nicht der edle Ritter, für den er sich sogar selbst gehalten hatte. Integrität war kein nettes Extra, sondern ein unbezahlbares Luxusgut.

Er hatte das Ziel aus den Augen verloren, sah nicht einmal mehr einen Weg vor sich und war in Sinnlosigkeit versunken. Der Mord an Zaki war dafür nur das letzte Beispiel. Diese Flucht war eigentlich ein Selbstmord. Jake Winter musste sterben.

Bereute er das mit Zaki? Nein, seine Reue hatte eher mit ihm selbst zu tun. Sie bezog sich weniger auf den Mord als solchen als darauf, ihn so gut vertuscht zu haben, dass er womöglich niemals aufgeklärt würde. Sicher, Mord war falsch, das war schnell gesagt. Vollkommen falsch. Doch richtige Entscheidungen gab es nun mal nicht. Es gab kein richtiges Kästchen, das man hätte ankreuzen können, auch keines für «Keine der Aussagen trifft zu», mit dem Zusatz «Darauf könnt ihr lange warten». Für die Tat selbst konnte er keinerlei Reue aufbringen, nur für seine Feigheit hinterher.

Er hatte diese Sünde für seine Mitbürger begangen, ohne deren Wissen oder Zustimmung. *Ihre* Sünden hatte er damit nicht auf sich geladen; die gehörten voll und ganz der unheiligen Allianz aus Staat, Institutionen und jedem und jeder Einzelnen. Er war nur ein Sendbote gewesen, bereit, den Widersprüchen ins Auge zu blicken. Irgendwer hatte es tun müssen.

Bisher hatten all die offensichtlichen Unstimmigkeiten sich immer irgendwie in den Griff bekommen lassen: die zwischen Wagemut und Sorge um die Sicherheit aller Beteiligten, zwischen den Halbwahrheiten der Quellen und der ganzen Wahrheit der tatsächlichen Ereignisse, zwischen widersprüchlichen Informationshäppchen und der nötigen Präzision in der Beurteilung, zwischen Hoffnung und nackten Tatsachen. Immer hatte es einen Weg gegeben, diese Klippen zu umschiffen, anständig zu bleiben und seine Arbeit zu erledigen. Abu Omar hatte das zerstört, und Jake hatte feststellen müssen, dass der Schaden irreparabel war. Es gab keine raffiniertere Lösung als die brutale Tat, die er begangen hatte. Mit der Fähigkeit, Unklarheiten auszuhalten, hatte er auch die Kontrolle über die Dinge verloren. Jetzt war nur noch der Selbsterhaltungstrieb übrig.

Mrs Masoud hatte natürlich vollkommen recht gehabt. Vielleicht hatte sie es gewusst, vielleicht auch nur geahnt. Zwar waren Jake schon vorher einige Ungereimtheiten am Scheich aufgefallen – das rollenspielhafte Auftreten, der aufwendige Aufzug, die schicken Stiefel –, doch er hatte sie nicht zu einem echten Verdacht verknüpfen können. Sie hatte klarer gesehen, aus dieser Schnittmenge zwischen Instinkt und Intellekt heraus, die ihm gefehlt hatte. Sie hatte mehr gesehen als nur einen Kleinganoven.

Er checkte ein, nahm seine Reisetasche als Handgepäck mit und steuerte die Erste-Klasse-Lounge an, wo er sich mit einem Softdrink hinter einer Zeitung verstecken würde, bis man seinen Flug aufrief.

18

Sie durften heute ausschlafen, um später fit zu sein. In der Kantine gab es ein reichhaltiges Frühstücksangebot: Würstchen, Speck und Eier, Räucherlachs, auf Wunsch auch Steak. Früher oder später würde irgendwer bestimmt den blöden Witz von wegen Henkersmahlzeit reißen. Jon Brough war früh aufgestanden, wie immer, und hatte sein übliches Müsli mit Joghurt und Obst gegessen. Nichts ging über Routine.

Genau wie jeden anderen auch: So begann man einen Tag, an dem man womöglich einen Menschen in voller Absicht und ganz legal ums Leben bringen würde. Es musste sich einigermaßen normal anfühlen, auch wenn es das nie sein würde. Natürlich hatte er schon vorher getötet. Seine militärische Ausbildung hatte ihm einen gewissen Reiz-Reaktions-Automatismus mitgegeben, eine Reihe von Prozessen, die angesichts genau bestimmter Umstände noch jenseits von Instinkt abliefen, bis er den Abzug betätigte und mit zwei trockenen Schlägen alles vorbei war. Die emotionale Seite, vor allem hinterher, war jedoch zu kurz gekommen. Das hier war etwas ganz anderes, als Seite an Seite mit seinen Kameraden in der Hitze, dem Lärm, dem Geruch und dem Dunst des Krieges jemanden zu töten. Leidenschaft war nicht gefragt; kühle Effizienz führte zum Ziel. Natürlich waren da noch seine

Teamkollegen, mit denen er gemeinsam vorgehen musste, aber die verblassten am Ende zusammen mit dem Gegner zu bloßen Variablen auf dem Wege zum gewünschten Resultat. Nur ein paar weitere Faktoren und Vektoren, die es in Sekundenschnelle zu kalkulieren galt. Erst hinterher musste der Verstand dann Überstunden schieben, um vor sich selbst Rechenschaft abzulegen und mit sich ins Reine zu kommen. Nicht einmal dann gab man sich seinen Gefühlen hin, weder beim Militär noch hier. Therapeuten nahmen einen beiseite, ermunterten einen, sich zu öffnen und alle Sorgen aus dem alten Marschrucksack zu packen, aber wer würde das schon tun, solange er noch halbwegs alle Tassen im Schrank hatte? Sobald jemand das Wort Belastungsstörung in den Mund nahm, war man abgeschrieben, konnte seinen Hut nehmen.

Er wandte sich vom Fenster ab und widmete sich wieder seinem Buch. Sah nach einem guten Tag aus für das, was sie vorhatten.

Adnan hatte einen Kater. An einem Sonntagmorgen der Normalfall. Er würde ihn locker abschütteln, so wie er es an anderen Sonntagen getan hatte, um im Park kicken zu gehen.

Wenn er doch heute ins Stadion könnte. Die Liverpool-Fans waren sicher schon auf der M62 durch die Penninen unterwegs, über die Gipfel bei Saddleworth, dann durch die trostlose, kalte Heide, bei schräg fallendem Regen, der wie von Zauberhand aufhören würde, sobald sie diese Seite der Berge erreichten. Vorbei an dem kleinen weißen, zwischen die Fahrspuren gekauerten Bauernhaus, durch das Nadelöhr an den Ausfahrten Bradford und Leeds, dann weiter ostwärts, wenn auch nicht bis ganz an die Nordseeküste, wo die M62 endete. Die Sonne schien. Schöner Tag für ein Match. Na egal, nahm er es eben auf und schaute es später im schnellen Vorlauf oder schaltete einfach die Zusammenfassung im Fernsehen ein. Das Ergebnis würde er allerdings definitiv schon vorher mitbekommen.

Zitternd saß Leila in ihrer Steppjacke hinten im Lieferwagen und wartete. Viel zu früh, aber das machte nichts, der Wagen war unauffällig, und er war absolut vorschriftsmäßig geparkt. Sie fand, sie schulde es Rashid, garantiert rechtzeitig da zu sein. Laut dem Team, das ihn observierte, war er noch zu Hause. Gut so. Er würde frühestens in zwei Stunden losmüssen. Leila war bereit.

Jake hatte recht gehabt. Allerdings nur damit, dass er auf ganzer Linie falschgelegen hatte. Sosehr sie ihn auch mochte, sosehr sie auch zu ihm aufsah, er hatte einen fürchterlichen Fehler gemacht, ja eine ganze Reihe Fehler, die sie um keinen Preis wiederholen wollte.

Als sie dem Fall Rashid zugeteilt worden war, hatte sie zuerst mal losgepoltert. «Glaub ja nicht, dass du meinen Glauben instrumentalisieren kannst. Ich spiele hier nicht die Quotenmuslimin, die diesen Kerl mal eben um den Finger wickelt. So lass ich meine Religion nicht ausnutzen. Ich diskutiere mit dem nicht über Glaubenssätze, und ich zeige ihm auch nicht den wahren Weg zur Erlösung.»

Er ließ sie ausreden, dann sagte er: «Darum geht es auch gar nicht. Ich wollte einfach dich. Dass du Muslimin bist, spielt keine Rolle. Was diesen Fall betrifft, ist das belanglos – genau wie dein Geschlecht übrigens. Du bist die Richtige, du bist gut – besser als ich wahrscheinlich –, und genau das brauchen wir. Ich vertraue deinem Urteilsvermögen und deinen Fähigkeiten, alles andere ist egal. Ich hab den Überblick verloren. Wir brauchen deinen.»

Noch ehe der Fall Abu Omar sein grausiges Finale erreicht hatte, hatten sie im Büro über ihren jeweiligen Berichten gesessen.

«Das ist doch alles bloß technokratisches Herumgeeier», hatte er plötzlich gesagt.

«Hm?»

«Die Leute glauben, man könnte das auf Systeme runterbrechen. Briefings vor einem Treffen, Checklisten, Risikobewertungen, psychologische Profile, Briefings nach den Treffen, Fallprüfungen …»

«Ja, also –»

«Strategieanalysen, Gebietskartierung, Standardverfahren für V-Leute, Verbindungsgruppen, Strategiemeetings, Zustandsdiagnosen. Am Ende ist die Sache doch ganz einfach. Zwei Menschen treffen sich irgendwo, einer verrät ein paar Geheimnisse, und der andere macht daraus was Brauchbares, ohne den ersten zu gefährden.»

«Bis zu einem gewissen Grad, ja.»

«Bitte?» An Widerspruch war er nicht gewöhnt. Nicht von ihr.

«So subjektiv funktioniert das nicht. Nicht mehr. Das muss genauer sein.»

«Stimmt. Aber all die hochtrabenden Worte nützen nichts. Am Ende sind die nur Geschwätz. Wir müssen uns da einen Weg hindurchbahnen.»

Heute verstand sie, dass seine Gereiztheit ein Ausdruck dessen gewesen war, was ihm wirklich Kopfzerbrechen gemacht hatte: der Fall Abu Omar, der auf die Katastrophe zusteuerte.

Früher war Jake ihr Vorbild gewesen. Er hatte ihr gezeigt, wie das hier lief. Mit der ihm eigenen Bescheidenheit würde er bestimmt erwidern, dass es so etwas wie Vorbilder doch gar nicht gebe. Er war stets der mit den weisen Worten gewesen, der durch sein Auftreten und seine Resultate überzeugte. Der Rashid mit leichter Hand geführt hatte.

Doch er hatte sie auch den letzten Nerv gekostet, egal wie viel Schmerz und Ungerechtigkeit er hatte einstecken müssen. Egal was George darüber gesagt hatte, dass man nachsichtig mit ihm sein solle. Er war gescheitert, war zu feige gewesen. Wenn sie ehrlich war, konnte sie Stuart nicht mal einen Vorwurf dafür machen, ihn von dem Fall abgezogen zu haben, nicht einmal zu diesem späten Zeitpunkt. Sie musste jetzt eben allein die Scherben auflesen.

Sie rief sich alles ins Gedächtnis, was sie gelernt hatte. Etwas Sympathisches an ihnen finden, wie schwer es auch sei. Die meisten von denen halten sich für Außenseiter – aber nicht vergessen: Meistens sind sie das nicht mehr als du und ich. Es geht nicht darum, besonders clever zu sein, sondern es richtig zu machen. Das sind nur ganz alltägliche zwischenmenschliche Beziehungen in einer außeralltäglichen Situation. Nutze sie nicht aus, suche den gemeinsamen Nenner. Nicht auf tolle Spionagetechnik kommt es an, sondern auf die Bindung.

Sie wurde wütend. Er hatte so völlig unrecht gehabt – das war unentschuldbar, egal welche Zugeständnisse sie ihm machte. Unrecht in Sachen Abu Omar. Unrecht hinsichtlich so gut wie allem, höchstwahrscheinlich, inklusive seiner dämlichen Sermone über Anstand und Authentizität. Nichts als hohle Phrasen. Vermutlich hatte er selbst nie daran geglaubt. Er hatte ihr prophezeit, dass er sie enttäuschen würde, jetzt hatte er es getan. Das nächste Mal im Büro würde sie ihm ordentlich den Kopf waschen. Seine Fehler würde sie nicht machen. Fürs Erste musste sie sich aber konzentrieren und noch einmal durchgehen, was sie Rashid erzählen wollte.

Stuart Calloway griff zum Telefon und ließ Shirley wissen, dass er den Chief Constable sprechen musste. Er blieb am Apparat, während sie dessen Stabsbeamten anrief.

Shirley meldete sich wieder. «Der Chief Constable ist leider in einer Besprechung.»

«Dann sagen Sie seinem Staber, dass er ihn rausholen soll, aber pronto. Inzwischen verbinden Sie mich mit Julian.»

Julian war Chefjustiziar, blutjung kam er frisch aus der Rechtsabteilung der Regierung, ein Durchstarter. Er genoss zwar das Vertrauen der Regierung, aber nicht unbedingt das von Stuart, war groß, gertenschlank, recht gut aussehend und hatte eine lässige, schwammige Art an sich, die einen messerscharfen Intellekt verbarg.

«Also, was können wir Jake Winter anhängen?»

«Ihm anhängen?»

«Um ihn schnell loszuwerden?»

«Also, ähm, ich denke mal …»

«Ja?»

«Wir könnten vorschlagen, seinen Umgang mit der Möglichkeit auszunutzen, dass die Amerikaner bei Abu Omar unmenschliche Methoden eingesetzt haben.»

«Folter? Glauben Sie, das würde er tolerieren?»

«Auf keinen Fall. All seine Notizen und die Aufzeichnungen seiner Befragungen deuten auf einen braven, fleißigen kleinen Soldaten hin. Außerdem kann ich mir nicht vorstellen, dass irgendwer, der nach dem Fiasko im Irak noch hier ist, nicht kapiert, was es geschlagen hat.»

«Aber?»

«Seine Aussagen unter Eid. Er ist sehr viel unklarer hinsichtlich dessen, was die Amerikaner getan haben.»

«Wäre denn denkbar, dass die Abu Omar misshandelt haben?»

«Weiß man's? Ich kann es mir aber kaum vorstellen. Die kennen das Minenfeld genauso gut wie wir. Ich bin ständig im Kontakt mit deren Rechtsabteilung. Die sagen, an der Front seien sie genauso streng. Aber was sollen sie auch sonst sagen? Dort weht eben auch ein neuer Wind. Aber darum geht es nicht. Wenn man's drauf anlegt, könnte man die Diskrepanzen zwischen Winters Aussagen in den Akten und den Tonaufzeichnungen rauspicken – was er bei einer offiziellen Aussage sagt und was im Eifer des Gefechts einer Befragung. Diese Diskrepanzen könnte man als Hinweis darauf auslegen, dass er stillschweigend akzeptierte, dass schlimme Dinge passierten, die er gerne übersah. Und stillschweigende Akzeptanz ist inakzeptabel. Widerspricht all unseren Grundsätzen.»

«Mir gefällt das nicht. Obwohl es schon was hätte, einen selbstgerechten Schnösel wie Jake wegen ethischer Verfehlungen dranzukriegen.»

«Hm, es ist riskant und unerprobt, könnte aber ein juristisch gangbarer Weg sein. Wenn Sie Ihre Trümpfe richtig ausspielen, bringt Ihnen das vielleicht sogar Applaus von der Bürgerrechtslobby ein.»

«Das bezweifle ich doch stark. Für die ist da nicht viel zu holen. Aber lassen Sie doch bitte mal jemanden die Optionen durchplanen. Geht das noch heute? Ich würde gerne noch mal drüber nachdenken, bevor der Spaß heute Nachmittag losgeht.»

«Wird gemacht.»

Endlich war er da. Das Observierungsteam meldete seine Ankunft, kurz darauf klopfte es zaghaft an der Ladetür. Aus ihrem Ohrhörer drang die Stimme des Teamführers: «Alles klar, er ist sauber.» Die Überwacher und das bewaffnete Team würden in der Nähe lauern und sich für die nächste Etappe bereithalten. Falls es Ärger gäbe, würden sie das melden.

Sie öffnete die Tür, und er drückte sich rasch an ihr vorbei.

«Wo ist Jake?», fragte er sofort.

«Es tut mir leid, Rashid», antwortete sie. «Seine –»

«Nein», unterbrach er. «Das läuft so nicht. Holen Sie ihn.»

«Das geht nicht. Er ist im Krankenhaus. Seine Tochter wurde angefahren.» Wo war sie jetzt, ihre Moral?

Rashid sah sie skeptisch an. «Ich wusste gar nicht, dass er Kinder hat.»

Jake war Single und kinderlos. Leila hatte für ihre Notlüge die Akten überprüft und war zuversichtlich, dass Jake Rashid nichts über seine Lebensumstände erzählt hatte. Das sähe ihm auch gar nicht ähnlich. Kurz dachte sie an ihre eigene Familie, an Anoushka und Robbie, durfte bei dem Gedanken jedoch nicht zu lang verweilen.

«Na ja, jetzt wissen Sie's», sagte sie. «Normalerweise geht bei ihm die Arbeit immer vor. Aber jetzt …»

Er dachte darüber nach. «Na gut. Das war's dann. Ich bin raus. Das geht alles in die Hose.»

«Da kann doch keiner was dafür.»

«Ja, klar. Aber echt mieses Timing. Beschissen.»

«Stimmt. Und jetzt?»

«Jetzt steige ich aus.»

«Und dann? Sie wissen so gut wie ich, was die anderen davon halten würden. Aus so was steigt man nicht mal eben aus.»

«Ihr Problem. Sie haben gesagt, Sie passen auf mich auf. Ich sehe keine andere Möglichkeit.»

«Doch. Wir machen weiter wie geplant. Trauen Sie mir nicht?»

«Klar trau ich Ihnen. Aber …»

«Aber was? Ich weiß genauso gut Bescheid wie Jake. Wir drei haben das doch alles gemeinsam durchgeplant.»

«Das ist jetzt aber alles 'n bisschen viel auf einmal. Besser, wir lassen's. Überlegen uns 'ne Ausrede.»

«Da gibt es keine Ausreden. Und leichter würde es so auch nicht. Wir würden natürlich auf Sie aufpassen, so gut wir können, aber die anderen machen trotzdem weiter. Also bleiben wir auch dran wie geplant. Bloß ohne Jake.»

«Das gefällt mir nicht. Das ist doch scheiße.»

«Niemand erwartet, dass Ihnen das gefällt. Mir gefällt es auch nicht. Aber es ändert nichts. Die Sache ist genauso sicher wie vorher. Uns bleibt keine Zeit. Jetzt gilt's, und es ist, wie es ist. Wir haben keine Wahl. Solange Sie mir vertrauen, sollten wir uns an den Plan halten. Ohne Zögern. Jetzt gleich.»

«Nein, nein, nein», sagte er, doch sie sah ihm an, dass sie gewonnen hatte.

«Also gut», sagte sie nach einer kurzen Pause. «Sie hatten keinen Kontakt zu irgendwem?»

«Null», bestätigte er.

«Sie haben sich wie besprochen vorbereitet?»

«Mhm.»

«Und die anderen?»

«Wie gesagt, hab nicht mit ihnen gesprochen. Soweit ich weiß, machen die einfach alle ihr eigenes Ding.»

«Hier ist der Rucksack», sagte sie, und Rashid hängte ihn sich über eine Schulter.

Voller Zweifel sah er sie an. «Das gefällt mir nicht.»

«Das geht uns allen so. Wir müssen jetzt cool bleiben. Das wird schon. Sie ziehen das durch, und eine halbe Stunde danach treffen wir uns wie besprochen und machen einen Plan für nächste Woche. Wir müssen uns nur konzentrieren.»

«Okay», sagte er, blickte allerdings noch immer skeptisch.

Sie war versucht, ihm irgendeine sentimentale Phrase à la «Sie sind sehr mutig» oder «Ich bin ständig bei Ihnen» mit auf den Weg zu geben, um den Abschied zu erleichtern. Auf keinen Fall, hatte Jake gewarnt, du darfst ihm niemals etwas vormachen. Da hatte er recht. Diese Augenblicke mussten alle Beteiligten in voller Heftigkeit erleben.

«Kommt sie durch?», fragte er.

Sie hustete. Jakes angebliche Tochter. «Ich weiß es nicht. Hoffen wir's. Da können wir nichts tun. Konzentrieren wir uns besser auf das hier. Sie sollten los. Alles klar?»

«Denke schon.»

«Würden Sie bitte kurz Ihre Jacke ausziehen?»

«Wie bitte?»

«Es muss sein, wissen Sie doch.»

Er reichte ihr die Jacke, warm von seinem Körper. Ruhig und methodisch befühlte sie Nähte und Futter und durchsuchte die Taschen. Nichts. Sie rief jemanden vom draußen wartenden Team herein. Stumm tastete der Mann Rashid ab, wobei die beiden jeden Blickkontakt vermieden. Dann ging er wortlos wieder hinaus.

«Gut», sagte Leila. «Keine Umwege. Für nichts. Schnurstracks voran, wie besprochen. Diese Route, und nur die. Ganz in Ruhe, keine Hetze. Bereit?»

«Bereiter werde ich nicht mehr.»

Sie sahen einander an und lächelten. Ehe sie es sich versah, war er fort und die Tür klickte leise ins Schloss.

«Tag, Bob. Was macht die Kunst?»

«Hallo, Stuart. Ein Höflichkeitsanruf, hm?»

«Ehrlich gesagt, nein. Dachte, es könnte nicht schaden, sich noch mal abzustimmen. Wie läuft's?»

«Alles im grünen Bereich, wie's aussieht. So weit möglich.» Der Chief Constable lachte leise. «Euch flattert wohl die Hose da unten in London, hm?»

«Ach wo», erwiderte Stuart freundlich. «Aber lass mich zur Sache kommen. Ich muss mit dir reden. Es gibt was Neues. Informationen aus einer hochsensiblen Quelle. Unter keinen Umständen beweisfähig, aber absolut zuverlässig.»

«So?»

Stuart stand auf, tigerte hinter seinem Schreibtisch auf und ab. «Ich kann die Sensibilität nicht genug hervorheben. Die Quelle ist potenziell stark exponiert. Hohe Position. Ich habe den Innenminister gebrieft, und auch der Commissioner weiß grob Bescheid. Mein Vorschlag war, dass ich im Fall einer Befragung alles abstreite, und das rate ich auch dir. Ich für meinen Teil werde mich allen Fragen verweigern. Meine eigenen Leute vor Ort wissen weder von der Quelle noch von diesen Informationen.»

«Was soll das werden, Stuart?»

«Wie gesagt, brandneue Informationen. Unter keinen Umständen für die Beweisführung geeignet. Ich werde alles abstreiten. Aber es ist unmittelbar relevant für deinen Einsatz. Laut dem Bericht, der mir hier vorliegt, wird das heute alles andere als eine Generalprobe. Diese Leute sind bereit zu töten. Genau wie im Bahnhof. Angesichts der Zahl der Menschen könnte es diesmal sogar noch schlimmer werden. Jeder der vier Attentäter trägt einen Sprengsatz bei sich.» Er wedelte mit einem Bürorundschreiben herum, als verliehe das seinem Geplapper größere Glaubwürdigkeit.

«Auch euer V-Mann?»

«Auch der, ja. Obwohl er das vielleicht nicht einmal selber weiß.»

«Ich würde mir ein ‹Ich hab's ja gesagt› eigentlich gern verkneifen, aber ich hab's ja gesagt. Dir ist klar, was das heißt?»

«Ja. Nichts liegt mir ferner, als dir irgendwas vorzuschreiben. Aber vielleicht schließt du den Einsatz doch lieber ab, bevor diese Typen auch nur in die Nähe des Stadions kommen. Harter Zugriff.»

«Und diese Information ist wirklich zuverlässig?»

«Die Quelle ist es, ja. Garantieren kann ich natürlich nichts. So ist das nun mal leider bei uns …»

«Das wird knifflig, das ist dir doch klar? Meine Leute haben natürlich für einen harten Zugriff trainiert, aber vieles hängt von der Reaktion des Verdächtigen ab. Wir haben äußerste Vorsicht im Hinblick auf die öffentliche Sicherheit angeordnet.»

«Ist mir klar, ja. Ich wünschte, die Lage wäre anders. Aber wiegt man die öffentliche Sicherheit gegen –»

«Meine Verantwortung ist mir bewusst», unterbrach der Chief Constable scharf. «Was meinem Vorgänger passiert ist, hat uns das unnötigerweise allen noch mal eingeschärft.»

«Sicher. Du bist bestimmt nicht scharf drauf, im selben Boot mit ihm zu sitzen.»

«Ich bin vor allem nicht scharf drauf, die Leben der Menschen hier zu gefährden. Diese Information ändert alles. Wusstest du natürlich, trotz des ganzen ‹Nichts liegt mir ferner›-Quatschs. Wir stecken jetzt ganz schön in der Zwickmühle, was das Strategieprotokoll betrifft. Und wenn der harte Zugriff schmutzig wird, können meine Leute sich auf deine Info nicht mal zur Verteidigung berufen.»

«Tut mir wirklich leid, aber wir müssen diese Quelle nach besten Kräften schützen.»

«Und falls wir unnötigerweise tödliche Gewalt anwenden, wäschst du dir die Hände in Unschuld, ja? Mein Problem?»

«Das ist nicht so einfach, Bob. Ich wünschte, es wäre anders, aber so ist es nun mal.»

«Ich spreche mit dem Einsatzleiter. Mach's gut.»

«Gut, dass wir darüber sprechen konnten. Ich vertraue völlig deiner Beurteilung der Lage.»

«Ist mir egal, was du von der hältst, Stuart. Kümmere dich besser mal um deine eigene.»

«Viel Glück.» Doch er hatte schon aufgelegt. Ein bisschen kitzlig, dachte Stuart, aber letztlich geschickt gelöst.

«Yips» nennen die Golfer das. Plötzliche Muskelzuckungen in letzter Minute, womöglich aus Versagensangst. Oder – freundlicher formuliert – aus Gewissensgründen, auch wenn er geglaubt hatte, sein Gewissen schon vor Jahren in dem eisigen Schmelzofen namens Whitehall verloren zu haben. Letzte Nacht hatte er kein Auge zugetan, ungewöhnlich für ihn. Den ruhigen Schlaf der Gerechten schlief man eben nicht schon deshalb, weil niemand einem etwas vorwarf. Er war froh, dass Angst und Ungewissheit, seine alten Freunde, ihn wieder mal vom Abgrund weggezogen hatten. Jetzt fühlte er sich wieder lebendig.

Es ging los. Entschlossen ging Rashid aufs Stadion zu, nicht zu langsam, nicht zu schnell. Nicht gehemmt wirken, auch wenn das schwerfiel, wo doch die Augen der ganzen Geheimdienstwelt auf ihm ruhten. Wie viele Waffen waren wohl auf ihn gerichtet? Cool bleiben, wie sie gesagt hatte, dann wäre alles bald vorbei. Bis zum Stadion waren es schätzungsweise noch etwa zwanzig Minuten, also würde er sich wahrscheinlich schon in einer halben Stunde durch die Menge drängeln, um Leila zur Nachbesprechung zu treffen.

Es war kalt, aber sonnig. Auf dem Weg vorbei an den Reihenhäusern blinzelte er in den Himmel. Zum Glück hatte er die Jacke. Abdullah würde das Gelände von gegenüber aus betreten, Bilal und Adnan von rechts und links.

Genauso würde es auch Mittwoch werden – nur wäre es dann viel dunkler. Plötzlich fiel ihm auf, dass er diesen Weg eigentlich ja nie wieder gehen musste. Er würde Leila – oder Jake, wenn der rechtzeitig zurück sein sollte – fragen, ob er nach dem letzten Treffen mit den anderen, wenn sowieso jeder auf sich gestellt wäre, nicht einfach untertauchen könnte. Dann wäre ja ohnehin alles gelaufen. Auf keinen Fall konnte er danach noch zu irgendwas zurückkehren. Was sollte das also nützen? Es wäre nur gefährlich. Hoffentlich würden sie die anderen sicher und ohne großes Aufsehen einkassieren. Besonders gut leiden konnte er sie zwar nicht, aber auch sie waren Menschen, egal, wie irgendwer sonst das sah. Jake hatte gesagt, sie würden darauf achten. Er mochte Jake. Der war super. Blöd, das mit seiner Tochter, armer Kerl. Aber dafür war jetzt keine Zeit. Verdammt mieses Timing, trotzdem.

Leila mochte er auch. Für eine aus Manchester war die echt in Ordnung. Ein bisschen schüchterte sie ihn ein. Jake nicht. Vertrauensselig wie der war, hätte man ihm alles Mögliche weismachen können. Ein offenes Buch. Doch Rashid war ehrlich gewesen.

Abgesehen davon, dass er ihm verschwiegen hatte, was dort unten wirklich passiert war.

Auch sie waren Menschen gewesen, sie, die er getötet hatte. Man hatte ihm erklärt, sie seien Feinde, und anfangs hatte er das auch geglaubt. Jung und Alt, Männer und Frauen, Kinder manchmal, und alle heulten und flehten sie in diesem jammernden, schrillen Tonfall, bei dem man es nur so schnell wie möglich hinter sich bringen wollte. Man wusste, wenn man sie verschonte, bekäme man dafür ihre furchtbare, eifrige Dankbarkeit. Dann würde jemand anderes sie erledigen. Und danach einen selbst. Man konnte nur sein Herz verschließen, einen glasigen Blick aufsetzen und es selber tun. Bis man das eben nicht mehr konnte und der Damm in einem brach. Das durfte man aber niemals zeigen.

So was dachte man dann an einem kalten Sonntagnachmittag, wenn die Sonne einem immer dunkleren Blau am Himmel wich und Laternen die Stadt erleuchteten.

Wieder unterwegs, zum Glück. Sie alle drei im Einsatzfahrzeug mit dem Fahrer. Angespannt. Das ließ sich nicht vermeiden. Wenn nötig, würde Jon sie durch den Kordon führen. Hoffentlich war es nicht nötig.

Sie hörten den Funkverkehr, während der heimliche Konvoi, nichtsahnend angeführt von Romeo, entlang der geplanten Route auf das Gelände zusteuerte. Wieso diese Verzögerung, brummten seine beiden Kameraden. Keine Ahnung, sagte er, obwohl er glaubte, es doch zu wissen.

Dann ein Funkspruch: Romeo ist offenbar nicht, ich wiederhole: nicht bewaffnet. Der Fahrer drehte den Zündschlüssel und brachte sie zum nächsten Haltepunkt, damit sie nur einen Steinwurf vom Gefolge entfernt blieben.

Hatte sie noch Zeit, sich auf dem Weg nach oben in den Einsatzraum einen Kaffee aus dem Automaten zu lassen? Nein, beschloss sie, obwohl sie einen hätte brauchen können. Sie war viel zu angespannt für einen Umweg. Vielleicht würde jemand anders einen kochen, bevor es ernst wurde.

Mit ihrer Zugangskarte öffnete sie die Tür, und ein, zwei Leute drehten sich nach ihr um. Die meisten konzentrierten sich jedoch auf das Geschehen draußen. Still war es hier drin, das Licht war gedimmt. Der große Raum war in mehrere Bereiche unterteilt. Der Leiter der bewaffneten Teams saß mit einem Headset an einem Tisch, umgeben von seinen Leuten. Ganz in der Nähe wurde die Observierung gesteuert, und Koordinatoren behielten die Gesamtsituation im Blick. Die Geheimdienstabteilung, zu der sie unterwegs war, saß in einer anderen Ecke. Ihre Kollegen und einige Polizisten überwachten dort die Kamerabilder und den Funkverkehr und leiteten die Informationen an das Kommandoteam weiter, das in der Mitte des Raums auf einer leicht erhöhten Plattform Position bezogen hatte, angeführt vom Einsatzleiter in einem teuren Anzug. Offenbar hatten Leilas Kollegen nicht viel zu tun. Ihre Arbeit war eigentlich damit erledigt, dass sie das hier vorbereitet hatten. Rashid hatte sich zu reiner Information verdichtet. Weitere kleine Grüppchen verteilten sich entlang der Wände, mit Aufgaben beschäftigt, über die Leila nicht das Geringste wusste. Auch in den Nebenräumen gingen rätselhafte Unterstützungstätigkeiten vor sich, teilweise von Leuten ausgeführt, mit denen sie zusammenarbeitete.

Die meisten Anwesenden betrachteten die an der Decke hängenden Bildschirme, die ein verwirrendes Bild des Geschehens vermittelten. Zusätzliche Bildschirme auf Schreibtischhöhe zeigten höher aufgelöste Bilder, auf denen jüngere Kollegen angestrengt Ausschau nach Unstimmigkeiten hielten.

Sie brauchte einen Augenblick, um das Ganze zu verstehen, doch nach und nach fügten sich die bewegten Puzzleteile zu einem Gesamtbild zusammen. Die Bildschirme waren beschriftet: Alpha (das war Adnan), Zulu (Abdullah), Bravo (Bilal) und Romeo (Rashid). Ein fünfter Bildschirm zeigte den Stadionvorplatz, ein sechster eine Karte, auf der vier Punkte unaufhaltsam einer gemeinsamen Mitte zustrebten. Jeder der vier war auf ganz eigene Weise dorthin unterwegs. Bilal schlurfte mit wippenden Schultern, Abdullah blickte starr geradeaus, Adnan schlenderte lässig, die Hände in den

Taschen. Rashids schlaksigen Kantergang und den nervösen Gesichtsausdruck erkannte sie sofort wieder. Das dauernde Gebrumm der Funkgeräte war beruhigend.

Sie entdeckte George bei den Geheimdienstlern und winkte ihm zu. Er nickte grimmig zurück, und sie ging auf ihn zu. Nicht mehr weit.

In London beschloss Stuart, in der Einsatzzentrale vorbeizuschauen. Sich mal sehen lassen, die Truppe motivieren. Konnte nicht schaden. Es musste fast so weit sein.

Leise schlich er hinein. Das hier war keine Kommandozentrale. Befehle gab hier niemand. Die Sache lag ganz in fremden Händen, er hatte keinerlei Einfluss mehr. Die Informationen waren weitergegeben, die Karten ausgespielt. Jetzt hieß es nur noch abwarten. Er spürte die Anspannung in dem Gemurmel. Alles andere wäre nach dem letzten Mal auch ein Wunder gewesen.

Er suchte sich einen Platz, von dem aus er besser sehen konnte. Einige Leute drehten sich nach ihm um, und er nickte wohlwollend. Jemand bot ihm einen Stuhl an, den er lächelnd ablehnte. Er schwieg, und alle anderen taten das auch.

Etwas überrascht war er, dass Jake Winter nicht da war. Er hatte in diesen Einsatz so viel investiert, den Fall von Anfang an betreut, sich zahlreiche Nächte dafür um die Ohren geschlagen, seinen V-Mann beraten. Das war Jakes Baby, und er hatte ihm doch gesagt, er solle kommen. Vielleicht nur Trotz. So spät noch von der Sache abgezogen zu werden, hatte Jake ganz sicher nicht gefallen. Zwar hatte er nie besonders nachtragend gewirkt, aber man lernte eben nie aus. Stuart jedenfalls fehlte nichts, weil Jake nicht da war.

Unruhe kam im Raum auf, als der Chief Constable eintrat, in Mütze und voller Uniform. Er lächelte unbekümmert und sagte freundlich: «Hier gibt es Wichtigeres als mich.» Dann ging er zur Plattform in der Mitte, zum Kommandoteam «Silver Control». Ein paar leise Worte wurden gewechselt, und der Einsatzleiter stand auf. Der Chief legte ihm die Hand auf die Schulter, grinste, als hätte er einen guten Witz gehört, dann gingen sie langsam zusammen zu dem gläsernen Besprechungsraum ganz hinten in der Einsatzzentrale. In der von den Bildschirmen erzählten Geschichte kroch die Zeit voran, die kleinen Punkte näherten sich immer weiter der Mitte der Karte. Leute, die Leila nicht erkannte, betraten die Zentrale und eilten direkt zum Besprechungsraum. Der Stabsbeamte des Chiefs ging zum Leiter der bewaffneten Teams und flüsterte ihm etwas zu. Der Leiter stand auf und ging ebenfalls in den Besprechungsraum. Als Nächstes ging der Stabsbeamte zum Geheimdiensttisch und sprach mit George. «Team Gold trifft sich zu einer kurzen Besprechung, Sir. Der Chief dachte, Sie wären vielleicht gerne als Beobachter dabei.» George stand auf, zog sich das Sakko über und blickte Leila achselzuckend an.

Leila achtete nicht länger auf die Bildschirme. Die Männer im Besprechungsraum unterhielten sich offenbar recht angeregt. Sie grinsten, und hin und wieder hörte man Gelächter. Dann wurden sie plötzlich ernst, lauschten nach vorn gebeugt dem Chief. Allgemeines Nicken, dann kamen sie einer nach dem anderen wieder heraus und eilten zu ihren Tischen.

«Was ist los?», fragte Leila.

«Die ziehen den Stecker», sagte George. «Die bewaffneten Teams greifen zu, jetzt gleich.»

Leila warf einen Blick auf die Bildschirme, dann auf ihre Uhr. Die vier Männer waren noch gut fünf Minuten vom Stadion entfernt. «Wieso?»

«Keine Ahnung», sagte George.

«Aber –»

«Keine Zeit, Leila. Ich muss London anrufen.» Er hatte das Handy bereits in der Hand.

Rashid war schon viel ruhiger. Alles lief nach Plan. Er konnte seine Verfolger zwar nicht sehen, doch er wusste, dass sie da waren, und ihre unsichtbare Gegenwart war beruhigend. Die sind zu meinem Schutz hier, dachte er, wenigstens teilweise. Nur noch ein paar Minuten.

19

JON

Der Funkspruch ans Auto kam, und schon waren sie auf den Beinen. Das Auto zog davon, das Blaulicht hinter dem Kühler blitzte. Keine Sirene. Die Leiterin des Observierungsteams kam herüber, die Baseballmütze schon auf dem Kopf. Auch sie hatten bereits die ihren aufgesetzt. Ehe sie vorrückten, sprach Jon in sein Mikrophon: «Erbitte Bestätigung für Zugriff.»

«Zugriff bestätigt», meldete die Stimme seines Vorgesetzten aus der Einsatzzentrale. «Bereithalten und weitere Befehle abwarten.»

Er bedeutete seinem Team, die Waffen vorerst nicht zu ziehen. Die Leiterin des Observierungsteams führte die drei an ihren Kollegen vorbei, wobei sie diese leise identifizierte. Sonst war niemand zu sehen. Auf einmal blieben sie stehen, und sie zeigte nach vorn. Um die Ecke, etwa fünfzig Meter vor ihnen, ging Romeo. Sie warteten kurz ab, und Jon wies seine Männer an, die Waffen zu ziehen und zu entsichern. Die drei nickten einander zu. Romeo ging weiter, der letzte Befehl war noch nicht gegeben worden. Sie mussten vorwärts. Die Straße machte einen Knick, und Romeo schwenkte im immer gleichen Tempo nach links, außer Sicht. Jon kannte die Umgebung. Es gab eine Abkürzung, über einen Fußweg, der parallel zur nächsten Querstraße führte.

«Na los, gib schon den Befehl», brummte er, während sein Team die Gummisohlen ihrer Stiefel rauchen ließ. Er befahl einem seiner Männer, Romeo von hinten zu folgen, während er und der dritte Kollege die Gasse hinaufrannten und dann scharf links in eine zweite bogen, vorbei an ein paar Wertstoffcontainern. Inzwischen war es stockdunkel. Im Schatten am Ende der Gasse gingen sie in Stellung, während sie über ihre Ohrhörer auf den Dauerkommentar zu Romeos Bewegungen lauschten. «Komm schon, los jetzt», dachte – oder flüsterte – Jon.

«Übernehmen Sie», kam der trockene Funkspruch aus der Zentrale. Das alles wurde für die anschließende Überprüfung auf Festplatte gespeichert. Interne Standards, Leistungsüberprüfung der Waffenteams. Untersuchung der Rechtmäßigkeit von Schusswaffengebrauch, falls es dazu kommen sollte. «Los.»

Und Jon, leise, zu seinem Team: «Los, los, los.»

LEILA

«Wieso?», fragte sie sich laut, während sie gebannt den vorrückenden Einsatzkräften zusah. George blickte sie nur stumm an. Auf dem Bildschirm näherte Rashid sich dem Punkt, wo die Beamten warteten. Leila konnte sie nicht sehen, wusste aber, dass sie da waren. Ein anderer Beamter schloss rasch von hinten zu ihm auf, doch er schien das gar nicht zu bemerken. Der Beamte hatte eine automatische Waffe. Nur noch wenige Sekunden. Auf den anderen Bildschirmen ging ähnlich hektische Aktivität vor sich, doch sie hatte nur Augen für Rashid.

Hoffnung. Nur die blieb ihr jetzt noch, pulsierte ihr durchs Hirn, hämmerte in ihrem Herzen. Alles war darauf reduziert: auf blanke, verzweifelte Hoffnung. Die Alternative dazu war Panik. Sie hoffte, Rashid in Kürze wiederzusehen, und wusste, dass sie ihre Gefühle zügeln musste, wenn – falls – es dazu kam. Sie hoffte, Rashid würde tun, was man ihm gesagt hatte, würde im Eifer des Gefechts nicht irgendwas vergessen. Sie hoffte, die Polizisten würden nicht vorschnell handeln. Sie hoffte, sie hatte dem Beamten, mit dem sie gesprochen hatte – Jon hatte er geheißen –, klar genug gemacht, mit wem er es zu tun hatte. Sie hoffte, Rashid war am Ende wirklich einer der Guten.

ABDULLAH

Energisch stapfte Abdullah durch die Stadt in Richtung Stadion, wie die drei anderen. Im Gehen murmelte er vor sich hin, wusste, dass er das tat, versuchte gar nicht, es sich zu verkneifen. Schneller jetzt, den Blick fest auf den Boden vor sich gerichtet. Fast da. Vor ekstatischer Angst platzte ihm beinahe der Kopf.

Ein Geräusch direkt vor ihm ließ ihn zur Welt aufblicken wie ein Neugeborener, der eben erst gemerkt hatte, dass es außer ihm noch etwas gab. Der Himmel leuchtete tiefblau, durchsetzt mit schimmernden Laternen. Er hörte das Gebrüll der Fußballfans. Vor ihm stand ein Mann mit einer Mütze, auf der das Wort POLICE prangte, schrie ihn an, streckte ihm eine Waffe entgegen. Die an den Lauf montierte Taschenlampe blendete ihn.

Der Groschen fiel nur langsam, doch dann wurde ihm schlagartig alles klar. Ein Grinsen machte sich auf seinem Gesicht breit, und er griff in seine Jacke. Das war seine große Stunde. Er hatte nicht anders gekonnt, obwohl man es ihnen untersagt hatte. Das Messer hatte seinem Großvater gehört, eine Trophäe aus dem Krieg: ein Dolch, noch immer so scharf wie am ersten Tag und tödlich spitz, von einer Metallscheide geschützt, ein stahlgraues Hakenkreuz am Knauf. Er würde sein Blut bekommen, da konnte dieser Mann schreien, wie er wollte. Dann, gerade als er die Hand an den Griff legte, noch ehe er die Klinge hatte ziehen können, spürte er den Einschlag über seinem linken Auge und sackte zusammen.

BILAL

Schüsse, ganz in der Nähe. Sein Weg zum Stadion führte fünfzig Meter an dem von Abdullah vorbei, und er wusste sofort, was Sache war. Das hatte er nicht geprobt, nicht mal in Gedanken, nicht mal in seinen schlimmsten Albträumen.

Er sah den Mann an, der wie von Zauberhand vor ihm erschienen war und ihn auf Englisch anbrüllte, das ihm jetzt fast wie eine Fremdsprache erschien. Seine Verwirrung war ihm sicher anzusehen. Was der Mann von ihm wollte, spürte er eher, als es zu begreifen. Erst als er schon die Hände hob, bemerkte er die Waffe, die auf ihn gerichtet war. Er drehte sich um, wollte weglaufen und spürte einen plötzlichen Schmerz im Hinterkopf. Dann nichts mehr.

ADNAN

Aus dem Lärm der Menge den Spielstand zu erraten, entpuppte sich als unlösbare Aufgabe. Allein dieses Geräusch riss ihn schon mit, doch er würde warten müssen, bis er sich unter die heimkehrenden Zuschauer mischen konnte, um mehr über das Spiel zu erfahren. Schon schade: Es gab nichts Besseres als ein Spiel bei Flutlicht. Die roten Trikots von Liverpool und die blauen von City, der leuchtend grüne Rasen, alles angestrahlt. Kalter Nachthimmel, in dem der Atem kleine Wölkchen bildete. Kitzel. Spannung. Aufregung. Er vergrub die Hände tiefer in den Taschen der teuren Lederjacke, die er zu Stadionbesuchen immer anzog.

Gerne hätte er behauptet, er habe es kommen sehen. Doch so war es nicht. Abdullah hatte sie verpfiffen, das schoss ihm als Erstes durch den Kopf, als der Polizist sich vor ihm aufbaute, zu allem bereit, die Waffe auf seinen Kopf gerichtet. Er erahnte mindestens zwei weitere, die ihn umkreisten, wahrscheinlich mehr.

«Hände aus den Taschen», schrie der Mann.

Tja, was soll's. War sowieso ein Scheißleben. Er zuckte die Achseln, grinste und ließ die Hände, wo sie waren.

LEILA

In der Zentrale bewahrte sie nach außen hin mit aller Mühe die Fassung. Schon jetzt rief sicher jemand bei der Dienstaufsicht an, die drei tödliche Schusswaffeneinsätze durch Polizisten untersuchen musste. Würden es noch vier werden? Der Einsatzleiter diktierte hektisch in ein Aufnahmegerät. Der Chief Constable wirkte zerknirscht, würde sich für die Pressekonferenz jedoch zusammenreißen müssen.

George berührte sie am Arm. Sie drehte sich zu ihm, erkannte ihn kaum.

Das war das Ende. Ein Erfolg sah anders aus. Drei Männer waren tot, und Rashid würde das auch gleich sein. So viel war sicher: Niemand konnte riskieren, ihn jetzt noch laufenzulassen. Alle dachten längst an das Fiasko vom letzten Mal. Nun war also ein neues Fiasko an dessen Stelle getreten, eines allerdings, das man den Medien leichter verkaufen konnte. Ihre Gewissheit, dass Rashid weder Sprengstoff noch Waffen bei sich hatte, ihr Vertrauen in ihn, all das zählte jetzt nichts mehr. Was war passiert? War die Polizei plötzlich ohne Grund nervös geworden? Hatte einer der vier etwas getan, das den Kesseldruck über die Schmerzgrenze hinaus erhöht hatte? Gab es neue Informationen, die denen von Rashid widersprachen? Hatte Rashid sie letztlich doch, entgegen allem, was sie glaubte, angelogen?

Den Drahtzieher des Ganzen, den Scheich, würden sie jetzt niemals schnappen. Sie waren ihm keinen Schritt näher gekommen. Früher oder später würde dieses Drama sich auf neuer Bühne wiederholen.

JON

Jetzt galt es. Jon vorneweg, stürmten sie auf den Verdächtigen zu, von da an lief alles auf Autopilot. Jeder wusste genau, wie die anderen sich bewegten. Sie umzingelten den Verdächtigen, rückten weiter vor. Jon ging direkt auf ihn zu und rief ihn an.

Romeo. Eigentlich Rashid. Verdammt, in echt sah er noch jünger aus. Er wirkte völlig verängstigt, aber wer wäre das nicht? Jon machte einen halben Schritt zurück, während die anderen auf Zehenspitzen kreisten, in Bewegung blieben, wachsam, voll auf Romeo konzentriert. «Schauen Sie mich an», befahl er, und der Junge versuchte zu gehorchen. Die Taschenlampe am Lauf blendete ihn, doch Jon blickte ihm genau in die Augen, wollte von ihnen etwas ablesen. So harmlos sah er aus. Was hatte diese Leila gesagt? Die Worte aus den Briefings und den Handbüchern ratterten ihm durch den Kopf, ohne die geringste Relevanz: Letalität, Gericht, Ethik, öffentliche Sicherheit, Notwehr, legitime Tötung, Doppelschuss, unverhältnismäßiger Gewalteinsatz, Wahrung menschlichen Lebens, Kollateralschaden. Die Befehle waren eindeutig: Es galt das Vorbeugeprinzip. Wir lassen keinen von euch hängen. Wir wissen, wie hauchdünn diese Entscheidungen sein können. Wir kennen das. Wir stehen komplett hinter euch. Das sagten seine Vorgesetzten immer. Vielleicht meinten sie es sogar ernst.

Er griff zurück auf seine Ausbildung und seinen Instinkt: auf den antrainierten Instinkt und auf den gegenüber dem Menschen, den er hier vor sich hatte. Er selbst, Jon Brough der Mensch, nicht Jon Brough der Polizeibeamte und ehemalige SAS-Soldat, der es gewohnt war, seine Feinde auf dem Schlachtfeld auszuschalten.

Weniger als eine halbe Sekunde blieb zwischen dem ersten Anruf und der notwendigen Entscheidung, während sich in Romeo der Schockreflex bildete, der dann in seiner Reaktion zum Ausdruck käme. Aufgeben oder kämpfen. Sich ergeben oder einen Zünder auslösen. Jon Brough brauchte keine halbe Sekunde.

RASHID

Alles ging viel zu schnell, um es noch zu begreifen. Er bemerkte sie erst, als sie schon vor ihm standen, drei Männer, die ihn umkreisten wie Krähen. Sie trugen keine Uniformen, aber Mützen, auf denen POLICE stand. Sie hatten Waffen, und eine Taschenlampe schien ihm in die Augen.

«Polizei», schrie einer. «Hände hoch, weg vom Körper. Schauen Sie mir in die Augen. Immer in die Augen schauen.»

Er hob die Hände, doch in die Augen konnte er dem Mann nicht schauen. Das Licht war viel zu hell. So sollte das nicht enden.

FSC
www.fsc.org
MIX
Papier aus verantwortungsvollen Quellen
FSC® C014496

Das für dieses Buch verwendete Papier ist FSC®-zertifiziert.